湖南省哲学社会科学基金一般项目『宋代陶渊明接受研究（17YBA013）』

长沙理工大学2020年度学术著作出版资助项目

陶渊明 诗译注

周静 —— 著

凤凰出版社

图书在版编目（CIP）数据

陶渊明诗译注 / 周静译注. -- 南京 : 凤凰出版社, 2020.12
　ISBN 978-7-5506-3398-8

　Ⅰ. ①陶… Ⅱ. ①周… Ⅲ. ①古典诗歌—注释—中国—东晋时代 Ⅳ. ①I222.737.2

中国版本图书馆CIP数据核字(2020)第271327号

书　　　名	陶渊明诗译注
译 注 者	周　静
责 任 编 辑	李　霏
装 帧 设 计	徐　慧
出 版 发 行	凤凰出版社（原江苏古籍出版社） 发行部电话025-83223462
出版社地址	江苏省南京市中央路165号,邮编:210009
出版社网址	http://www.fhcbs.com
照　　　排	南京凯建文化发展有限公司
印　　　刷	南京爱德印刷有限公司 江苏省南京市江宁区东善桥秣周中路99号,邮编:211153
开　　　本	890毫米×1240毫米　1/32
印　　　张	8.625
字　　　数	209千字
版　　　次	2020年12月第1版
印　　　次	2020年12月第1次印刷
标 准 书 号	ISBN 978-7-5506-3398-8
定　　　价	68.00元

（本书凡印装错误可向承印厂调换,电话:025-57928003）

目　录

前言 ……………………………………………………… （1）
停云四章 ………………………………………………… （1）
　其一 …………………………………………………… （1）
　其二 …………………………………………………… （2）
　其三 …………………………………………………… （3）
　其四 …………………………………………………… （3）
时运四章 ………………………………………………… （5）
　其一 …………………………………………………… （5）
　其二 …………………………………………………… （6）
　其三 …………………………………………………… （6）
　其四 …………………………………………………… （7）
荣木四章 ………………………………………………… （9）
　其一 …………………………………………………… （9）
　其二 …………………………………………………… （10）
　其三 …………………………………………………… （10）
　其四 …………………………………………………… （11）
赠长沙公四章 …………………………………………… （13）
　其一 …………………………………………………… （13）
　其二 …………………………………………………… （14）
　其三 …………………………………………………… （15）
　其四 …………………………………………………… （15）

酬丁柴桑 …………………………………………………… (17)

答庞参军六章 ………………………………………………… (19)

 其一 ……………………………………………………… (19)

 其二 ……………………………………………………… (20)

 其三 ……………………………………………………… (20)

 其四 ……………………………………………………… (21)

 其五 ……………………………………………………… (22)

 其六 ……………………………………………………… (22)

劝农六章 ……………………………………………………… (24)

 其一 ……………………………………………………… (24)

 其二 ……………………………………………………… (24)

 其三 ……………………………………………………… (25)

 其四 ……………………………………………………… (26)

 其五 ……………………………………………………… (27)

 其六 ……………………………………………………… (27)

命子十章 ……………………………………………………… (29)

 其一 ……………………………………………………… (29)

 其二 ……………………………………………………… (30)

 其三 ……………………………………………………… (30)

 其四 ……………………………………………………… (31)

 其五 ……………………………………………………… (32)

 其六 ……………………………………………………… (32)

 其七 ……………………………………………………… (33)

 其八 ……………………………………………………… (34)

 其九 ……………………………………………………… (34)

 其十 ……………………………………………………… (35)

归鸟四章 …………………………………………… (37)
　　其一 ………………………………………… (37)
　　其二 ………………………………………… (37)
　　其三 ………………………………………… (38)
　　其四 ………………………………………… (38)
形影神三首 ………………………………………… (41)
　　形赠影 ……………………………………… (41)
　　影答形 ……………………………………… (42)
　　神释 ………………………………………… (43)
九日闲居 …………………………………………… (46)
归园田居五首 ……………………………………… (49)
　　其一 ………………………………………… (49)
　　其二 ………………………………………… (50)
　　其三 ………………………………………… (51)
　　其四 ………………………………………… (52)
　　其五 ………………………………………… (53)
游斜川 ……………………………………………… (55)
示周续之祖企谢景夷三郎 ………………………… (58)
乞食 ………………………………………………… (60)
诸人共游周家墓柏下 ……………………………… (62)
怨诗楚调示庞主簿邓治中 ………………………… (64)
答庞参军 …………………………………………… (66)
五月旦作和戴主簿 ………………………………… (69)
连雨独饮 …………………………………………… (71)
移居二首 …………………………………………… (73)
　　其一 ………………………………………… (73)

其二 …………………………………………………… (74)
和刘柴桑 ………………………………………………… (76)
酬刘柴桑 ………………………………………………… (78)
和郭主簿二首 …………………………………………… (80)
　　其一 …………………………………………………… (80)
　　其二 …………………………………………………… (81)
于王抚军坐送客 ………………………………………… (83)
与殷晋安别 ……………………………………………… (85)
赠羊长史 ………………………………………………… (87)
岁暮和张常侍 …………………………………………… (90)
和胡西曹示顾贼曹 ……………………………………… (92)
悲从弟仲德 ……………………………………………… (94)
始作镇军参军经曲阿 …………………………………… (96)
庚子岁五月中从都还阻风于规林二首 ………………… (99)
　　其一 …………………………………………………… (99)
　　其二 …………………………………………………… (100)
辛丑岁七月赴假还江陵夜行涂口 ……………………… (102)
癸卯岁始春怀古田舍二首 ……………………………… (105)
　　其一 …………………………………………………… (105)
　　其二 …………………………………………………… (106)
癸卯岁十二月中作与从弟敬远 ………………………… (108)
乙巳岁三月为建威参军使都经钱溪 …………………… (110)
还旧居 …………………………………………………… (112)
戊申岁六月中遇火 ……………………………………… (114)
己酉岁九月九日 ………………………………………… (116)
庚戌岁九月中于西田获早稻 …………………………… (118)

丙辰岁八月中于下潠田舍获 ……………………… (120)
饮酒二十首 …………………………………………… (122)
 其一 ……………………………………………… (123)
 其二 ……………………………………………… (123)
 其三 ……………………………………………… (125)
 其四 ……………………………………………… (126)
 其五 ……………………………………………… (127)
 其六 ……………………………………………… (128)
 其七 ……………………………………………… (128)
 其八 ……………………………………………… (129)
 其九 ……………………………………………… (130)
 其十 ……………………………………………… (131)
 十一 ……………………………………………… (132)
 十二 ……………………………………………… (133)
 十三 ……………………………………………… (134)
 十四 ……………………………………………… (135)
 十五 ……………………………………………… (135)
 十六 ……………………………………………… (136)
 十七 ……………………………………………… (137)
 十八 ……………………………………………… (138)
 十九 ……………………………………………… (139)
 二十 ……………………………………………… (140)
止酒 …………………………………………………… (144)
述酒 …………………………………………………… (146)
责子 …………………………………………………… (150)
有会而作 ……………………………………………… (152)

蜡日 ………………………………………………… (155)
四时 ………………………………………………… (157)
拟古九首 …………………………………………… (158)
 其一 ……………………………………………… (158)
 其二 ……………………………………………… (159)
 其三 ……………………………………………… (161)
 其四 ……………………………………………… (162)
 其五 ……………………………………………… (164)
 其六 ……………………………………………… (165)
 其七 ……………………………………………… (167)
 其八 ……………………………………………… (168)
 其九 ……………………………………………… (169)
杂诗十二首 ………………………………………… (171)
 其一 ……………………………………………… (171)
 其二 ……………………………………………… (172)
 其三 ……………………………………………… (173)
 其四 ……………………………………………… (174)
 其五 ……………………………………………… (175)
 其六 ……………………………………………… (176)
 其七 ……………………………………………… (177)
 其八 ……………………………………………… (178)
 其九 ……………………………………………… (179)
 其十 ……………………………………………… (180)
 十一 ……………………………………………… (182)
 十二 ……………………………………………… (182)
咏贫士七首 ………………………………………… (184)

- 其一 .... (184)
- 其二 .... (185)
- 其三 .... (186)
- 其四 .... (187)
- 其五 .... (188)
- 其六 .... (189)
- 其七 .... (190)

咏二疏 .... (192)

咏三良 .... (195)

咏荆轲 .... (198)

读山海经十三首 .... (201)
- 其一 .... (201)
- 其二 .... (203)
- 其三 .... (203)
- 其四 .... (204)
- 其五 .... (205)
- 其六 .... (205)
- 其七 .... (206)
- 其八 .... (207)
- 其九 .... (207)
- 其十 .... (208)
- 十一 .... (210)
- 十二 .... (211)
- 十三 .... (212)

拟挽歌辞三首 .... (214)
- 其一 .... (214)

| 其二 | (215) |
| 其三 | (216) |

联句 ……………………………………………………… (218)
    其一 ……………………………………………………… (218)
    其二 ……………………………………………………… (218)
    其三 ……………………………………………………… (219)
    其四 ……………………………………………………… (219)
后记 ……………………………………………………… (221)

前　言

　　在中国文学史上,陶渊明是一位极富人格魅力和艺术魅力的大诗人。沈德潜给予其高度评价,称他"六朝第一流人物,其诗自能旷世独立"①。自晋末迄今,关于陶渊明的生平,如生卒年、名字、家世,从史传的记载,到今人的研究,一直存有争议,现根据相关成果,整理简况如下:陶渊明(365—427),又名潜,字元亮,世称靖节征士、五柳先生。生活于东晋末年至南朝宋初年。其祖上本是鄱阳人,西晋时迁至庐江浔阳(现江西九江市西南)。渊明故居柴桑栗里村,因火灾移居柴桑南村。如陶渊明《命子》诗所述,陶氏始出于唐尧,西汉初高祖功臣陶舍、汉景帝丞相陶青皆其远祖。曾祖陶侃是东晋初辅佐朝廷的重臣,曾经都督荆、江、雍、梁、交、广、益、宁八州军事,被封为长沙郡公。祖父陶茂,曾任武昌太守。其父名无考②。渊明生平事迹见于颜延之《陶征士诔》、沈约《宋书·隐逸传》、萧统《陶渊明传》、李延寿《南史·隐逸传》以及唐太宗敕撰《晋书·隐逸传》等。

　　就陶渊明的为人而言,历来存在两种不同意见:一派认为他超脱世俗,纵情诗酒,是一位高逸放浪的隐者。如隋末王通称:"或问陶元亮,子曰:放人也。《归去来》有避地之心焉,《五柳先生传》则几于闭关矣。"③汪藻称:"虽宇宙之大,终古之远,其间治乱兴废,是非

---

① (清)沈德潜《说诗晬语》卷上,凤凰出版社2010年,第95页。
② 梁启超《陶渊明年谱》,《陶渊明》,商务印书馆1929年,第34—35页。
③ (隋)王通《立命篇》,《文中子中说》卷九,《四部丛刊》影印宋刊本,北京大学北京师范大学中文系、北京大学中文系文学史教研室编《陶渊明资料汇编》,中华书局2004年,第11页。以下引自本书各家言论不再重复出注。

得失,变幻万方,日陈于前者,皆不足以累吾(指陶渊明、谢灵运、王维)之真。"另一派则认为他虽然退居田园,内心并未遗忘世事,而是愤世嫉俗,一直关心现实。如顾炎武指出陶渊明"实有志天下者"。龚自珍《读陶诗》称:"陶潜酷似卧龙豪,万古浔阳松菊高。莫信诗人竟平淡,二分梁甫一分骚。"这两派意见俨然对立,到现代还由此引发了鲁迅和朱光潜两位大学者的争论。朱光潜先生以陶渊明为"纯艺术"的代表,称他"如秋潭月影,彻底澄莹,具有古典艺术的和谐静穆";鲁迅先生则反驳道:"陶潜正因为并非'浑身是静穆',所以他伟大。现在之所以往往被尊为静穆,是因为他被选文家和摘句家所缩小了,凌迟了。""除论客所佩服的'悠然见南山'之外,也还有'精卫衔微木,将以填沧海。刑天舞干戚,猛志固常在'之类的'金刚怒目式',在证明着他并非整天整夜的飘飘然。"鲁迅还指出陶渊明"总不能超于尘世,而且,于朝政还是留心,也不能忘掉'死'"。以上解说各有道理,从不同侧面反映了陶渊明的性情个性,同时也说明综合双方的观点来认识和评价陶渊明很有必要。追究造成分歧的根源,诚如缪钺先生所分析,由于魏晋以来老庄道家思想越来越兴盛,呈现出与儒家思想合流的趋势,直接影响到以陶渊明为代表的魏晋士人新的人格和精神的生成,"吾国自魏晋以降,老庄思想大兴,其后与儒家思想混合,于是以积极入世之精神,而参以超旷出世之襟怀,为人生最高之境界。故居庙堂而有江湖之思,则异乎贪禄恋权之巧宦,处山林而怀用世之志,则异乎颓废疏懒之名士"①。

就陶渊明的诗歌而言,取得了多方面的艺术成就,无论是题材、风格,还是各种体式皆备受后世称道。除了《诗品》称其为"古今隐逸诗人之宗",还有不少论者推尊他为田园诗人的开山祖、平民文学的代表、清淡诗风之祖、江西诗派之祖等。其诗歌内容非常广泛,明

---

① 缪钺《诗词散论》,陕西师范大学出版社 2008 年,第 59—64 页。

代王圻将其取材方法与杜甫并提:"情之所蓄,无不可吐出;景之所触,无不可写入;晋惟渊明,唐惟少陵。"言下之意是,但凡其心中所想,眼中所见,均可以入诗。其诗歌风格亦十分丰富复杂,如宋人蔡絛称:"渊明意趣真古,清淡之宗。"清人沈德潜称:"陶诗胸次浩然,其中有一段渊深朴茂不可到处。唐人祖述者,王右丞得其清腴,孟山人有其闲远,储太祝有其朴实,韦左司有其冲和,柳仪曹有其峻洁。"①陶渊明的四言诗和五言诗皆有很高成就,受到充分肯定,刘克庄称:"四言自曹氏父子、王仲宣、陆士衡后,惟陶公最高。《停云》《荣木》等篇,殆突过建安矣。"其五言诗尤受好评,"五言诗以陶靖节为极诣,但后人轻易模仿不得,王、孟、韦、柳虽与陶为近,亦各具本色"。

陶渊明在诗坛的地位,自宋代登上顶峰,此后一直居高不下。用现在的眼光来看,不但六朝时期的阮籍、谢灵运、谢朓、鲍照等诗人无法企及陶渊明的地位,蔡正孙称:"渊明趋向不群,词彩精拔,晋、宋之间,一人而已。"即便与中国文学史上其他时期涌现的几位大诗人相比,陶渊明也毫不逊色。宋人真德秀将其诗歌上继《诗经》《楚辞》进行标榜:"渊明之作,宜自为一编,以附于《三百篇》《楚辞》之后,为诗之根本准则。"梁启超将他的成就上继屈原进行推尊:"古代作家能够在作品中把他的个性活现出来的,屈原以后,我便数陶渊明。"②陆九渊将他的志趣与李白、杜甫并称:"李白、杜甫、陶渊明皆有志于吾道。"清人胡凤丹将他的诗歌成就与韩愈的散文成就相提并论:"夫诗中之有靖节,犹文中之有昌黎也,文必如昌黎,而后可以起八代之衰,诗亦必如靖节,而后可以式六朝之靡。"此外,还不乏将陶渊明与王维、白居易、柳宗元等大诗人相比者。世人对陶渊明

---

① (清)沈德潜《说诗晬语》卷上,凤凰出版社2010年,第99—100页。
② 梁启超《陶渊明之文艺及其作品》,《陶渊明》,商务印书馆1929年,第1页。

的评价,呈现出明显的分水岭,即以唐宋为转折,前期偏重对其人品的评价,如刘勰《文心雕龙》对其诗和其人只字不提,钟嵘《诗品》也只将其诗列为中品。唐宋以后,世人对陶诗评价渐高。到苏轼时,甚至提出"李杜诸人"不如陶的说法,达到最高。综观陶渊明接受史,虽不乏贬低陶渊明者,但整体上为数极少。

总体而言,陶渊明留给后世无穷无尽的话题,引人思索和回味。其中让世人印象尤为深刻的恐怕还是其诗中对于田园生活的描写和热爱,以及对于隐逸生活的向往和追求。但如果对陶渊明的了解仅限于这些方面,则是远远不够的,不能说是真正理解了陶渊明,因为陶渊明的文学世界和思想境界的内涵是如此丰富。以下特拈出四个方面的主题来分享我的一些体会。随着近年来阅读陶诗渐多,我越来越感觉到:对于陶诗,需要透过其表面的文学形式和文学符号,如语言、意象等,去理解其诗歌的意境,理解其语言、意象所承载的深层次的思想,理解陶渊明对理想的执着,对亲人和朋友真挚的情感,细心体察自然万物所获得的真实的乐趣,以及由此透露出来的对生命的感悟和对生死的超脱等。田园生活对于陶渊明具有双重意义,既是其现实人生的反映,也是其寄托精神、追求诗歌至美之境和人生自由至境的艺术载体。或许这就是陶渊明深受唐宋以来山水田园诗派青睐和倾慕,以及深受那些政治失意、遭遇坎坷的人们喜爱的原因。也因此,关于陶渊明的研究具有特殊的生命力,并将在漫长的文学史上焕发出恒久的吸引力。

一、诗意人生

德国诗人荷尔德林说:"人生充满劳绩,然而人,诗意地栖居在这片大地上。"用这句话来形容陶渊明归隐后的田园生活,也许有点老套,但却是最合适不过的评价。一般认为,陶渊明从 29 岁至 41

岁之间曾经先后五次入仕，入仕之前和归隐前期，渡过了一段平静闲适的田园生活。凭借祖上的产业，不用为衣食发愁，有仆人打理生活，他寂寞时以诗酒为伴，或弹琴，或读书，一旦亲戚朋友或邻居造访，则同饮美酒，谈诗论文，性情超脱而又不与俗世隔绝，有入世之志而又不染尘埃，生命的价值在平凡中绽放，艺术的魅力在平淡中丰盈。

琴与书，是陶渊明田园生活中如影随形、最为亲密的伙伴。陶渊明在诗文中叙及自己从小就学琴读书，《始作镇军参军经曲阿作》说："弱龄寄事外，委怀在琴书。"①《与子俨等疏》称："少学琴书，偶爱闲静，开卷有得，便欣然忘食。"弹琴读书既是他日常生活的重要组成部分，《和郭主簿》称："息交游闲业，卧起弄书琴。"也是他解忧为乐的常用方法，《归去来兮辞》称："乐琴书以消忧。"《自祭文》说："欣以素牍，和以七弦。"陶渊明所读之书，十分驳杂，既有圣贤撰著的典籍，如《饮酒》其十六称："少年罕人事，游好在六经。"也有记载上古山川、史地、异物的神话传说，《读山海经十三首》其一称："泛览周王传，流观山海图。"关于陶渊明弹琴，历来有争议。萧统《陶渊明传》称："渊明不解音律，而蓄无弦琴一张，每酒适，辄抚弄以寄其意。"《晋书·陶潜传》也称他"性不解音，而素琴一张，弦徽不具，每朋酒之会，则抚而和之，曰：'但识琴中趣，何劳弦上声。'"不过，也有不少人认为，不能因为相关文献只记其抚琴之状而未记其弹出琴声就认定他不会弹琴，陶渊明不弹而抚，追求的是一种更高的境界，一种精神上的愉悦之境，即超越弦外的音乐妙境、弦外之音的心理共鸣，即追求"琴中趣"。可惜世人对此方面的探寻多浅尝辄止，未知其深意，未识其妙处，只有少数知音能懂得他的情趣，欧阳修和梅尧臣就

---

① （晋）陶渊明著，袁行霈撰《陶渊明集笺注》，中华书局 2008 年，第 180 页。以下引用此版本陶渊明诗，只标页码。

是其中之一。他们对陶渊明的琴趣和琴乐都有关注,认为陶渊明对于琴,不仅仅是爱好而已,其实质是一种对自我心灵追求的自信和自得,欧阳修称:"吾爱陶靖节,有琴常自随。无弦人莫听,此乐有谁知。君子笃自信,众人喜随时。其中苟有得,外物苟何为。"①梅尧臣也说:"有琴不安弦,与俗异所为。寂然得真趣,乃至无言期。"②

  陶渊明的生活不离于酒,不离于诗,其诗中咏酒,其饮酒时吟诗。诗与酒也是其诗歌中常见的意象和题材。陶渊明是中国文学史上第一个大量将"酒"写入诗中,同时大量叙写饮酒生活的诗人。和许多古代文人一样,他高兴时、收获时饮酒、写诗,既有独饮之乐,《和郭主簿》:"春秫作美酒,酒熟吾自斟。"更多的则是与邻居、朋友的同饮之乐,《移居》其一写他与邻居频繁往来,谈古论今,品赏美文,斟酌疑问:"邻曲时时来,抗言谈在昔。奇文共欣赏,疑义相与析。"《移居》其二则写他与邻居农闲饮酒,农忙劳动,乘兴而来,兴尽而返,无拘无束,自由自在:"春秋多佳日,登高赋新诗。过门更相呼,有酒斟酌之。农务各自归,闲暇辄相思。相思则披衣,言笑无厌时。"《归园田居》其五写他邀请邻居作客,杀鸡备酒,欢饮达旦:"漉我新熟酒,只鸡招近局。日入室中暗,荆薪代明烛。欢来苦夕短,已复至天旭。"他孤独、愁闷时也饮酒、写诗,《饮酒》诗的序言称:"余闲居寡欢,兼秋夜已长,偶有名酒,无夕不饮。顾影独尽,忽焉复醉。既醉之后,辄题数句自娱。"《九日闲居》称:"酒能祛百虑,菊解制颓龄。"陶渊明有关咏酒、饮酒的诗,不乏及时行乐的思想:"中觞纵遥

---

① (宋)欧阳修《夜坐弹琴有感二首呈梅圣俞》,《欧阳修集编年笺注》卷八,巴蜀书社 2007 年,第 323 页。
② (宋)梅尧臣《次韵和永叔夜坐鼓琴有感二首》其一,《梅尧臣集编年校注》卷二九,上海古籍出版社 1980 年,第 1130 页。

情,忘彼千载忧。且极今朝乐,明日非所求。"①但更多者则蕴含深意,寄托其高旷、闲远之情和坚贞、忠义之思,表现其兴会独绝、神游象外的写作特征,宋人晁补之称:"东坡云陶渊明意不在诗,诗以寄其意耳。"②清人陶必诠称《饮酒》诗:"此二十首,当是晋、宋易代之际,借饮酒以寓言。骤读之不觉,深求其意,莫不中有寄托。"③

陶渊明的生活与自然、美景紧密联系在一起。他崇尚自由,热爱自然,热爱田园生活,"少无适俗韵,性本爱丘山"④,"静念园林好,人间良可辞"⑤。《游斜川》描写他与邻居同游,所到之处,春和景明,生机勃发,可以俯视清流,可以远眺青山,天地自然与人之活动呈现一派祥和的景象,"气和天惟澄,班坐依远流。弱湍驰文鲂,闲谷矫鸣鸥。迥泽散游目,缅然睇曾邱。虽微九重秀,顾瞻无匹俦。提壶接宾侣,引满更献酬"。在他笔下,住所附近环境优美,枝繁叶茂,绿树成荫,更有柔柔的风,细细的雨,《和郭主簿》称:"蔼蔼堂前林,中夏贮清阴。凯风因时来,回飙开我襟。"《读山海经》其一:"孟夏草木长,绕屋树扶疏。""微雨从东来,好风与之俱。"经过他的描写,平凡普通的田园风光、山村景象变得是那么和谐、宁静,如《时运》:"山涤余霭,宇暧微霄。"《归园田居》其一:"暧暧远人村,依依墟里烟。狗吠深巷中,鸡鸣桑树颠。"《饮酒》其五:"采菊东篱下,悠然见南山。山气日夕佳,飞鸟相与还。"他也善于描写羁旅途中的景象,天高云淡,空明澄澈,《辛丑岁七月赴假还江陵夜行涂口》:"叩枻新秋月,临流别友生。凉风起将夕,夜景湛虚明。昭昭天宇阔,皛皛川上平。"

---

① (晋)陶渊明《游斜川》,第91页。
② (宋)晁补之《题陶渊明诗后》,《鸡肋集》卷三十三,《四部丛刊初编》本。
③ (清)陶必诠《萸江诗话》,转引自北京大学中文系编《陶渊明诗文汇评》,中华书局1961年,第158页。
④ (晋)陶渊明《归园田居》其一,第76页。
⑤ (晋)陶渊明《庚子岁五月中从都还阻风于规林二首》其二,第191页。

欣赏和理解陶渊明诗中的景物描写，需要注意的是其写作与谢灵运的摹山范水有很大不同，后者的写景具有一定的独立性，多单纯的刻画或写实，景与情往往可以脱离，而陶诗之景与情则紧密结合，往往寄予着诗人更深层次的思想和情感。如其诗中关于田园风景的描写，目的侧重于表现田园生活的美好，表现他安于田园的思想；而赴任途中对于夜景的描写，则一方面反衬求仕的艰辛，孤行之愁苦，表现他决定辞官归隐的心情，另一方面通过描写夜景清虚寂静、夜空寥阔、超逸放旷的特色，表现他希望养真保善、超脱世俗的性情。正如其《饮酒》诗所云"此中有真意，欲辨已忘言"，阅读陶诗的景物描写就具有这样的特征，少不了需要下一番品味功夫。

陶渊明的诗意人生，除了享有上述琴书、诗酒、自然美景等各种乐趣，还包括田间劳动的适意、朋友之间的往来、兄弟姐妹之间的同胞之情和父子之间的天伦之乐等，所涉尚多，不能一一叙及，而无论哪一种生活，虽然生活方式多种多样，但就其内涵而言都集中表现出一个共同的特征，即委运任化的人生态度，不忧不惧、进退自如的人格魅力等，这些对于研究陶渊明来说都已经成为必不可少的内容之一。正如南宋王十朋《观渊明画像》诗形容他："萧洒风姿太绝尘，寓形宇内任天真。弦歌只用八十日，便作田园归去人。"

若要论及陶渊明诗意人生最为人向往和津津乐道的特征，我将其归纳为"闲适自得"。陶渊明的闲适久为人知，欧阳修称："吾见陶靖节，爱酒又爱闲。"[1]陶渊明的闲适，在诗歌中有两种表现：或直接以"闲"字入诗，全方位表现景之"闲"、物之"闲"、人之"闲"、境界之"闲"等，反映其各种闲情、闲趣、闲意、闲态。如称自己的隐居生活，"余闲居"（《九日闲居》）；写自己饮酒，"闲饮东窗"（《停云》其二）；写

---

[1] （宋）欧阳修著《偶书》，洪本健校笺《欧阳修诗文集校笺》外集卷四，上海古籍出版社 2009 年，第 1369 页。

鸟儿闲憩,"敛翮闲止"(《停云》其四);写闲暇时的吟咏,"闲咏以归"(《时运》其三);或写山谷之"闲","弱湍驰文鲂,闲谷矫鸣鸥"(《游斜川》)。如此种种,诗中涌现了丰富多样的闲适对象,构成一个又一个意蕴深厚的闲适意境。

陶渊明间接表现闲适者更多,一般是不动声色地将闲适之情渗入诗中,表现出波澜不惊的淡淡喜悦,包含着一种以苦为乐的精神。陶渊明善于叙述、描写自己的日常生活,普通的田园风光和村庄风物,生活中的艰难、困窘,经过他的艺术表现和真实叙写,瞬间变得静谧美好。《归园田居》其一:"方宅十余亩,草屋八九间。榆柳荫后檐,桃李罗堂前。暧暧远人村,依依墟里烟。狗吠深巷中,鸡鸣桑树颠。户庭无尘杂,虚室有余闲。"诗中描写堂前屋后,绿树成荫,牛羊成群,鸡鸣狗叫,表现村居的人们自给自足、丰衣足食的生活,一幅充满生活气息的画图,随着诗人叙述的推进,徐徐展开,这首诗既是对陶渊明现实生活的逼真写照,同时也真实地反映了他舒缓从容的性情,字里行间流溢出一股浓浓的闲情、闲态、闲意。如《时运》其四:"斯晨斯夕,言息其庐。花药分列,林竹翳如。清琴横床,浊酒半壶。黄唐莫逮,慨独在余。"描写日常所见、所感、所思、所住,反映他每天无论晨昏,庭前有花草可观,竹林荫蔽,室内有清琴可调,美酒可饮,表现出浓浓的闲适之意,而更为可贵的是,他还将这种闲适之情与暮春之景、饮酒之乐融汇起来,最后升华为渴望回归黄尧时期古老社会的感叹,诗人高远的性情与清高的人格顿时毕现出来。

陶渊明的闲适,表现为其自足、自如、自娱、自适、自得的人生态度。与其他士人对于名利富贵等物质的汲汲追求相比,陶渊明更为重视精神上的满足和乐趣,除了爱好饮酒,食不求精,居不求广。他在诗中吐露自己对于生活的要求是,房子简陋一点没关系,只要有一张床,能放一床席足矣。重要的是,只要有邻居经常一起来谈心,一起欣赏与讨论美文就足够了,"敝庐何必广,取足蔽床席。邻曲时时来,抗言谈在昔。奇文共欣赏,疑义相与析"(《移居》其一)。《移居》其二叙述诗人农忙之余造访邻居,与他们一起登高、喝酒,尽情交谈、玩乐,无所约束,农忙与农闲两不误,领悟到真正的生活之道。"过门更相呼,有酒斟酌之。农务各自归,闲暇辄相思。相思则披衣,言笑无厌时。"隐居的生活本是孤独的,可是因陶渊明善于自处、自娱自乐,而怡然自得,惬意逍遥,沈约对陶渊明隐居生活的闲适风度形容最为传神,《宋书·隐逸传》言:"尝言五六月北窗下卧,遇凉风暂至,自谓是羲皇上人。"

  陶渊明对闲适生活的追求,受到魏晋时盛行的玄学思想影响,与正始名士如何晏论"无累",王弼称"无物",喜欢谈论有无、本末、自然和名教等主题有所不同的是,陶渊明吟咏和感叹最多的是"自然",其笔下的"自然"既是生活的世界,即"自然界"的写照,也指其熟悉并经常与之打交道的自然万物,同时还具有真实的内涵,指向一种本色自然、无所拘忌的行为方式。正因如此,陶渊明的许多诗歌仿佛一篇篇立身处世的宣言书,表明自己的人生态度:希望一切行为遵从自己的性情和内心,不愿意屈从于外物、外力的诱惑或影响,不愿意委屈自己的内心等。其《归去来兮辞》就倾吐了这种愿望:他可以接受物质的贫乏,因为这不过使肌体上受些辛苦,但是如果让他心灵上受到束缚,却让他难以承受,陷入痛苦,"质性自然,非矫厉所得。饥冻虽切,违己交病"。

  苏轼历来被认为是陶渊明的异代知己,他不仅和陶、学陶,还对陶渊明的创作特色、艺术风格和文学成就给予了许多经典评论,陶渊明在人生上追求闲适生活、在创作上表现闲适境界也为他所关注,并在创作中借鉴。其《行香子·述怀》写自己的理想是归隐,希望做个闲人,"且陶陶、乐尽天真。几时归去,作个闲人。对一张琴,一壶酒,一溪云",其中对弹琴饮酒、仰观白云等隐逸生活的描写和企望,不经意间流露出来的这份诗意、闲情,正与弹着无弦琴,以诗酒为乐,北窗闲卧,吟唱着"云无心以出岫,鸟倦飞而知还"的陶渊明极为神似,表现出与陶渊明特有情致的高度契合。

二、归趣田园

陶渊明因为创作田园诗,用田园诗反映其田园生活和归隐主题而备受后人关注,产生很大影响。如《庚子岁五月中从都还阻风于规林二首》其二写道:"静念园林好,人间良可辞。"《归园田居》其一也写道:"久在樊笼里,复得返自然。"可以说,热爱田园、渴望归隐是陶渊明创作和思想的一种标志,成为其讴歌的最重要主题,他将归隐与田园紧密联系起来,后人在理解的时候也不能简单将它们割裂开来。不过,其对于田园生活和归隐主题的表现不仅见于田园诗,还广泛见于咏怀诗、咏史诗、酬赠诗、山水诗等题材的诗中,这是研究陶渊明诗歌需要特别注意的问题。

"少无适俗韵,性本爱丘山。"[1]陶渊明一生大部分时间在家乡隐居,对田园充满深厚的感情。其诗多叙述堂前屋后,或者在东园、西庐、南山、北林等不同地方的各种活动。如介绍东园种植了茂盛的青松,"东园之树,枝条载荣"[2],"青松在东园,众草没其姿"[3]。叙述闲暇的时候独饮东窗,"静寄东轩,春醪独抚","有酒有酒,闲饮东窗"[4]。春光明媚的时候游赏东郊,"袭我春服,薄言东郊"[5]。秋菊满园的时候东篱采菊,"采菊东篱下,悠然见南山"[6]。叙述参加劳

---

[1] (晋)陶渊明《归园田居》其一,第76页。
[2] (晋)陶渊明《停云》,第1页。
[3] (晋)陶渊明《饮酒》其八,第254页。
[4] (晋)陶渊明《停云》,第1页。
[5] (晋)陶渊明《时运》,第8页。
[6] (晋)陶渊明《饮酒》其五,第247页。

动,到南野开荒,"开荒南野际,守拙归园田"①。种豆南山,"种豆南山下,草盛豆苗稀"②。介绍自己移居南村,"昔欲居南村,非为卜其宅。……怀此颇有年,今日从兹役"③。定居南里,"去岁家南里,薄作少时邻"④。南岭远眺,"延目识南岭,空叹将焉如"⑤。此外,叙及返还西庐,"良辰入奇怀,挈杖还西庐"⑥。眺望西山寒云,"向夕长风起,寒云没西山"⑦。仰望西山日落,"鼓棹路崎曲,指景限西隅"⑧。西园闲望,"流目视西园,晔晔荣紫葵"⑨。还提及南山旧宅,"去去欲何之,南山有旧宅"⑩。叙南亩,"在昔闻南亩"⑪,提及西田,即西畴,前者见于《庚戌岁九月中于西田获早稻》题中,后者见于《归去来兮辞》:"农人告余以春及,将有事于西畴。"其诗中有些地名,或并非实指,只是为了凑成诗歌的对仗而写,如南窗与北林相对,"南窗萃时物,北林荣且丰"⑫。北牖与南畴相对,"新葵郁北牖,嘉穗养南畴"⑬。南圃与北园相对,"南圃无遗秀,枯条盈北园"⑭。西阿与东岭相对,"白日沦西阿,素月出东岭"⑮。

除了上述诗歌叙述日常生活的经历见闻,陶渊明还有不少诗叙

---

① (晋)陶渊明《归园田居》其一,第76页。
② (晋)陶渊明《归园田居》其三,第85页。
③ (晋)陶渊明《移居》其一,第130页。
④ (晋)陶渊明《与殷晋安别并序》,第155页。
⑤ (晋)陶渊明《庚子岁五月中从都还阻风于规林》其一,第187页。
⑥ (晋)陶渊明《和刘柴桑》,第142页。
⑦ (晋)陶渊明《岁末和张常侍》,第167页。
⑧ (晋)陶渊明《庚子岁五月中从都还阻风于规林》其一,第187页。
⑨ (晋)陶渊明《和胡西曹示顾贼曹》,第172页。
⑩ (晋)陶渊明《杂诗》其七,第351页。
⑪ (晋)陶渊明《癸卯岁始春怀古田舍》其一,第200页。
⑫ (晋)陶渊明《五月旦作和戴主簿》,第121页。
⑬ (晋)陶渊明《酬刘柴桑》,第142页。
⑭ (晋)陶渊明《咏贫士》其二,第366页。
⑮ (晋)陶渊明《杂诗》其二,第342页。

写田园生活,就总体而言这些诗并没有涉及什么重大题材,大多是一些日常所见所闻所历,语言平实,看似平淡无奇,主要包含三方面内容:一是描写眼中所见的田园风光,二是叙述自己的日常饮食起居和人际交往等各种生活,三是抒发田园生活的种种体验与感受。每一方面皆如话家常,娓娓道来,或叙述时节的变迁,行程的变化,生活见闻和感受,也叙述着对这片土地的热爱。尤其是这种热爱以一种恬淡、真挚、超脱的方式表现出来,使其诗显得异常闲静美好、韵味悠长,增加了品味的余地。

我们知道,文学是以语言和文字为载体的艺术,是文学家思想、情感的表现和寄托。刘勰说"心生而言立,言立而文明,自然之道也"[①],正道出了陶渊明诗歌最吸引人之处,即在于其思想和性情,在于其字里行间所透露出来的那份淳朴、纯真,以及反复吐露希望回到上古时代,希望建立那样一种社会形态的强烈愿望。颜延之称其:"弱不好弄,长实素心。"陶渊明自己也在诗中写道:"悠悠上古,厥初生民。傲然自足,抱朴含真"[②],"羲农去我久,举世少复真"[③]。在陶渊明笔下,我们会看到田园生活不仅是其现实生活的写照,也寄托着他的理想和希望,具体表现在他对于羲农、唐虞农耕时代的种种追述中。在陶渊明的历史观中,上古时代自给自足、抱朴含真的社会特征,是当时军阀割据、动乱不已的社会所可望而不可即的,他给予了热情的讴歌。同时,他的热情真挚还表现在与乡邻、友人之间不同时期的往来中。《饮酒》其九记叙邻居清晨携酒相送,奉劝他不要违背世俗,要学会随波逐流,以摆脱困境,而他一方面表示感谢邻居的盛情相待和相劝,同时另一方面也表明自己不会向世俗低

[①] (南朝梁)刘勰著,王运熙、周锋撰《文心雕龙译注·原道》,上海古籍出版社1998年,第2页。
[②] (晋)陶渊明《劝农》,第34页。
[③] (晋)陶渊明《饮酒》其二十,第282页。

头和屈服,仍将坚持自己的选择和生活:"清晨闻叩门,倒裳往自开。问子为谁与?田父有好怀。壶浆远见候,疑我与时乖。褴缕茅檐下,未足为高栖。一世皆尚同,愿君汨其泥。深感父老言,禀气寡所谐。纡辔诚可学,违己讵非迷。且共欢此饮,吾驾不可回。"陶渊明对田园生活的热爱以及从中表现出的纯真个性,赋予了其诗歌不一样的魅力,使其诗歌成为田园生活的实录,也成为他这份真情的最好见证。

陶渊明曾经因为出仕,短暂离开家乡,在此期间,他惦念家园、心系田园,写下不少希望回归田园,表达眷念田园之情的作品。"田园日梦想,安得久离析。终怀在归舟,谅哉宜霜柏。"[①]这类诗或直接抒情,或间接抒情。其中,最为突出的是频繁运用"归鸟""飞鸟"这样的意象,托物以寓意,刻画鸟儿急切地希望返巢,或鸟儿不愿意离巢,或鸟儿在外面飞翔了许久疲倦地返回巢中等形象,以寄托陶渊明不舍田园的情感,增强了诗歌想象的空间和隽永的意味。如《饮酒》其五云:"因值孤生松,敛翮遥来归。""山气日夕佳,飞鸟相与还。"其七:"日入群动息,归鸟趋林鸣。"《咏贫士》:"迟迟出林翮,未夕复来归。"《读山海经》:"众鸟欣有托,吾亦爱吾庐。"特别是其《归鸟》组诗,以比兴寄托的手法,通过写山林树木成荫,和风轻拂,鸟儿自由自在的生活,反映鸟儿离不开山林的原因,反复铺陈鸟儿不忍离别山林,表现鸟儿对山林的依恋之深,用归林之鸟对山林的眷念,来象征他对田园的眷恋,对官场的决绝。原诗如下:

翼翼归鸟,晨去于林。远之八表,近憩云岑。和风弗洽,翻翻求心。顾俦相鸣,景庇清阴。

翼翼归鸟,载翔载飞。虽不怀游,见林情依。遇云颉颃,相鸣而归。遐路诚悠,性爱无遗。

[①] (晋)陶渊明《乙巳岁三月为建威参军使都经钱溪》,第210页。

翼翼归鸟,驯林徘徊。岂思天路,欣及旧栖。虽无昔侣,众声每谐。日夕气清,悠然其怀。

翼翼归鸟,戢羽寒条。游不旷林,宿则森标。晨风清兴,好音时交。矰缴奚施,已卷安劳。

这四首诗,根据袁行霈先生解读,"其一写远飞思归,其二写归路所感,其三写喜归旧林,其四写归后所感。全用比体,多有寓意"①。其中,"和风弗洽,翻翻求心",意谓未遇好风,即翻转回林,以遂己之初心,喻陶渊明出仕不遇,遂兴返归田园之心。"虽不怀游,见林情依",谓本意不想出游,一见山林即依依不舍,喻陶渊明本不想出仕,每想起田园,便兴起归隐之心。"遇云颉颃,相鸣而归",意谓遇到不顺,即相偕而归。"翼翼归鸟,驯林徘徊",意谓鸟儿顺着林儿徘徊,不忍离去。"岂思天路,欣及旧栖",写鸟儿本不想远行,远走天边,只要看到旧栖就很欣喜。"游不旷林,宿则森标",写出游不远离山林,栖息则止于树木丛生之处。每一首看上去都围绕"归鸟"展开,处处写鸟,而实质上是处处自喻。"归鸟"对于山林的眷恋,俨然就是陶渊明自身眷念田园、归园田居的象征。归鸟、飞鸟意象也见于陶渊明的辞赋,如《归去来兮辞》亦云:"云无心以出岫,鸟倦飞而知还。"就是这样的典型写照。

除了内容、情感、意象上的特色,陶渊明还善于运用叙述、描写和抒情三种表达方式,或将三者相互结合,或单独运用其中一种,从多侧面多角度展现其田园生活,形成非常鲜明的艺术特色。分析其诗中的具体表现,有如下几种:或将描写田园风光、叙述日常生活、抒发隐逸志趣三者结合起来;或将描写田园风光和叙述田园生活结合;或将描写田园风光和抒发隐逸志趣结合;另外还有不少是单独描写田园风光,或单独叙写日常生活,或直接抒发隐逸之思。这些

---

① 袁行霈《陶渊明集笺注》卷一,中华书局2004年,第57页。

表达方式的错综变换,呈现出多种多样的面貌,增强了陶渊明对于田园生活的艺术表现力。

在陶渊明表现田园生活的诗中,首推将描写田园风光、表现日常生活和抒发隐逸之思三者结合起来的作品,不但结构、内容较为完整,艺术成就也最高,只是这一类作品在陶渊明诗集中数量并不多。如《和郭主簿》其一:"蔼蔼堂前林,中夏贮清阴。凯风因时来,回飙开我襟。息交游闲业,坐起弄书琴。园蔬有余滋,旧谷犹储今。营已良有极,过足非所钦。春秫作美酒,酒熟吾自斟。弱子戏我侧,学语未成音。此事真复乐,聊用忘华簪。遥遥望白云,怀古一何深。"从题目来看本是一首唱和诗,但从内容来看,则是对其田园生活的真实记录。先写田园之景"堂前林""贮清阴""凯风""回飙",再述日常生活,"游闲业""弄书琴""园蔬""旧谷""作美酒""酒自斟""弱子戏我侧",最后用"遥遥望白云,怀古一何深"点明怀念古代贤人,表明他以贤人为标杆勉励自己的人生态度。诗中环境美好,生活闲适,人物的胸襟和境界淡泊、超脱、高远,景象清新,叙事真实,意味深长。元人刘履称赞说:"末言遥望白云,深怀古人之高迹,其意远矣。"[①]

又如《癸卯岁始春怀古田舍》其二,从题材来看,本是一首咏怀诗,"先师有遗训,忧道不忧贫。瞻望邈难逮,转欲心长勤。秉耒欢时务,解颜劝农人。平畴交远风,良苗亦怀新。虽未量岁功,即事多所欣。耕种有时息,行者无问津。日入相与归,壶浆劳近邻。长吟掩柴门,聊为陇亩民"。诗以说理入诗,"先师有遗训,忧道不忧贫",表现他以圣贤为师,以道为追求;接下来叙写田园生活,"秉耒","劝农人";接下来描写田园风光,"平畴交远风,良苗亦怀新";又写田园

---

① (元)刘履《选诗补注》卷五,转引自北京大学中文系编《陶渊明诗文汇评》,中华书局1961年,第94页。

生活,"日入相与归""壶浆劳近邻";最后抒发田园生活的感叹。全诗寓情于景,寓情于理,叙事、抒情、写景与说理相融合一,真实地表现了农时农作物生长的自然环境,农人日出而作、日入而息的生活状态,抒发了安心隐居之情。

又如《癸卯岁十二月中作与从弟敬远》,如题是一首赠诗,而从内容来看则是一首咏怀诗,表现了田园生活并非全部美好,也有贫病饥寒的考验,但这一切困难都不能动摇诗人希望隐居的坚定之心。"寝迹衡门下,邈与世相绝。顾盼莫谁知,荆扉昼长闭。凄凄岁暮风,翳翳经日雪。倾耳无希声,在目皓已洁。劲气侵襟袖,箪瓢谢屡设。萧索空宇中,了无一可悦!历览千载书,时时见遗烈。高操非所攀,谬得固穷节。平津苟不由,栖迟讵为拙。寄意一言外,兹契谁能别。"诗中先写孤独超脱的生活状态,"寝迹衡门下,邈与世相绝。顾盼莫谁知,荆扉昼长闭";再写岁暮的田园景象和生活环境,自然界到处洁白寂静,诗人缺衣少食,十分困窘,渲染一种凄冷的气息,"凄凄岁暮风,翳翳经日雪。倾耳无希声,在目皓已洁","劲气侵襟袖,箪瓢谢屡设。萧索空宇中,了无一可悦";最后写隐逸志趣,愿以先贤为榜样,守好固穷之节,"历览千载书,时时见遗烈。高操非所攀,谬得固穷节"。

此外,《戊申岁六月中遇火》先写田园生活,"草庐寄穷巷,甘以辞华轩";接着写秋夜的田园风光,"迢迢新秋夕,亭亭月将圆";最后写隐逸之趣,"仰想东户时,余粮宿中田"。《庚戌岁九月中于西田获早稻》先写抢抓农时,早出晚归的田园生活,"开春理常业,岁功聊可观。晨出肆微勤,日入负禾还";接着写田园风光,"山中饶霜露,风气亦先寒";再写田园生活,"盥濯息檐下,斗酒散襟颜";最后写隐逸之趣,"遥遥沮溺心,千载乃相关"。《饮酒》其七先写秋天的田园风光,"秋菊有佳色,裛露掇其英";接着写田园生活,"泛此忘忧物,远我遗世情。一觞虽独进,杯尽壶自倾";再写田园风光,"日入群动息,归鸟趋林鸣";最后写隐逸之情,"啸傲东轩下,聊复得此生"。这些诗作,以描写、叙述为基础,展现诗人在特定环境下的所思所想,意境生动,抒情自然真挚。

陶渊明田园诗还擅长将叙述田园生活与描写田园风光相结合,增强叙事真实感的同时,体现自然环境的幽美宁静,表现诗人生活的恬淡和谐,字里行间流露出诗人田园生活的惬意与满足之情。《归园田居》其五前两句写田园生活,道路坎坷,拄杖前行,"怅恨独策还,崎岖历榛曲";接着写田园风光,"山涧清且浅,可以濯吾足";最后,又写田园生活的快乐,"漉我新熟酒,只鸡招近局。日入室中暗,荆薪代明烛。欢来苦夕短,已复至天旭"。其他如《读山海经》其一先写隐居之后,堂前屋后的家居环境,入夏时节,绿树成阴,鸟鸣声声,"孟夏草木长,绕屋树扶疏。众鸟欣有托,吾亦爱吾庐";接着写隐居之后的日常田园生活,读书、饮酒、摘果蔬,气候宜人,微风细雨,以一个"乐"字收尾,"既耕亦已种,时还读我书。穷巷隔深辙,颇回故人车。欢然酌春酒,摘我园中蔬。微雨从东来,好风与之俱。泛览周王传,流观山海图。俯仰终宇宙,不乐复何如";而写田园生活的这部分,中间夹杂着田园风光描写,微风细雨,气候宜人,"微雨从东来,好风与之俱"。《蜡日》前两句写景,"梅柳夹门植,一条有佳花";后两句叙写吟咏诗歌,饮酒为乐的田园生活,"我唱尔言得,酒中适何多"。

陶渊明田园诗也有一部分擅长将叙述田园生活与抒发隐逸之情相结合,以叙写的田园生活为依托,使其抒发的隐逸之情更显真实自然。《归园田居》其三前六句写田园生活,"种豆南山下,草盛豆苗稀。晨兴理荒秽,带月荷锄归。道狭草木长,夕露沾我衣";最后两句抒发隐逸之情,"衣沾不足惜,但使愿无违"。《辛丑岁七月赴假还江陵夜行涂口》一开始总写田园生活的漫长和美好,"闲居三十载,遂与尘事冥。诗书敦宿好,林园无世情";最后,写隐逸的志趣和追求,"养真衡茅下,庶以善自名"。情因事发,入情入理。

陶渊明直接描绘田园风光的诗歌,体现出静谧和谐的特色。如《归园田居》其一久已为人熟知:"方宅十余亩,草屋八九间。榆柳荫后檐,桃李罗堂前。暧暧远人村,依依墟里烟。狗吠深巷中,鸡鸣桑树颠。"其中介绍家居环境与周围风光,呈现出一幅人与自然和谐相处的图画。诗歌的语言虽然平实,但是亲切生动,观察的视角和表现的方法变化多端,运用工整的对仗句式,由远而近将平平常常的农村生活写得可视可听,有声有色,静中有动,生机盎然,超脱而富有烟火气息。也有的诗中对于田园生活只是进行片断性的描写,不过,由于把握和突出了写作对象闲静、平静的生活,不乏经典和佳句。如《时运》:"山涤余霭,宇暧微霄。有风自南,翼彼新苗。"《时运》:"斯晨斯夕,言息其庐。花药分列,林竹翳如。"《己酉岁九月九日》:"靡靡秋已夕,凄凄风露交。蔓草不复荣,园木空自凋。清气澄余滓,杳然天界高。哀蝉无留响,丛雁鸣云霄。"

陶渊明叙写田园生活的诗作,大都语调明快,节奏轻快,叙事性强,感情比较真挚,表现的情感比较欢愉。如《归园田居》其二写诗人独居室内,偶尔步出家门,访问邻居,相互招呼,闲话农活,以及垦荒种地,"野外罕人事,穷巷寡轮鞅。白日掩荆扉,虚室绝尘想。时复墟曲中,披草共来往。相见无杂言,但道桑麻长。桑麻日已长,我土日已广"。《答庞参军并序》写诗人生活闲适,以隐居为乐,以琴书为伴,时而弹琴,时而读书,白天耕种灌溉,晚上休息高卧,"衡门之下,有琴有书。载弹载咏,爰得我娱。岂无他好,乐是幽居。朝为灌园,夕偃蓬庐"。

其他叙写田园生活的作品,如《饮酒》其五之"采菊东篱下,悠然见南山。山气日夕佳,飞鸟相与还",前两句描写田园生活,后两句描写山林风光。前两句是陶渊明描写田园生活的佳句,一直受人称道,不但介绍了人物活动的地点与内容,而且具象化地展现了诗人采菊的悠闲姿态，以及无意间望见南山表现出淡淡的欣赏和赞叹，为其日常生活增添了回味和情趣。《与殷晋安别并序》表现对待朋友一见如故，友情深厚，"游好非少长，一遇尽殷勤"，"负杖肆游从，淹留忘宵晨"。《停云》写倚窗凝望，独自饮酒，思念亲友，"静寄东轩，春醪独抚。良朋悠邈，搔首延伫"，"闲饮东窗。愿言怀人"。《时运》写暮春与亲友出游，"延目中流，悠悠清沂。童冠齐业，闲咏以归"。又写居家日常生活的闲适情趣，种植花草，穿行林泉，弹琴饮酒，"斯晨斯夕，言息其庐。花药分列，林竹翳如。清琴横床，浊酒半壶"。《答庞参军并序》写与友人饮酒赋诗，"我有旨酒，与汝乐之。乃陈好言，乃著新诗"。《归园田居》其一写生活清静，不受世俗的干扰，"户庭无尘杂，虚室有余闲"。《答庞参军》写与朋友饮酒，谈论圣贤经典，"有客赏我趣，每每顾林园。谈谐无俗调，所说圣人篇。或有数斗酒，闲饮自欢然"。《移居》其一写一起吟诗作文，共同欣赏佳作，"邻曲时时来，抗言谈在昔。奇文共欣赏，疑义相与析"。其二写登高、饮酒、交游，"春秋多佳日，登高赋新诗。过门更相呼，有酒斟酌之。农务各自归，闲暇辄相思。相思则披衣，言笑无厌时"。诸如此类，不胜枚举。

陶渊明还多次在诗中吐露对于隐逸的追求、坚持，寄托自己的社会和政治理想，表现出返璞归真的特色。如《劝农》其二追叙后稷、舜、禹、周四个时代，上至君主率先垂范，参加劳动，制定典章制度，确保农业生产按农时开展耕作，使老百姓丰衣足食，"哲人伊何？时为后稷；赡之伊何？实曰播殖。舜既躬耕，禹亦稼穑。远若周典，八政始食"。《劝农》其三追忆上古时期，农夫农妇，男耕女织，使原野上草木繁荣，充满生机。"熙熙令德，猗猗原陆。卉木繁荣，和风清穆。纷纷士女，趋时竞逐。桑妇宵兴，农夫野宿。"《劝农》其四追忆冀缺、沮溺等隐士们农心时节，亲自躬耕，批评当时不勤农务，无所事事的人。"气节易过，和泽难久。冀缺携俪，沮溺结耦。相彼贤达,犹勤垄亩;矧兹众庶,曳裾拱手。"《赠羊长史》表现黄帝虞舜对诗人思想的影响,以及圣贤对他的熏陶和感召,"愚生三季后,慨然念黄虞。得知千载上,正赖古人书。贤圣留余迹,事事在中都"。另外,还有一些诗以两到四句的形式抒发隐逸之思,如《和郭主簿》其二抒发思贤人之情,"衔觞念幽人,千载抚尔诀"。《劝农》其一赞美上古时期民风淳朴,人们自给自足,朴实纯真,"悠悠上古,厥初生民。傲然自足,抱朴含真"。

总体来看,陶渊明描写田园风光的作品表现出自然和谐、质朴清新的风格,叙写田园生活的作品以热情真挚、自然本真为特色,而抒发隐逸之思的作品则表现得比较平和朴实、高古淳真。除此之外,这类诗在诗人形象的塑造、诗歌的叙事特色和体式渊源、结构创新等方面,也有许多值得研究之处。葛晓音先生对此进行了深入探讨,她从严羽《沧浪诗话》"辨体"所提出的"陶体"这一概念入手,分析陶渊明善于将深刻的思考和复杂的内容经过高度抽象以后化为集中的场景描写,更重要的是能够通过日常生活典型场景的提炼,突显出诗人的鲜明形象和人格特征。她还强调,陶渊明的五古自然浑成,直接源自汉诗,得汉诗之真传,多着眼于句法,只见全篇,不能句摘,继承了汉诗场景表现的单一性和连贯性的创作原理,无论结构怎样变化,内容多么丰富,意思多么曲折,都能始终以抒情逻辑贯穿句意,做到浑融连贯,承续无迹。① 葛晓音先生对陶诗艺术表现手法和创作渊源的研究,一语中的,余深以为然。

三、虚静之美

关于诗歌是怎样创作出来的,中西方提出了许多观点,其中有

---

① 葛晓音《从五古结构看"陶体"的特征和成因》,载蒋寅、张伯伟编《中国诗学》第十五辑,人民文学出版社 2011 年,第 97—105 页。

一种趋于一致的认识是诗歌起源于"静"。英国诗人艾略特称诗产生于"宁静"的氛围，是一种被动反应的结果，"诗是众多体验的集中表现……诗的集中表现不是有意识地引发或刻意追求。这些体验不是'回忆出来的'，它们最终在一个'宁静的'氛围中统一起来，只不过是对事件的一种被动的回应"①。英国诗人华兹华斯也谈到其创作与"沉静"有关："诗起于沉静中所回味得来的情绪。"②就中国古代哲学和文艺理论领域来看，早在先秦时期已多方探讨"静"的人生境界及其对于创作的意义，重视创作者虚静之心性修养的养成。老子称："致虚极，守静笃。万物并作，吾以观其复。"③庄子提倡"心斋""坐忘""独化"，讨论如何达到"静"的境界及其对创作者的影响。至陆机时，其《文赋》论创作者如何进入"静"的境界更为深入，"伫中区以玄览，颐情志于《典》《坟》"④，认为作家在创作之初迅速安静下来，进入情绪平静的状态，有利于激发创作者的想象和思维，"其始也，皆收视反听，耽思旁讯，精骛八极，心游万仞"⑤。到刘勰，重视"虚静"，将其视为艺术构思过程非常重要的一个阶段，《文心雕龙·神思篇》着重提出"虚静"对构思的重要影响，"是以陶钧文思，贵在虚静，疏瀹五藏，澡雪精神"⑥。其所谓"虚"，侧重于指排除主体内心的杂念和欲求，从而达到内在空无，进入无我之境；而"静"则类似于陆机所说"收视反听"，指不受外界干扰，虚静凝神达到想象力高度自由的创作状态。

---

① （英）T·S·艾略特《传统与个人才能》，（英）拉曼·塞尔登编《文学批评理论——从柏拉图到现在》，刘象愚等译，北京大学出版社2000年，第333—334页。
② （英）华兹华斯语，转引自朱光潜《诗的主观与客观》，收入《文艺青年的自我修养》，贵州人民出版社2016年，第352页。
③ （春秋）老子著，饶尚宽译《老子》第十六章，中华书局2013年，第41页。
④ （晋）陆机著，张少康集释《文赋集释》，人民文学出版社2005年，第20页。
⑤ （晋）陆机著，张少康集释《文赋集释》，第36页。
⑥ （南朝梁）刘勰撰，王运熙、周锋译注《文心雕龙·神思》，第245页。

陶渊明的诗歌,研究者总结出多方面特色,艺术风格十分丰富复杂。陈绎曾充分肯定陶渊明的"忠义""闲逸"思想和"真""天然"风格,"(陶渊明)心存忠义,心处闲逸,情真景真,事真意真","至其功夫精密,天然无斧凿痕迹,又有出于十九首之表者"。葛晓音拈出"平淡""真淳""真率""天然""朴素""高逸"等语归纳,"所谓'陶体'的基本特征,一般都是指陶诗平淡真淳的风格、天然朴素的语言以及真率高逸的诗人形象"[①]。其他相关论述还有很多,然皆强调陶渊明诗之"真""淡""自然"等风格和特色,此处将略而不论,着重来谈谈陶诗如何展现其静态美。

作为山水田园诗派的开创者,同时,也是著名的隐逸诗人,陶渊明的生活环境和创作内容具有鲜明的田园特征:自由、简朴、清闲。其日常生活的活动范围多以田园和居室为主,加上他主观上有意识地与世俗应酬、交游保持一定的距离,"静"既是他遗世独立、超尘脱俗的现实生活写照,也成为他独坐自省、烛照自我的内在心灵写照,可以说,正是这种主观要求和客观环境所达到的高度契合,成就了陶渊明诗歌的静态之美。朱光潜先生不但肯定陶渊明这种静态美写作取得的艺术成就,还高度评价了这种写作所体现出来的艺术特征,"和一切伟大诗人一样,他终于达到调和静穆"。"诗的极境在兼有平易和精炼之胜。陶潜的诗表面虽平易而骨子里却极精炼,所以最为上乘。"[②]

结合陶渊明诗作来看,其对于静态美的表现是全方位、多侧面的,具体可从他描写的静态的景物、事物、生活和有关体验反映出来,又可分为三种情况,一是直接以"静"字入诗进行描叙,二是运用

[①] 葛晓音《从五古结构看"陶体"的特征和成因》,载蒋寅、张伯伟编《中国诗学》第十五辑,第 97 页。

[②] 朱光潜《诗的隐与显》,收入《文艺青年的自我修养》,贵州人民出版社 2016 年,第 347 页。

与"静"相关的词语进行刻画,三是虽未直接用"静",但是通过其具体描写可以看出是在写静景、静物、静境、静美等,具体分析如下:

陶渊明直接以"静"字入手的作品,重在营造清静、安静的生活环境,表现诗人静心居住、静思默想、静观自然和社会的生活状态,抒发对于"静态美"的喜爱之情。

"静寄东轩,春醪独抚"(《停云》其一),叙写闲居在家饮酒,思念远方的亲人。

"静言孔念,中心怅而"(《荣木》),"静言",语出《诗经·国风·邶风》:"静言思之。"写出诗人静心体味人生的周期律,感叹人生短暂,心中产生的惆怅之情。

"静念园林好,人间良可辞"(《庚子岁五月中从都还阻风于规林》),写诗人于静思默想之间,怀想田园的美好,心中生起辞别官场的愿望。

"延目中流,悠悠清沂。童冠齐业,闲咏以归。我爱其静,寤寐交挥"(《时运》其三),诗人叙写悠长的河流,悠闲的生活,表现对"闲静"生活的欣赏。

陶渊明也运用与"静"相关的字、词入诗,以表现诗人生活环境的安静、清静,生活的闲静,反映诗人对世间万物的细心体察和敏锐体验。

如用"幽"写静,"岂无他好?乐是幽居"(《答庞参军》),表现隐居生活环境清幽,侧面反映诗人超脱世俗,很少与世俗之人交流。

用"闲"写静,"弱湍驰文鲂,闲谷矫鸣鸥"(《游斜川》),表现水流细小,鱼儿在水里飞快地游来游去,山谷里一片寂静而鸥鸟纷飞的景象,让读者于静中体会动,别有一番妙趣。

用"寂"写静,"班班有翔鸟,寂寂无行迹"(《饮酒》其十五),表面上写的是寂无行迹的环境,实际上是诗人孤独寂寞的内心写照,表现了诗人与世俗之人的往来很少。

用"息"写静,"日入群动息,归鸟趋林鸣"(《饮酒》其七),表现日落之后四处一片寂静,独有归鸟返巢时鸣叫的声音。诗中描写的景象静中有动,动静结合。

用"无留响"写静,《己酉岁九月九日》:"靡靡秋已夕,凄凄风露交。蔓草不复荣,园木空自凋。清气澄余滓,杳然天界高。哀蝉无留响,丛雁鸣云霄。万化相寻异,人生岂不劳。从古皆有没,念之中心焦。"叙写时节已渐至深秋,风儿寒冷露凄凉。蔓生的草不再生长,园中草木凋零。秋气荡涤了尘埃,秋空变得清爽高远。秋蝉的哀鸣消失,雁儿在云端鸣叫。看到这样的景象,诗人不禁感叹:万物变化不断,人生怎会无忧劳?自古生命总有终结,想起这让人心焦。此诗受到清人钟秀的称赞:"纯是静字意境。"[①]为何钟氏会如此评价,如何理解呢?从全诗来看,虽然只有一个"无留响"直接写清静,殊不知其余的还有"靡靡""凄凄""不复荣""空自凋""澄余滓""天界高",亦皆从侧面写静,描写秋天万木枯萎,秋高气爽,荡涤了一切余物,也荡涤了人们杂乱的思绪。我想只有心灵寂静之后,诗人才能如此诗语自然流露而出,若非清静者,断然不能见得如此寂静之境界。这充分反映了陶渊明善于静察物理,否则,断不能写得如此清静也。

陶渊明还特别善于以"虚"来写静,表现内心的虚空,环境的虚静,这反映他受到玄学、老庄哲学的影响,由此形成超脱世俗、淡泊名利的心境,为平淡的诗风增添了脱俗的意味。如以下诗歌:

"于皇仁考,淡焉虚止。寄迹风云,冥兹愠喜。"(《命子》)

"户庭无尘杂,虚室有余闲。"(《归园田居》其一)

"白日掩荆扉,虚室绝尘想。"(《归园田居》其二)

[①] (清)钟秀编《陶靖节纪事诗品》卷二《宁静》,转引自北京大学中文系编《陶渊明诗文汇评》,中华书局1961年,第145页。

其中,"虚"指虚静,虚室,既指诗人因不参与尘俗杂事而门庭清净,更指因为生活在清净的环境而内心达到空静,超脱杂念。《庄子·人间世》:"虚室生白。"①陆德明《经典释文》引司马彪云:"室,比喻心,心能空虚,则纯白独生也。"从上述诗中可以看出,陶渊明先父宅心仁厚,天性淡泊,爱好虚静,更兼托身自然,性情恬静。而诗人也受到其父这种性情的影响,喜爱僻静的乡村生活,门庭无世俗之人来往,终日保持屋室清静,生活虽然简陋,但是可以摒除尘念,过着自己喜爱的自由自在的生活。

陶渊明描写"虚静"的例子还有很多。"凉风起将夕,夜景湛虚明。昭昭天宇阔,晶晶川上平。"(《辛丑岁七月赴假还江陵夜行涂口》)诗中描写夜深人静,凉风拂起,天空明亮开阔,小河静静流淌,月光如水,到处笼罩在皎洁的天宇下。借表现夜景的清虚寂静,夜空的寥阔明朗,较好地突出了诗人心胸的高旷和境界的超逸。清人蒋薰评曰:"篇中澹然恬退,不露怼激,较之《楚骚》,有静躁之分。"②

此外,陶渊明还善于以"远"来写静。如《饮酒》其五,"问君何能尔?心远地自偏"。其中,"心远"并非地理空间上的遥远,而是指因超脱世俗而使内心处于清静虚空的境地。诗人认为,只要做到这一点,即使与世人比邻而居,也不会感受到尘世的喧嚣。清人王士禛非常欣赏陶渊明这首诗,肯定诗人"心不滞物",于采菊之时,心中悠然,表现出山花人鸟,一派天真,人与我浑然一体,一片化机,妙不可言,"通章意在'心远'二字,真意在此,忘言亦在此。从古高人只是心无凝滞,空洞无涯,故所见高远,非一切名象之可障隔,又岂俗物之可妄干。有时而当静境,静也,即动境亦静。境有异而心无异者,

---

① (战国)庄子著,(清)王先谦集解《庄子·人间世》,上海古籍出版社2009年,第38页。
② (清)蒋薰评《陶渊明诗集》卷三,转引自北京大学中文系编《陶渊明诗文汇评》,中华书局1961年,第123页。

远故也。心不滞物,在人境不虞其寂,逢车马不觉其喧。篱有菊则采之,采过则已,吾心无菊。忽悠然而见南山,日夕而见山气之佳,以悦鸟性,与之往还……不落言诠,其谁辨之"①。

陶渊明也有不少佳作,没有直接运用与"静"相关的字、词,而是通过对于人物、环境的描绘与叙写,表现诗人闲静、平静的心态、神态。如陶渊明《饮酒》其五第五、六句"采菊东篱下,悠然见南山",备受王国维称道,评其"无我之境,以物观物,故不知何者为我,何者为物"。这两句之所以备受称道,在于它巧妙地表现了诗人在庭园采摘菊花,偶然抬头,目光恰与南山相遇,人闲逸而景自在,山静穆而境高远,共同奏出一支轻盈的乐曲。诗中不单纯是景物描写,也自然而然地表现了诗人自在自足、无意志目的、无求于外物的存在状态,一切显得平静、充实、完美。不仅包含诗人自耕自食、俭朴寡欲的生活方式,也深化了人的生命与自然的统一和谐,反映出人不仅是在社会、在人与人的关系中存在,更是作为独立的精神主体直接面对整个自然和宇宙而存在。因此,有人想将"悠然见南山"改为"悠然望南山",苏轼以为不可,原因在于"望"是有意识的注视,缺乏"见"所表现的意无所属的"悠然"的情味。

同样的例子,还见于陶渊明《归园田居》其三:"种豆南山下,草盛豆苗稀。晨兴理荒秽,带月荷锄归。道狭草木长,夕露沾我衣。衣沾不足惜,但使愿无违。"乍一看,这是一首很平常的劳作诗。第一、二句,总写自己辛勤劳动而收获微薄,在南山下种豆,草儿长得很茂盛,豆苗却稀稀拉拉,既写实而又充满调侃。第三、四句,叙述自己每天早出晚归,努力劳动。实际上,我们可以想象得到,诗人开展的劳动远不止于除杂草,还有其他很多劳动。这里着重强调的是

---

① (清)王士禛《古学千金谱》,转引自北京大学中文系编《陶渊明诗文汇评》,中华书局1961年,第170页。

"晨兴""带月",表现诗人不仅在诗里写"人生归有道,衣食固其端",提出通过劳动谋生很重要的主张,而且在现实生活中每天如同一个老农,亲自参加劳动实践。第五、六句,写劳动生活之辛苦。由于道路狭窄,人烟稀少,杂草丛生,诗人夜晚回家路上衣服常常被野草上的露水打湿。最后两句,写劳动生活的感受。吐露自己并不计较衣服被沾湿,不惧劳动的辛苦,只要能够自由自在地躬耕田园,能够过这种隐居生活,就已经足够。这首诗,写于诗人从彭泽归里的次年,表现诗人不以为苦,反以为乐的精神。通过"带月荷锄归"表现夜深人静之时返归,通过"道狭草木长"表现诗人返归之地的位置偏远,人烟稀少。虽然写的是平常之物,却寄寓着诗人的良苦用心,构建出寂静、闲远的意境,表现诗人摆脱仕途羁绊后身心的愉悦与乡间生活的恬静悠闲,表现诗人对自由自在的田园生活的热爱之情。本诗不论在诗歌语言的锤炼上,还是在诗歌意境的构建上,都是陶渊明很有代表性的一篇作品。难怪日本学者近藤元粹盛赞此诗:"五古中之精金美玉,陶公本色,于这样诗可见。"①

综而言之,用"静"来描述自然物象或自我心象的作品在陶渊明诗中比较常见,或隐或显地表现了其归隐田园后闲暇自得的生活和闲远超逸的胸襟。陶渊明这一片独特的充满静态美的文学世界的形成,反映其审美和思想对儒道两家美学思想的继承。

儒家孔子论仁者性情好静,《邶风·柏舟》:"静言思之。"②孔传:"静,安也。"《论语·雍也》载子曰:"知者动,仁者静。"③荀子论虚静对于知道、得道、求道、体道的重要性:"治之要在于知道。""人何以

---

① (日本)近藤元粹评订《陶渊明集》卷二,转引自北京大学中文系编《陶渊明诗文汇评》,中华书局1961年,第57页。
② 程俊英《诗经译注》,上海古籍出版社2012年,第26页。
③ 杨伯峻《论语译注》,中华书局2017年,第89页。

知道？曰：心。心何以知？曰虚壹而静。"①又曰："未得道而求道者，谓之虚壹而静。……将思道者之静，静则察。""知道察，知道行，体道者也。"②至于道家的老子，则将"静"视为一种本体，与"道""虚无"相近，皆为万物之源。根据老子的观点，万物虽然纷繁众多，但都将各自回归根本，这个回归的根本他称为"静"，"夫物芸芸，各归其根。归根曰'静'，静曰复命。"③在老子的哲学中，"道"为万物之始，"道生一，一生二，二生三，三生万物"④。现在这里，老子又说"静"也是万物之源，所以它与"道"相通。老子又论万物之始于无，"天下万物生于'有'，'有'生于'无'"⑤。老子既称"静"为万物之源，所以又与"无"义近，而"无"，有"虚空""虚无"的意思，前面论陶诗已对"虚"和"虚静"进行探讨，不再赘述。后文"隐亦有道"将论及陶渊明是如何受到儒道两家思想的影响，将增进对此部分的了解。

如果说，陶渊明对田园风光的描写和对田园生活的叙述，表现了他对外在自然的细心、敏锐的观察，那么，他在诗歌中着意构建起来的宁静、闲静、幽静的艺术境界所表现的对生命、对人生、对自然的思考，则表现了他对自我的聆听和对内在的省察。正是透过对于田园生活的艺术表现和对于隐逸之趣的抒发、追求，陶渊明将对外在自然的观察和主观内在的体验紧密结合起来，表现出个性化的生命感悟和艺术化的审美体验，实现了审美化的日常生活再现和日常生活的审美化表达，为日常生活增添了浓郁的诗意，也展现了其田园诗的无穷魅力。正如宗白华先生《论〈世说新语〉和晋人的美》所

---

① （战国）荀况著，张觉校注《荀子校注·解蔽》，岳麓书社2006年，第268页。
② （战国）荀况著，张觉校注《荀子校注·解蔽》，第269页。
③ （春秋）老子《老子》第十六章，第40页。
④ （春秋）老子《老子》第四十二章，第105页。
⑤ （春秋）老子《老子》第四十章，第100页。

述"晋人向外发现了自然,向内发现了自己的深情"①,陶渊明正是魏晋士人发现美、表现美、追求美的最杰出代表。

四、文道合一

"道"是中国哲学中一个重要的概念,也是中国古代文学批评中常见的术语。金岳霖先生说:"'道'是哲学中最上的概念或最高的境界。"②关于"道"的内涵和外延,古往今来,相关论述很多。从现存的文献来看,先秦诸子早已多有探讨。章太炎先生称:"九流皆言道。道者,彼也;能道者,此也。"③不但揭出论道的普遍性,而且指出论道的实质,借彼言此。从先秦典籍的记载来看,"道"涉及的内容,既极广大,《礼记·中庸》说:"道也者,不可须臾离也;可离非道也。"④又极精微,《庄子·天道》篇说:"夫道,于大不终,于小不遗,故万物备。广广乎其无不容也,渊乎其不可测也。"⑤可见,"道"既是抽象的,又是具体的,从宇宙、自然、万物至人们的一言一行,都包含着"道",体现着"道"。从道的类型来看,儒道两家皆认为"道"事关天、地、人三才,可分天道、地道和人道,同时,儒家从人道出发,认为"道"事关人的德行、修养,又可分圣人之道、贤人之道和君子之道,另外,儒家论述的"道"还有大学之道等。《老子》称:"域中有四大,而人居其一焉。人法地,地法天,天法道,道法自然。"⑥《易·恒象》

---

① 宗白华《论〈世说新语〉和晋人的美》,选自《艺境》,北京大学出版社 2003 年,第 122 页。
② 金岳霖《论道》,商务印书馆 2017 年,第 20 页。
③ 章太炎《国故论衡》,商务印书馆 2016 年,第 176 页。
④ 龙儒民译注《大学·中庸》,线装书局 2010 年,第 45 页。
⑤ (战国)庄周著,张耿光译注《庄子全译·天道》,贵州人民出版社 1990 年,第 235 页。
⑥ (春秋)老子《老子》第二十五章,第 63 页。

曰："圣人久于其道而天下化成。"①《礼记·大学》说："大学之道,在明明德,在新民,在止于至善。"②从道的特征来看,道既至阴,又至阳,道尚中,道至德,《易·系辞上》云："一阴一阳之谓道。"③东方朔《诫子诗》："明者处世,莫尚于中。优哉游哉,于道相从。"④萧统曰："含德之至,莫逾于道。"

诸家关于道的论述,观点纷纭,各有所指,难以穷尽,然就其论述的实质,则可以得出对于"道"的这些认识：一、道是宇宙万物赖以生存的一种本源和本体,体现和反映万物存在和发展的规律。它既是神秘的,又是平常的。它既是抽象的理,又是具体可感的物。道因理显,道以器成。韩非子《解老》从唯物的角度解释"道"曰："道者,万物之所然,万理之所稽也。理者,成物之文也；道者,万物之所以成也。故曰：'道,理之者也。'"⑤二、道又是一种学道、体道、悟道的认知过程,离不开人们的亲自参与、实际体验,具有很强的实践性。先秦以来的许多思想流派都有一个共识：既知"道",又能行"道",将知与行合一者,始为可贵。老子将知行合一者称为"上士","上士闻道,勤而行之；中士闻道,若存若亡；下士闻道,大笑之,不笑不足以为道"⑥。贾谊《新书·道术》将知行合一者称为圣人："故守道者谓之士,乐道者谓之君子,知道者谓之明,行道者谓之贤。且明且贤,此谓圣人。"⑦

以上简单介绍了中国古代哲学家和思想家关于"道"的阐释,可

---

① 徐子宏《周易全译》,贵州人民出版社1990年,第172页。
② 龙儒民译注《大学·中庸》,第2页。
③ 徐子宏《周易全译》,第354页。
④ 沈德潜著,傅东华选注《古诗源》,选自王云五主编《万有文库》,商务印书馆1930年,第119页。
⑤ (战国)韩非子著,任峻华注释《韩非子·解老》,华夏出版社2003年,第104页。
⑥ (春秋)老子《老子》第四十一章,第102页。
⑦ (西汉)贾谊《贾谊集·道术》,上海人民出版社1976年,第138页。

以明确有关道的一些主要内涵和特征。下面,我们再通过梳理不同时期道的发展、文学与道的关系及其流衍来讨论陶渊明诗歌的思想及其创作成就与贡献。先秦诸子不但论"道"的类型与特征,探求"道"的内涵以及如何行道,对于"道"与"文"的关系也早有论述。孟子称君子勤奋学道,积累多了,道在文章会自然外现,无不晓畅,"君子之志于道也,不成章不达"①。庄子称《诗》《书》《礼》《乐》这些典籍阐释了古代的道,"《诗》以道志,《书》以道事,《礼》以道行,《乐》以道和,《易》以道阴阳,《春秋》以道名分"②。荀子说圣人通晓天下之道,天下之道尽汇于《诗》《书》《礼》《乐》这些典籍,也就是说《诗》《书》《礼》《乐》皆体现圣人之道,"圣人也者,道之管也。天下之道管是矣,百王之道一是矣,故《诗》《书》《礼》《乐》之归是矣。《诗》言是,其志也;《书》言是,其事也;《礼》言是,其行也;《乐》言是,其和也;《春秋》言是,其微也"③。荀子的这番阐说,奠定了后来刘勰撰写《原道》《征圣》《宗经》,论述道、圣、文三位一体,"道沿圣以成文,圣因文以明道"的理论基础。

两汉时,董仲舒向汉武帝提出只有六艺之科、孔子之术有道,成为汉武帝罢黜百家、独尊儒术的重要原因,"诸不在六艺之科、孔子之术者,皆绝其道,勿使并进,邪辟之说灭息,然后统纪可一而法度可明,民知所从矣"④。其中,孔子之术,即儒术。后来汉武帝接受董仲舒的建议,以儒书为经典,以通经取仕,建立文官制度。桓谭以宓羲、老子、孔子和扬雄为例,称圣贤著作以天道为本,因事而连类,"扬雄作《玄》书,以为玄者天也、道也,言圣贤制法作事,皆引天道以

---

① (战国)孟子著,杨伯峻译注《孟子·尽心上》,中华书局 1988 年,第 391 页。
② (战国)庄周著,张耿光译注《庄子全译·天下》,贵州人民出版社 1990 年,第 598 页。
③ (战国)荀况著,张觉校注《荀子校注·儒效》,岳麓书社 2006 年,第 73—74 页。
④ 张烈《汉书注译》卷五六《董仲舒传》,海南国际新闻出版中心 1997 年,第 2592 页。

为本统,而因附属万类、王政、人事、法度,故宓羲氏谓之易,老子谓之道,孔子谓之元,而扬雄谓之玄"①。到汉末,由于宦官专权,外戚争斗,诸侯割据,三国鼎立,连年征战,百姓流离失所,社会动荡不安,君权旁落,朝政崩溃,儒学权威削弱,老庄思想受到世人空前重视。士人们"寄言上德","托意玄珠",以研读和提倡《周易》《老子》《庄子》为特色的玄学思想兴起。受到玄风影响,人们提倡自然无为之道,亦高谈名教义理。玄学家出儒入道,崇尚清谈,儒道兼综成为东汉末年以来士人阶层较为普遍的现象。《三国志·魏志·王昶传》谓王昶诫子侄"遵儒者之教,履道家之言"②。名士庾亮,一方面"性好老庄",另一方面"风格峻整,动由礼节,闺门之内,不肃而成"③。在这样的思想潮流下,士人的精神和追求发生了很大变化,呈现出既出世又入世、既积极又消极的特殊面貌。缪钺先生称:"吾国自魏晋以降,老庄思想大兴,其后与儒家思想混合,于是以积极入世之精神,而参以超旷出世之襟怀,为人生最高之境界。故居庙堂而有江湖之思,则异乎贪禄恋权之巧宦,处山林而怀用世之志,则异乎颓废疏懒之名士。"④余英时也称:"魏晋南北朝之士大夫尤多儒道兼综者,则其人大抵为遵群体之纲纪而无妨于自我之逍遥,或重个体之自由而不危及人伦之秩序也。"⑤

到陶渊明生活的时代,玄学的影响虽然稍微衰落,但在当时仍然比较盛行。其时,经过以崇有与贵无、名教与自然、言意之辨、形神之辨、名理之辨为主要论题的大讨论,玄学已经发展到第三个阶

---

① (东汉)桓谭《新论·闵友》,上海人民出版社1977年,第60页。
② (三国魏)王昶《诫子侄书》,刘枫《品读家书》,辽宁人民出版社2008年,第33页。
③ 黄公渚选注《晋书·庾亮传》,选自王云五主编《万有文库》,商务印书馆1933年,第167页。
④ 缪钺《诗词散论》,陕西师范大学出版社2008年,第59—64页。
⑤ 余英时《汉晋之际士之新自觉与新思潮》,见《中国知识阶层史论(古代篇)》,台北联经出版事业公司1980年,第326页。

段。早期的代表何晏和王弼推崇"贵无"论,提倡"无为",提出"名教即自然","名教出于自然",将儒家的"名教"与道家的"自然"合为一体,反映出玄学糅合儒道的思想特点。第二阶段的代表阮籍、嵇康认为名教与自然对立,阮籍提出"越名教而任自然","崇简易之教,御无为之治"。嵇康提出"非汤武而薄周孔",对处于一尊地位的儒家圣贤提出质疑,对于打破经学对思想的束缚发挥了积极作用。第三阶段的代表人物向秀和郭象则趋向于寻求在自然与名教之中达到融合,他们宣传"圣人虽在庙堂之上,然其心无异于山林之中",提出他们心目中的"圣人",既享有"庙堂"之上的尊荣,又有山林隐士的美名。在这种理论主导下,一些士人以"放达"闻名,放荡不羁,典型者如刘伶,"纵酒放达,或脱衣裸形"。魏晋士人如刘伶这般放任自己者还有不少,反映了玄学到后期出现了畸形的发展。

就陶渊明而言,窃以为,何王、嵇阮的思想在不同程度上都对其产生了影响,然因时代的关系,他受到向秀和郭象的思想影响更深,也就是说,趋向于寻求在自然与名教之中达到融合。关于这一点,学界似乎并未求得一致,从一些大家的观点来看,就已分歧不小,或主儒,或近道,还有认为受到佛学与玄学影响。主儒者,梁启超先生称:"渊明本是儒家出身,律己甚严,从不肯有一毫苟且卑鄙放荡的举动。"[①]朱光潜先生评说陶渊明:"只求行吾心之所安,适可而止,不过激,也不声张。很有儒家精神。"[②]近道者,王瑶先生称:"渊明诗中所指的道,仍是道家的'真','自然'。""渊明也是和阮嵇一样地向往着那音乐的'自然''和'的境界的。"[③]主玄学者,汤用彤先生称陶渊明讲究自然兴会,其读书方法就是受到玄学影响的明证,"魏世以后,学尚玄远,虽颇乖于圣道,而因主得意,思想言论乃较为自由。

---

① 梁启超《陶渊明之文艺及其品格》,选自《陶渊明》,第 7 页。
② 朱光潜《陶渊明的人格与风格》,选自《诗论》,中华书局 2012 年,第 312 页。
③ 王瑶《中古文人生活》,棠棣出版社 1952 年,第 68—69 页。

……陶渊明好读书不求甚解,每有所会,欣然忘食"①。此外,罗宗强先生认为,陶渊明受儒学与佛学影响较深,"而陶渊明实践委运任化的人生态度,与达到物我一体、与道冥一的人生境界,依靠的不是玄学的理论力量,而是借助于儒学与佛学"②。此外,陈寅恪先生认为陶渊明提出的乃新自然说。

上述学者皆为研陶大家,他们对于陶渊明思想研究尚有争议,初学者想要解开这些死结,更决非一朝一夕之功所能为。本文为了避免单一研究陶渊明属于某一种思想带来的局限性,力图从其诗中所反复提及的"道"入手,探析产生分歧的来源,尝试找到解决方法。根据统计,陶渊明在诗中直接提及"道"者多达二十余次,其余间接提及者则更多。经过分析,除少数可解释为"道德""道路""方法""说",比较容易理解,无须多论,其余或涉及宇宙万物的本源本体,或属儒家思想学说,或属道家思想学说等,以下仔细辨别,以增进对陶渊明思想的认识:

(1)"总角闻道,白首无成。"(《荣木》序)

(2)"匪道曷依,匪善奚敦?"(《荣木》其二)

(3)"孔耽道德,樊须是鄙。"(《劝农》其六)

(4)"天道幽且远,鬼神茫昧然。"(《怨诗楚调示庞主簿邓治中》)

(5)"先师有遗训,忧道不忧贫。"(《癸卯岁始春怀古田舍》其二)

(6)"人生归有道,衣食固其端。"(《庚戌岁九月中于西田获早稻》)

---

① 汤用彤著,陈来主编《汤用彤选集·魏晋玄学论稿·言意之辨》,吉林人民出版社 2005 年,第 399 页。

② 罗宗强《玄学与魏晋士人心态》,南开大学出版社 2003 年,第 307 页。

(7)"寒暑有代谢,人道每如兹。"(《饮酒》其一)
(8)"道丧向千载,人人惜其情。"(《饮酒》其三)
(9)"颜生称为仁,荣公言有道。"(《饮酒》其十一)
(10)"行行失故路,任道或能通。"(《饮酒》其十七)
(11)"岂不知其极?非道故无忧。"(《咏贫士》其四)
(12)"贫富常交战,道胜无戚颜。"(《咏贫士》其五)
(13)"谁云其人亡,久而道弥著。"(《咏二疏》)

联系上述诗句所出现的语境,来解读这些"道"所包含的意思,可分如下几类:

(1)(2)(5)(8)(9)(11)(12)(13)这七句诗中的"道",指向思想、主张、学说,一般认为特指儒家的思想、主张、学说。

(3)这一句诗中的道,可解释为"大道",指形而上的本体、本源,与"德"相对。

(4)这一句诗中的道,指向"天道",与地道、人道相对,意思近于天理,指与自然界新陈代谢类似的规律。

(6)(7)这两句诗中的"道",指人道,意思近于人理,指人生一世经历的盛衰有时的规律。

(10)这句诗中的道,指向于规律,任道,指遵循道的规律,按照道的规律办事,一般认为此句体现了道家有所为有所不为、无为而治的思想。

此外,陶渊明还有一些诗虽未直接提及"道",但是以其他概念或其他形式体现着"道"的存在,或反映"道"的内涵。如以"自然"的形式出现,解释宇宙万物的起源和本体。《形影神》序:"故极陈形影之苦,言神辨自然以辨之。"《归园田居》其一:"久在樊笼里,复得返自然。"此外,《归去来兮辞》称:"质性自然,非矫厉所得。饥冻虽切,违己交病。"

其道也以"化"的形式出现。化,意为大化、造化,自然。化之义与道相近,陶渊明多次提及。"形迹凭化往,灵府长独闲。"(《戊申岁六月中遇火》)"纵浪大化中,不喜亦不惧。"(《神释》)"目送回舟远,情随万化移。"(《于王抚军坐送客》)万化,指万物的变化,自然界的运动变迁。"化迁",意思指向自然造化,反映宇宙、自然、社会和人生等变迁。化,大化。迁,变化。"穷通靡攸虑,憔悴由化迁。"(《岁暮和张常侍》)"聊且凭化迁,终返班生庐。"(《始作镇军参军经曲阿》)

或以"天"的形式存在。"试酌百情远,重觞忽忘天。"(《连雨独饮》)"忘天",见于《庄子·天地》,"忘乎物,忘乎天,其名为忘己。忘己之人,是之谓入于天"①。此处所说"忘乎天",即忘掉自然,指超于物之上而接近自然的状态。按庄子之意,忘掉外物、忘掉自然即忘掉自己、忘掉自我,忘我并不是无我,真的忘掉自我,而是超越万物的限制和影响,达到与外物融合为一的境界。《老子》认为域中有四大,天道是其中之一,天道取法大道,大道源于自然,可见,"道"是介于天道与自然之间的神秘物或神秘力量,"故道大,天大,地大,人亦大。域中有四大,而人居其一焉。人法地,地法天,天法道,道法自然"②。故陶渊明称"忽忘天"实则指几于道、近乎自然的状态。诗中隐然有指仅"百情远"还不够畅快怡情,只有"忘天"才臻于至境也。

其诗之"风云"也隐寓道的存在。"寄迹风云,冥兹愠喜",此中"风云"寓指自然,表现作者终日托身于自然,全然忘却怒和喜的人生态度。

或以"命"的形式出现,"有生必有死,早终非命促"(《拟挽歌辞》其一)。命,在此并不仅仅指一般意义上的生命,而是包含人之生命规律,即命运。这两句诗言下之意,由生到死是自然规律,生命并无

---

① (战国)庄周著,张耿光译注《庄子全译·天地》,第202页。
② (春秋)老子《老子》第二十五章,第63页。

长短之分,即将到来的死亡并不能说明生命短促。

还以"数"的形式出现,"在数竟不免,为山不及成"(《悲从弟仲德》)。此处之"数",指向天数、气数,包涵了人之生命有自然定数,每个人都有各自的不同命运。

"道"在陶渊明诗中还多次以"真""独"等形式存在和出现。"真",有自然、本真纯真、朴素之意,指与世俗礼法相对的人之自然本性。见于《庄子·渔父》:"礼者世俗之所为也。真者,所以受于天也,自然不可易也。故圣人法天贵真,不拘于俗。"陶渊明在诗中多次提及"任真""守真"思想。"天岂去此哉,任真无所先。"(《连雨独饮》)"任真",即不束缚人之自然本性,任其自由发展。"真想初在襟,谁谓形迹拘。"(《始作镇军参军经曲阿》)"此中有真意,欲辨已忘言。"(《饮酒》其五)真想、真意,指自然之思、自然之意。这种"真意"反映了一种自然规律,即飞鸟在黄昏的时候尚知回巢,那么,同理作为万物之灵长的人类当然也明白人生的规律,即早上出门、晚上回家,这才是自然的规律。此外,陶渊明还提及抱"独"守真,"自我抱兹独,俛俛四十年"(《连雨独饮》)。提及"冥会",本指心领神会,用在此处强调对于入仕本着随顺自然的态度,相信不求而得之,自然而得之。"时来苟冥会,宛辔憩通衢。"(《始作镇军参军经曲阿》)对此,清人沈德潜评点陶诗曾称"胸有元气,自然流出,稍着痕迹便失之"①,斯为得之。

综合以上阐释,陶渊明的思想围绕天道和人道这两个重要核心,又以天命和人事为主题,探究宇宙万物的本源、本体和人的生命意义、生死价值,体现了他随顺自然、抱道而居、任道守真的思想。其中,又主要融合了儒家和道家两家的思想、观点、主张,反映了他的宇宙观、人生观、天命观、生死观。需进一步明确的是,从本体论

---

① (清)沈德潜《古诗源》卷九,文学古籍刊行社 1957 年,第 202 页。

而言,陶渊明认为天道幽远迷茫,神秘莫测,"天道幽且远",其思想受儒家天道观影响较深,"天道远,人道迩"。同时,他也继承了两汉以来的"天人合一"观,认为"天道"和"人道"皆有其自然规律,二者之间具有相通之处。就认识论而言,陶渊明钟情于对"人道"的探讨,又屡屡以圣人、贤人、君子之道为榜样和典范。他不仅"总角闻道""游好六经",很早就熟悉儒家六经等典籍的思想与学说,而且以儒家的思想与学说为立身处世的根本准则,并表达了以儒家之道为中心,建立理想的桃源世界的愿望。也因此,即便是归隐之后,仍然可以看到其有不少诗抒发理想没有实现或无法实现的自省和自勉,从而使其成为陶渊明诗歌特别是晚年诗歌的重要主题。如"总角闻道","匪道曷依","忧道不忧贫","道丧向千载","荣公言有道","非道故无忧","道胜无戚颜","久而道弥著"。将对于哲学意义上的本体论的探讨与亲身的人生实践结合,并以之入诗,而独具特色,是陶渊明对于中国古代诗歌的杰出贡献,也是他作为伟大诗人的重要标志。

  总结陶渊明其人其诗,其特色在于以诗歌塑造鲜明的自我形象,言语音容有形可感,触及思想灵魂,而这个自我的呈现和形成实有赖于两条清晰的路径:一条以诗人的生活经历、活动交往为中心,追求隐逸、崇尚自由的主题贯串其中,构筑起一个具象的田园世界,体现陶渊明的理想、志趣及为此付出的努力和追求,反映其外在、行为、言语的风流姿态和性情之真;另一条则以陶渊明闻道体道、悟道达道的历程为中心,道家的自然哲学和儒家的道德哲学甚至佛学的空无思想贯串其中,建构起一个抽象的精神世界,体现陶渊明内在的矛盾、纠葛,以及最后如何得到化解和解脱,反映其玄心洞见与思想之美。这两个文学世界,前者表现比较明显,而后者则比较隐晦,前者已广为世人熟知,后者却不容易发现,探讨较少,分歧较多。因此,全面理解陶渊明诗歌形成的这两个文学世界对于理解陶渊明的成就贡献、对于陶渊明的传承接受十分重要。

为什么陶渊明要构筑这样两个文学世界,它们又产生了怎样的作用呢?《周易·系辞上》引孔子曰:"圣人立象以尽意,设卦以尽情伪。"①圣人认为文字无法表达心里所说的内容,言语也表达不尽心中的意念,于是借助卦象来表达复杂的意念,通过不同的卦象和附记的文辞来尽情地倾吐内心的情感。陶渊明自幼饱读儒家经典,深受儒家思想影响,以圣人、贤人、君子哲学勉励和要求自己,其田园诗的创作,就是"立象以尽意"的成果呈现。从这个角度来说,陶渊明诗中的田园就是一种"象",无论是田园景象还是田园生活,都是客观的、外在的,以具体可感的形象而存在;而陶渊明诗中的"道"就是一种意,是主观的、内在的,以抽象的思想而存在。我们知道,进行诗歌创作,无论篇幅长短,首先必须先立"意",也就是先确定所需要抒发的情感。然后,再选择能够寄寓这个意的"象",或者说选定能够抒发这种情感的景物。意通过象表现,情由景发;象承载意,景寄托着情;意与象、情与景两者之间相互引发、作用,才能打动读者。陶渊明诗中的"田园"与阐说的"道"之间正如同"意"与"象"的关系,它们相辅相成,相融合一,既感性,又不失理性,成就了陶渊明及其诗歌千古流传的接受史神话。读者阅读陶渊明,如果想要更好地解读其诗歌,也需要注意其诗之"意"与"象"二者之间的关系,最好能采用逆推的方式去解读其诗歌,王弼《周易略例·明象》所说:"夫象者,出意者也。言者,明象者也。尽意莫若象,尽象莫若言。言生于象,故可寻言以观象。象生于意,故可寻象以观意。"②我们不但要仔细梳理其诗中之象,还要体会其象中之意,象外之意,由象及意,因景而会情,从而才能洞察其诗歌的奥秘,达到豁然开朗的境界。在

---

① 《周易全译·系辞上》,第 369 页。
② (魏)王弼著,(晋)韩康伯注,(唐)孔颖达疏,(唐)陆德明音义《周易注疏·周易略例·明象》,中央编译出版社 2013 年,第 437 页。

此,我想引用归有光说的一段话来揭示陶渊明诗歌的价值:"文者,道之所形也。道形而为文,其言适与道称,谓之曰:其旨远,其辞文,曲而中,肆而隐,是虽累千万言,皆非所谓出乎形,而多方骈枝于五脏之情者也。故文非圣人之所能废也。"①意思是:文章是表现道的形式,把道体现出来就成为文章,言论完全与道符合,变化曲折而能击中要害,这样的文章即使写了千言万语也不嫌多。这样的能够反映真情实感的文章,即使是圣人也不能废弃。陶渊明诗歌就具有这样的魅力。他的思想和灵魂隐藏在他的田园和隐逸的背后,等待我们去发现,去发掘。如果我们能够穿越他的文学世界,追溯他的道的世界,则不但能找到他的灵魂,也能找到安顿我们自己灵魂的路径。这就是我阅读陶渊明的启示和收获。

最后,简单介绍一下本书译注陶渊明诗集的情况。

陶渊明集,生前已有抄本传世。萧统时,广泛搜求,编录为八卷本《陶渊明集》。后来,阳休之在萧统八卷本的基础上,搜集他本,合为十卷本《陶潜集》。阳休之本后亡其序目,变为九卷本,经宋庠重刊定为十卷本《陶渊明集》。上述各本是目前所知最早刊本,均散佚不传。宋代出现研究陶渊明的第一个高潮,此时编刻陶集达十七种以上,评论陶渊明的诗话和笔记也有七十余种。清代出现陶渊明研究的又一个高潮,这时新出陶集三四十种,论及陶诗的著作更是达百余种之多。陶渊明集及注本现存多种,皆为南宋以后的刊本,比较有名者如南宋曾集诗文两册本、焦竑藏八卷本、汤汉注本、元初李公焕十卷本等。

在译注过程中,笔者主要以古本李公焕《笺注陶渊明集》、今本袁行霈撰《陶渊明集笺注》为依据,同时参考了不少陶集旧注,如汤

---

① (明)归有光《雍里先生文集序》,《震川先生集》卷二。

汉注《陶靖节先生诗》、黄文焕撰《陶诗析义》、温汝能撰《陶诗汇评》等；对今注今校本，如王瑶编注《陶渊明集》、古直撰《陶渊明诗笺》、逯钦立校注《陶渊明集》、龚斌校笺《陶渊明集校笺》、王叔岷撰《陶渊明诗笺证稿》、李剑锋评《重定陶渊明诗笺》等也多有参考，恕未一一注明。总的来说，文本采用择善而从的原则，注译和评价力求接近原文，简洁明了，表现陶渊明诗歌的创作原貌和主要特色。由于笔者初次从事诗集译注工作，加上笔力尚浅，对陶渊明生平、思想和文学的探讨或有偏颇之处，注释和译评的疏漏与讹误也难以避免，如有不妥之处，敬请学界与读者批评指正。

停云四章

序：停云，思亲友也。樽湛①新醪②，园列③初荣④。愿言⑤不从，叹息弥襟⑥。

注：

① 樽湛：意谓酒樽中斟满酒。湛，盈满之意。　② 新醪：新酿之醪。醪，带糟之酒，未漉者。《说文解字》："汁滓酒也。"　③ 列：陈列，此有众多之意。　④ 初荣：初开之花。《尔雅》："木谓之花，草谓之荣。"　⑤ 愿言：愿，思念。《诗·卫风·伯兮》："愿言思伯。"言，语助词。　⑥ 弥襟：满怀。

译：

  写一首停云诗，寄托亲友之思。
  酒杯盛满新酒，园中长满鲜花。
  思念之人未来，遗憾充满胸怀。

其 一

霭霭①停云，蒙蒙②时雨。八表③同昏④，平路伊阻⑤。静寄东轩⑥，春醪⑦独抚⑧。良朋悠邈⑨，搔首⑩延伫⑪。

注：

① 霭霭：云聚集的样子。　② 蒙蒙：雨密集的样子。　③ 八

表:八方以外极远之处。陶渊明诗常用此二字,《归鸟》:"远之八表。"《连雨独饮》:"八表须臾还。" ④ 昏:天色昏暗。 ⑤ 伊阻:阻难不通。《诗·邶风·雄雉》:"自诒伊阻。"《毛传》:"伊,维。阻,难。" ⑥ 东轩:东窗。陶渊明诗常用此语,《饮酒》其七:"啸傲东轩下。" ⑦ 春醪:春酒。醪,酒,陶渊明《九日闲居》:"持醪靡由。" ⑧ 抚:持。此指把酒。 ⑨ 悠邈:遥远。 ⑩ 搔首:心情烦急的样子。《诗·邶风·静女》:"爱而不见,搔首踟蹰。" ⑪ 延伫:久立等待。

译:

　　云儿不断聚集,雨儿密集地下。
　　到处一片昏暗,前路遇到阻碍。
　　静静倚靠东窗,独自品尝春酒。
　　朋友音讯杳然,等待的人心焦。

其 二

停云霭霭,时雨蒙蒙。八表同昏,平陆成江。有酒有酒,闲饮东窗。愿言怀人,舟车靡①从。

注:
① 靡:无,没有。

译:

　　云儿不断聚集,雨儿密集地下。
　　到处一片昏暗,陆地涨成江河。
　　幸有美酒相伴,可以东窗闲饮。
　　想念远方的人,惜无舟车前往。

其　三

东园①之树,枝条载荣。竞用新好,以怡余情。人亦有言②,日月于征③。安得促席④,说彼平生。

注:
① 东园:陶渊明诗中常提及,《饮酒》其八:"青松在东园。" ② 人亦有言:《诗·大雅·荡》:"人亦有言,颠沛之揭。"陶渊明《命子》:"人亦有言,斯情无假。" ③ 日月于征:征,犹迈,行也。《诗·唐风·蟋蟀》:"日月其迈。" ④ 促席:移近座席,指亲密交谈。

译:
看那东园的树,枝条长得茂盛。
争相用其枝叶,使我快乐愉悦。
古人都这样说,时间渐渐流逝。
何时细细交谈,说尽心中乐事。

其　四

翩翩①飞鸟,息我庭柯②。敛翩③闲止,好声相和。岂无他人,念子实多。愿言不获,抱恨如何!

注:
① 翩翩:鸟轻快疾飞之状。陶渊明《拟古》其三:"翩翩新来燕,双双入我庐。" ② 庭柯:庭园之树枝。陶渊明《归去来兮辞》:"眄庭柯以怡颜。" ③ 敛翩:敛翅。

译：
　　翩翩飞来小鸟，栖息在这院子。
　　悠闲收敛翅膀，时有鸣声相和。
　　想念的人很多，思念你却最深。
　　思念的人不来，让我怎不遗憾。

评：
　　此诗序言曰思亲友。共四章，前两章写因雨中路阻，友人不能前来相聚。后两章写思念亲友共话平生，却未能相聚，抒寂寞孤独，以景为铺垫，寓闲适之意，寄真挚之情。清张谦宜《絸斋诗谈》卷四称："《停云》温雅和平，与《三百篇》近。"王夫之《古诗评选》卷二以"深远广大"评之，确实如此。

时运四章

序：时运，游暮春也。春服既成①，景物斯和②。偶景③独游，欣慨交心。

注：
① 春服既成：气候转暖，春服穿定。《论语·先进》："暮春者，春服既成。"　② 和：和煦。　③ 景：同"影"。

译：

　　写下时运组诗，叙写暮春之游。
　　春服既已穿定，风物多么和煦。
　　同游者唯影儿，让人欣喜感慨。

其　一

迈迈①时运，穆穆②良朝。袭③我春服，薄④言东郊。山涤余霭⑤，宇暧⑥微霄⑦。有风自南⑧，翼彼新苗。

注：
① 迈迈：四时交替运行，时光不断流逝。　② 穆穆：和美。　③ 袭：加。　④ 薄：靠近。　⑤ 霭：云气，雾气。　⑥ 暧：遮蔽。　⑦ 霄：云气。　⑧ 有风自南：《诗·邶风·凯风》："凯风自南，吹彼棘心。"

译：

> 时节匆匆交替，正是风和日丽。
> 穿上轻薄春装，一起同游东郊。
> 山间轻雾弥漫，淡淡云气漂浮。
> 春风微微吹拂，新苗茁壮成长。

其 二

洋洋①平泽，乃漱乃濯。邈邈暇景②，载欣载瞩。称心而言，人亦易足。挥兹一觞③，陶然自乐。

注：
① 洋洋：水盛大的样子。《诗经·卫风·硕人》："河水洋洋。"
② 暇景：远景。 ③ 觞：酒器。陶渊明《还旧居》："拨置且莫念，一觞聊可挥。"

译：

> 水面浩大广阔，可以漱可以濯。
> 眺望远处美景，心中无比欣喜。
> 就我本心而言，实在容易满足。
> 且饮这杯美酒，享受无穷乐趣。

其 三

延目①中流②，悠悠③清沂④。童冠齐⑤业，闲咏以归。我爱其静，寤寐交挥。但怅殊世，邈不可追。

注：

① 延目：放眼远望。　② 中流：水流的中央。　③ 悠悠：悠长。　④ 沂：沂水。源于山东东南部。《论语·先进》："冠者五六人，童子六七人，浴乎沂，风乎舞雩，咏而归。"　⑤ 齐：同"济"。《荀子·王霸》："以国齐义。"杨倞注："齐，当为济。"《尔雅·释言》："济，成也。"

译：

放眼流水中央，清清沂水流淌。
儿童完成学业，相偕悠闲出游。
喜欢这份闲静，时刻向往不已。
遗憾此生难得，徒自暗暗追怀。

其　四

斯晨斯夕，言息其庐。花药分列，林竹翳如①。清琴②横床，浊酒半壶。黄唐③莫逮，慨独在余。

注：

① 翳如：隐蔽，隐藏。陶渊明《和刘柴桑》："去去百年外，身名同翳如。"　② 清琴：素琴。《庄子·刻意》："素也者，谓其无所与杂也。""能体纯素，谓之真人。"　③ 黄唐：黄，黄帝；唐，尧。《帝王世纪》曰："黄帝曰有熊，帝尧为陶唐。"

译：

> 每日清晨傍晚，我都休息于此。
> 庭前各种花草，掩映佳木之间。
> 室内一张素琴，闲时以酒为伴。
> 可惜黄唐遥远，徒留美慕感伤。

评：

四首诗各写暮春之际出游及所思所感，将暮春之景、饮酒之乐、怀古之情融为一体，使渊明之性情与人格毕现。陈祚明评选《采菽堂古诗选》："欣在春华，慨因代变。黄农之想，旨寄西山。命意独深，非仅闲适。"

荣木四章

序:荣木①,念将老也。日月推迁,已复九夏②。总角③闻道④,白首⑤无成。

注:

① 荣木:木槿,夏秋开花,朝盛夕衰。《说文解字》:"木槿,朝盛暮落。" ② 九夏:即夏天。一作有夏。 ③ 总角:一般指孩童,结发成两髻角。《诗经·卫风·氓》:"总角之宴。" ④ 闻道:学习孔孟之道。 ⑤ 白首:老年。

译:

写荣木这首诗,抒己及老之感。
日月不断变迁,转眼夏天过去。
孩童时期学道,老年无所成就。

其 一

采采①荣木,结根②于兹。晨耀其华,夕已丧之。人生若寄,憔悴③有时。静言④孔⑤念,中心怅而。

注:

① 采采:繁多、繁盛的样子。《诗经·周南·卷耳》:"采采卷耳。" ② 结根:扎根。 ③ 憔悴:衰老。 ④ 静言:静,安;言,语

助词,无义。静言,语出《诗经·邶风·氓》:"静言思之。" ⑤ 孔:甚,很。

译:

> 木槿长势繁盛,深深在此扎根。
> 早晨开放夺目,傍晚凋落衰败。
> 人生就如旅途,憔悴荣枯有时。
> 静心味此道理,心中不禁惆怅。

其 二

采采荣木,于兹托根。繁华朝起,慨暮不存。贞脆①由人,祸福无门②。匪③道曷④依,匪善奚⑤敦⑥!

注:

① 贞脆:坚贞与脆弱。　② 无门:没有准,不一定。《左传·昭公二十三年》:"祸福无门,惟人所召。"　③ 匪:同"非",不是。④ 曷:何。　⑤ 奚:何。　⑥ 敦:勤勉。

译:

> 木槿生长繁盛,在此牢牢扎根。
> 早晨花儿绽放,叹傍晚不复存。
> 坚贞脆弱由己,福祸无法把握。
> 怎能不皈依道,怎能不勤行善!

其 三

嗟余小子①,禀②兹固陋③。徂年④既流,业不增旧⑤。志彼不舍⑥,安此日富⑦。我之怀矣,怛⑧焉内疚。

注:

① 小子:自谦之词。　② 禀:禀性。　③ 固陋:鄙陋。　④ 徂年:往年。　⑤ 业不增旧:学业在原有的基础上没有增进。　⑥ 不舍:不停止,不放弃。　⑦ 日富:指一味醉酒。《诗经·小雅·小宛》:"壹醉日富。"　⑧ 怛:伤痛。

译:

> 感叹我平凡人,禀性非常鄙陋。
> 过往岁月流逝,学业没有增长。
> 志向不曾放弃,为何耽溺于酒。
> 念此感怀不已,心中无限歉疚。

其　四

先师①遗训,余岂之坠②？四十无闻,斯不足畏③。脂④我行车,策⑤我名骥。千里虽遥,孰敢不至？

注:

① 先师:一般认为指孔子。　② 坠:抛弃。　③ 四十无闻,斯不足畏:语出《论语·子罕》:"四十五十而无闻焉,斯亦不足畏也已。"　④ 脂:涂油脂,润滑车轴。　⑤ 策:鞭策。

译：

孔子留下遗训，怎能随便遗忘？
到四十仍无名，没什么可畏惧。
车轴涂上油脂，驱赶宝马前行。
纵有千里之遥，何处不能达到。

评：

对于生命流逝的焦虑与对于建功立业的迫切，是这一组诗的主题，比较突出地体现了儒家"士志于道"思想对陶渊明的影响。宋人汤汉注《陶靖节先生诗》卷一云："老而好学，词风壮烈如此，可谓有勇矣。"清人李光地《榕村诗选》卷三云："人但知靖节之清高旷达，岂知其隐居求志如此哉！"清人温汝能纂集《陶诗汇评》卷一云："此不过望道心切，叹流年之既往，恐学业之无成，所以嗟固陋而怀内疚，即学如不及之意。"

赠长沙公四章

序:长沙公于余为族,祖同出大司马①。昭穆②既远,以为路人。经过浔阳,临别赠此。

注:
① 大司马:指陶侃,曾封长沙郡公,赠大司马,死于晋成帝咸和九年甲戌(334),其子夏袭爵。夏卒,侄宏嗣。宏卒,子绰之嗣。绰之卒,子延寿嗣。宋受禅后,降延寿为醴陵侯。此诗渊明所赠"长沙公"很可能指陶延寿。 ② 昭穆:古代宗庙制度,都是始祖庙居中,以下父列左,子列右,左者为昭,右者为穆。葬墓及祭祀时排列次序,也都分昭穆。后世以昭穆指同宗关系。

译:
　　　　长沙公乃族祖,源出曾祖陶公。
　　　　同宗而血缘远,遇见陌如路人。
　　　　此时路过浔阳,临别赠送此诗。

其 一

同源分流,人易世疏。慨然寤叹,念兹厥初。礼服①遂悠,岁月眇徂②。感彼行路③,眷然④踌躇。

注：

① 礼服：古代因同宗关系的远近而丧礼之服也有所差别。此处礼服用以指同宗关系。　② 眇徂：远往。　③ 行路：行路之人。④ 眷然：思念的样子。

译：

>我和您同宗族，人事变世系远。
>让人时时感伤，想起家族之始。
>同宗关系悠长，逝去岁月遥远。
>不舍您将起程，思念让我徘徊。

其 二

於①穆令族②，允构③斯堂。谐气冬暄，映怀圭璋。爰采春花，载④警秋霜。我曰钦哉，实宗之光。

注：

① 於：音乌，感叹词。　② 令族：美族。　③ 允构：允，肯。《尚书·大诰》："若考作室，既底法，厥子乃弗肯堂，矧肯构。"其中用"作室"譬如为政，意谓父亲虽已奠定规模，但其子不肯为堂基，岂肯再构房屋。后世以"肯堂肯构"来表示子继父业之意。　④ 载：语助词。

译：

>感叹宗族美好，子继父业传承。
>气度暖似冬阳，胸怀圭璋照映。
>光彩茂如春花，处事敏如秋霜。
>我满怀着钦佩，宗族以你为荣。

其 三

伊①余云遘②,在长忘同。言笑未久,逝焉西东。遥遥三湘③,滔滔九江④。山川阻远,行李⑤时通。

注:

① 伊:同"维"。　② 遘:遇见。　③ 三湘:长沙公所在地。
④ 九江:即浔阳,指渊明所在地。　⑤ 行李:古时称使者为行李。引申为信息。

译:

　　我初遇你之时,年长忘记同宗。
　　一起谈笑短暂,转眼各奔东西。
　　你去遥遥三湘,我将留在浔阳。
　　山川阻隔遥远,也要互通信息。

其 四

何以写①心,贻兹话言②。进篑③虽微,终焉为山。敬哉离人,临路凄然。款襟④或辽,音问其先。

注:

① 写:倾泻之意。　② 贻兹话言:贻,赠;兹话言,意指此诗。
③ 篑:同"蒉",盛土竹器。《论语·子罕》:"譬如为山,未成一篑,止,吾止也。"　④ 款襟:晤谈。

译：

> 用什么表心迹,赠送你这首诗。
> 堆一筐土虽少,坚持也可成山。
> 敬重离别之人,临别之时感伤。
> 分离晤谈很难,不妨互通消息。

评：

宋人李公焕《笺注陶渊明集》卷一引杨诚斋曰:"'同源分流,人易世疏。慨然寤叹,念兹厥初。'老泉《族谱》引正渊明诗意,而渊明字少意多,尤可涵咏。"清人马璞《陶诗本义》卷一:"四首情真语朴,非他手所能,而次章犹古奥。"

酬丁柴桑

有客有客,爰^①来爰止。秉直司聪,于惠百里^②。餐胜^③如归,聆善若始^④。

注:
① 爰:于是。　② 秉直司聪,于惠百里:司聪,指治理民事;百里,指一县所辖之地。这两句表明丁为柴桑令。渊明家居,与他往来赠答。　③ 餐胜:欣赏名胜。　④ 聆善若始:聆,耳闻,听;善,善言;始,最初耳闻。

译:
  客人啊客人啊,来到这里定居。
  公正无私办事,造福地方百姓。
  善于听取胜理,保持良善如初。

匪惟^①也谐,屡有良游。载言载眺,以写我忧。放欢一遇,既醉还休。实欣心期,方从我游。

注:
① 匪惟:不只。

译：

> 我们情投意合，经常结伴同游。
> 或交谈或远眺，抒写心中忧愁。
> 与你一见如故，与你一醉方休。
> 高兴遇到知音，我们纵情游赏。

评：

清温汝能《陶诗汇评》卷一称："渊明诗，体质句逸，情真意婉，即偶然酬答，而神味渊永，可规可诵。姜白石谓其天资既高，趣诣又远，故其诗散而庄，澹而腴。旨哉斯言也。"

答庞参军①六章

序:庞为卫军参军,从江陵②使③上都④,过浔阳见赠⑤。

注:

① 庞参军:陶渊明有《答庞参军》四言诗六首,另有《答庞参军》五言一首,其中"庞参军"当为同一人。　② 江陵:荆州驻所,在今湖北省。　③ 使:奉命出使。　④ 上都:或作"上郡",指京都,东晋政权所在地,当时在建康(今江苏南京)。　⑤ 见赠:获赠诗歌。

译:

忆庞卫军参军,从江陵使上都。
经浔阳赠我诗,现用这首回赠。

其　一

衡门之下①,有琴有书。载弹载咏,爰②得我娱。岂无他好,乐是幽居③。朝为灌园,夕偃④蓬庐。

注:

① 衡门之下:衡,同"横"。衡门,横木为门,代指简陋的房屋。衡门之下,语出《诗经·陈风·衡门》:"衡门之下,可以栖迟。"　② 爰:乃。　③ 幽居:幽静的居处,指隐居。　④ 偃:仰卧,指休息。

译：

  虽然房屋简陋，时有琴书相伴。
  或弹琴或咏诗，这些使我快乐。
  非无其余爱好，只因喜欢幽居。
  早晨当灌园老，傍晚栖息茅屋。

其 二

  人之所宝，尚或未①珍。不有同好②，云③胡以④亲！我求良友⑤，实觏怀人。欢心孔洽⑥，栋宇惟⑦邻。

注：
  ① 未：或作"非"，亦通。　② 好：或作"爱"，亦通。　③ 云：或作"去"。　④ 以：或作"已"。　⑤ 友：或作"朋"，亦通。　⑥ 孔洽：很投合。　⑦ 惟：或作"唯"，唯与惟通。

译：

  人们所珍爱的，有时却不珍惜。
  没有共同爱好，何以谈论友情！
  我寻求好朋友，恰好遇上挚友。
  我们开心融洽，我们比邻而居。

其 三

  伊①余怀人，欣德孜孜②。我有旨酒③，与汝乐之。乃陈④好言，乃著新诗。一日不见，如何不思⑤！

注：

① 伊：那。　② 孜孜：追求孜孜不倦。　③ 旨酒：美酒，好酒。
④ 陈：说。　⑤ 一日不见，如何不思：《诗经·王风·采葛》曰："一日不见，如三月兮。"

译：

我那思念的人，孜孜以求美德。
我已备有好酒，邀你一起共享。
于是说贴心话，于是写下新诗。
离开一天不见，叫我怎不想念！

其　四

嘉游未斁①，誓将②离分。送尔于路，衔觞③无欣。依依旧楚④，邈邈西云⑤。之子⑥之远，良话曷⑦闻。

注：

① 斁：厌倦。　② 誓将：即逝将，将要之意。逝，发语词。《诗经·卫风·硕鼠》曰："逝将去汝，适彼乐土。"　③ 衔觞：饮酒。
④ 旧楚：指荆州江陵，即陶渊明所在地。　⑤ 西云：指荆州以西，即上都。　⑥ 之子：指庞参军。　⑦ 曷：同"何"。

译：

同游意犹未尽，眼看即将离别。
送你登车赶路，举酒杯心怅然。
不舍你离此地，遥望前路渺茫。
从此你将远逝，何时再叙良言。

其　五

昔我云别①,仓庚②载鸣③。今也遇之,霰雪④飘零。大藩⑤有命,作使上京。岂忘晏安⑥,王事靡宁⑦。

注:

① 云别:话离别,道离别。　② 仓庚:指黄鹂。　③ 载鸣:鸣叫。　④ 霰雪:雪粒。　⑤ 大藩:藩,藩王。大藩,或指谢晦封建平郡王,或指刘义隆封宜都王。　⑥ 晏安:晏,闲适,安定,安乐;安,安宁,安逸。　⑦ 靡宁:靡,无;宁,安宁,安定。

译:

> 昔日我们分别,黄鹂不停鸣叫。
> 如今我们相遇,大雪纷纷扬扬。
> 大王发来命令,奉使前往京城。
> 怎能贪图享乐,王事还未安定。

其　六

惨惨寒日,肃肃其风。翩彼方舟①,容与江中②。勖哉③征人,在始思终。敬兹良辰,以保尔躬④。

注:

① 方舟:两船相并。　② 江中:或作"冲冲"。容与江中,或作"容裔江中"。　③ 勖:勉励。　④ 尔躬:尔,你的;躬,身体。

译:

  天色暗淡无光,寒风无比阴冷。
  两驾轻舟驶来,却在江中徘徊。
  安慰出征的人,未出发已思归。
  希望珍惜良辰,好好保重身体。

评:

全诗叙己志,从说怀人、说美德,到说离分,说王事不已,最后临别赠言。情感真挚,高雅脱俗,寓意深刻。清蒋薰评《陶渊明诗集》卷一:"词直意婉,以其出乎自然也。杜甫云'陶谢不枝梧',从此看来。"日本近藤元粹评订《陶渊明集》卷一称:"居然得孔、颜之乐,是渊明之所以超绝于后世词人。"

劝农六章

其 一

悠悠上古,厥初①生民。傲然自足,抱朴含真②。智巧既萌,资待靡因。谁其赡之,实赖哲人。

注:
① 厥初:其初。《诗·大雅·生民》:"厥初生民,实维姜嫄。"
② 抱朴含真:保持朴素和纯真。朴,《老子》第十九章:"见素抱朴。"《老子》第二十八章:"复归于朴。"真,《庄子·渔父》:"真者,所以受于天也,自然不可易也。故圣人法天贵真,不拘于俗。"

译:
　　追怀悠远上古,遥想人民生活。
　　高蹈自给自足,保持朴素纯真。
　　才智机巧滋生,物资供给缺乏。
　　谁让人民富足,有赖圣人出现。

其 二

哲人伊何?时为后稷。赡之伊何?实曰播殖。舜既躬耕,禹亦稼穑。远若周典①,八政②始食。

注：

① 周典:指《尚书》。 ② 八政:《周书·洪范》载"八政":"一曰食,二曰货,三曰祀,四曰司空,五曰司徒,六曰司寇,七曰宾,八曰师。"

译：

圣人又有哪些？那时有个后稷。
怎样使民富足？教民耕种饲养。
舜也下田耕种,禹也参加劳动。
周典制订以来,八政食事为首。

其 三

熙熙①令德,猗猗②原陆。卉木繁荣,和风清穆③。纷纷士女,趋时④竞逐。桑妇宵兴⑤,农夫野宿。

注：

① 熙熙:和乐的样子。《老子》:"众人熙熙,如春登台。"《汉书·礼乐志》注:"熙熙,和乐貌。" ② 猗猗:美的样子。《诗经·卫风·淇奥》:"绿竹猗猗。"《毛传》:"猗猗,美盛貌。" ③ 清穆:《诗经·小雅·烝民》:"吉甫作颂,穆如清风。" ④ 趋时:追逐世间功名、利禄。《史记·货殖列传》:"趋时若猛鸷鸟猛兽之发。" ⑤ 兴:同"征"。

译：

> 众人美好和乐，平原充满生机。
> 花木长势喜人，和风清吹怡人。
> 看世间士和女，纷纷追逐名利。
> 农妇早早采桑，农夫露宿野外。

评：

这首诗关于和乐境界的描写其来有自。《老子》第二十章："众人熙熙，如享太牢，如春登台。"用吃美食、看美景写众人的和乐之状。《论语·先进》"子路、曾晳、冉有、公西华侍坐"章："暮春三月，春服既成"，"沐乎沂，风乎舞雩"，描绘众人游赏美景，心旷神怡。至陶渊明这里，将自然环境与社会环境的和乐融合在一起，"熙熙令德，猗猗原陆。卉木繁荣，和风清穆"，表现社会安定、民风淳朴、人民安居乐业，呈现一派欣欣向荣的景象。

其 四

气节①易过，和泽②难久。冀缺③携俪，沮溺结耦④。相⑤彼贤达，犹勤垄亩；矧⑥兹众庶，曳裾拱手⑦。

注：

① 气节：联系下文谈农业生产，此处当为节气。 ② 和泽：温和润泽的气候。陶渊明《和郭主簿》其二："和泽周三春。" ③ 冀缺：《左传·僖公三十三年》："初，臼季使过冀，见冀缺耨，其妻馌之。敬，相待如宾，与之归。" ④ 沮溺结耦：《论语·微子》："长沮、桀溺耦而耕。" ⑤ 相：看。 ⑥ 矧：况且。 ⑦ 曳裾拱手：形容无所事事。

译:

> 时节过得真快,温润气候难留。
> 冀缺携带妻子,长沮桀溺并耕。
> 看古代的圣贤,他们辛勤耕田。
> 可叹今天的人,无所事事太闲。

其 五

民生在勤,勤则不匮①。宴②安自逸,岁暮奚冀③!儋④石不储,饥寒交至。顾尔俦列⑤,能不怀愧。

注:

① 匮:缺乏。"民生在勤,勤则不匮",这两句见《左传·宣公十二年》。　② 宴:安逸。　③ 冀:希望。　④ 儋:一种小口大腹之陶器。儋石不储,意谓连很少的粮食都无储存。《汉书·扬雄传》:"家产不过十金,乏无儋石之储,晏如也。"《后汉书·吴祐传》:"及年二十,丧父,居无儋石,而不爱赡遗。"　⑤ 俦:同"辈"。

译:

> 人生重在勤奋,勤奋则不缺乏。
> 安逸复求安逸,岁末收获什么?
> 不存一点粮食,饥饿寒冷困扰。
> 看你们这些人,怎不让我心忧。

其 六

孔耽①道德,樊须是鄙。董乐琴书,田园不履③。若能超然④,

投迹高轨⑤,敢不敛衽⑥,敬赞德美。

注:

① 耽:乐于。　② 樊须:《史记·仲尼弟子列传》:"樊须,字子迟。"《论语·子路》:"樊迟请学稼,子曰:'吾不如老农。'请学为圃,曰:'吾不如老圃。'樊迟出。子曰:'小人哉,樊须也!'"孔耽道德,樊须是鄙,意谓孔子乐于道德而鄙视农耕。　③ 董乐琴书,田园不履:董,即董仲舒。此两句意谓董仲舒乐于琴书而不下田、不至园。《史记·董仲舒传》:"以治《春秋》,孝景时为博士。下帷讲诵,弟子传以久次相受业;或莫见其面,盖三年,董仲舒不观于舍园,其精如此。"　④ 超然:意谓超然于衣食需求之上。　⑤ 高轨:高尚的追求与道路。　⑥ 敛衽:整理好衣服,以示尊敬。

译:

> 孔子乐修道德,轻视樊须农耕。
> 仲舒琴书为乐,不下田园农作。
> 若能超脱世俗,投身高尚之路,
> 怎不整理衣裳,赞颂美好德行。

评:

明人钟伯敬、谭元春评选《古诗归》卷九:"即从作息勤厉中,写景观物,讨出一段快乐。高人性情,细民职业,不作二义看,惟真旷远人知之。"又曰:"倒插有力有趣,俱在言外。"明人黄文焕《陶诗析义》卷一:"《劝农》情理深远,绎其首末,光怪万状。"

命子十章

其 一

悠悠我祖,爰自陶唐①。邈焉虞宾②,历世重光③。御龙勤夏,豕韦翼商④。穆穆⑤司徒⑥,厥族以昌。

注:

① 陶唐:据《夏书》,陶丘有尧城,尧尝所居,故尧号称陶唐氏。段玉裁注:"谓尧始居于陶,后为唐侯,故曰陶唐氏也。" ② 虞宾:尧的后代在虞为宾,一般认为指尧子丹朱。 ③ 重光:指武王继文王,如宣重光;犹舜继尧,谓之重华。《尚书·顾命》:"昔君文王、武王,宣重光。" ④ 御龙勤夏,豕韦翼商:御龙,指御龙氏。豕韦,指豕韦氏。《左公·襄公二十四年》:"宣子曰:'昔丐之祖,自虞以上为陶唐氏,在夏为御龙氏,在商为豕韦氏。'" ⑤ 穆穆:《诗·大雅·文王》:"穆穆,美也。" ⑥ 司徒:《左传·定公四年》:"周公相王室,以尹天下,分康叔以殷民七族:陶氏、施氏……陶叔授民,命以《康诰》。"陶叔,被西周授为司徒,乃掌管土地与人民之官名,其封近定陶,故又谓之为陶叔。此原陶姓氏族之由来也。

译：

> 先祖历史久远,追溯可至唐尧。
> 舜时贵为宾客,辅佐两帝扬名。
> 御龙夏时辅政,豕韦商时忠良。
> 陶叔担任司徒,家族从此振兴。

其 二

纷纷战国,漠漠①衰周。凤②隐于林,幽人③在邱。逸虬绕云,奔鲸骇流。天集④有汉,眷⑤予愍侯⑥。

注：

① 漠漠:指寂寞,寂静无声,寂寂无名。 ② 凤:指君子。《法言·问明》:"或问:'君子在治。'曰:'若凤。''在乱。'曰:'若凤。'或人不谕。" ③ 幽人:隐士。 ④ 集:成就。 ⑤ 眷:喜爱。 ⑥ 愍侯:指陶舍。据《史记·高祖功臣侯者年表》《汉书·功臣表》,陶舍以右司马于汉王五年破燕定代封侯。

译：

> 战国纷争不断,周朝悄然衰落。
> 君子隐居山林,陶氏不显于世。
> 秦末群雄并起,波诡云谲惊世。
> 皇天护佑大汉,天子赐封陶侯。

其 三

于赫①愍侯,运当攀龙②。抚剑风迈,显兹武功。书誓山河③,启土开封。亹亹④丞相⑤,允⑥迪⑦前踪。

注:

① 赫:显明,光明。　② 攀龙:古人一般多用龙凤指帝王后妃。此指陶舍追随汉王建功立业。　③ 书誓山河:《汉书·功臣表》:"封爵之誓曰:'使黄河如带,泰山若厉,国以永存,爰及苗裔。'于是申以丹书之信,重以白马之盟。"　④ 亹亹:指勤勉的样子。　⑤ 丞相:指陶青。《汉书·百官公卿表》:"孝景二年八月丁未,御史大夫陶青为丞相。"　⑥ 允:信。　⑦ 迪:蹈。

译:

陶侯地位显赫,乘势建立功业。
仗剑风姿超迈,屡为朝廷立功。
汉王丹书封侯,陶侯被封开封。
陶青勤勉封相,继承其父功业。

其　四

浑浑①长源,蔚蔚②洪柯③。群川载导,众条载罗。时有语默,运因隆寙④。在我中晋,业融长沙⑤。

注:

① 浑浑:水流盛大。　② 蔚蔚:也作"郁郁",意为草木茂盛。　③ 洪柯:高大的树。　④ 寙:低下。　⑤ 长沙:指陶侃,曾封长沙郡公。

译：

> 陶氏源远流长,根柢深枝干壮。
> 如百川共源头,如千叶依大树。
> 时运有起有伏,家运有盛有衰。
> 如今东晋中兴,陶公最为显赫。

其 五

桓桓①长沙,伊勋伊德。天子畴②我,专征南国③。功遂辞归,临宠不忒④。孰谓斯心,而近可得。

注：

① 桓桓:威武状。陶侃,谥曰桓。 ② 畴:酬。 ③ 南国:《国语》韦昭注:"南国,江汉之间也。"此指陶侃兼荆州、江州等军事,任荆州、江州刺史之时。 ④ 忒:惑。

译：

> 当年陶公威武,功勋高道德盛。
> 天子优待有加,领旨征讨南方。
> 功成马上辞归,受恩宠不迷惑。
> 谁不称其德行,近世殊为难得。

其 六

肃①矣我祖,慎终如始②。直方二台③,惠和千里④。于皇仁考,淡焉虚止。寄迹⑤风云,冥⑥兹愠喜。

注：

① 肃：庄重。　② 慎终如始：《老子》六十四章："慎终如始,则无败事。"　③ 直方二台：直方,《易》："君子敬以直内,义以方外。"二台,二,一作"三",非。据《汉官仪》,御史台内掌兰台秘书,外督诸州刺史,故以兰台为内台,刺史为外台。　④ 千里：据《晋书·何曾传》,郡守专任千里。此指陶渊明祖父陶茂。《晋书·陶潜传》："祖茂,武昌太守。"　⑤ 寄迹：托身。　⑥ 冥：一作"寘"。

译：

> 我祖父亦庄重,谨慎贯其一生。
> 曾经任职太守,留下仁政美名。
> 先父宅心仁厚,天性淡泊虚静。
> 终日托身自然,浑然忘却喜怒。

其 七

嗟余寡陋,瞻望弗及。顾惭华鬓,负影只立。三千①之罪,无后为急。我诚念哉,呱闻尔泣。

注：

① 三千：据《孝经》："五刑之属三千,而罪莫大于不孝。"

译：

> 感叹自己浅陋,功业不及先祖。
> 惭愧两鬓已花,孤独仍无子嗣。
> 古人常论之罪,无后当为最大。
> 心中常忧此事,忽闻你的降生。

其 八

卜云嘉日,占亦良时。名汝曰俨,字汝求思①。温恭朝夕,念兹在兹。尚想孔伋②,庶其企而!

注:

① 名汝曰俨,字汝求思:古人名与字相应。渊明子名俨,字求思,乃据《曲礼》:"俨若思。"郑玄注:"俨,矜庄貌。人之坐思,貌必俨。" ② 孔伋:据《史记·孔子世家》:"孔伋,字子思。"王引之《春秋名字解诂》:"鲁孔伋,字子思。级与伋,皆急字之假借也。急者,忧恐迫切之意。思,亦忧也。故名急,字子思。"

译:

占卜你生日好,占卜你时辰美。
给你取名曰俨,给你命字求思。
早晚温良恭敬,时时刻刻铭记。
命名乃慕孔伋,希望你能企及。

其 九

厉夜生子,遽而求火①。凡百有心,奚特于我!既见其生,实欲其可。人亦有言,斯情无假。

注:

① 厉夜生子,遽而求火:意思是当儿子生下来,连忙抱起来看看,希望他不像自己才好。据《庄子·天地》:"厉之人,半夜生其子,

遽取火而视之,汲汲然惟恐其似己也。"

译:

　　生儿如厉之人,举火盼其胜我。
　　人人望子成才,世间不只有我。
　　看到孩子降生,父母皆盼他好。
　　人人都如此说,这个情感不假。

其 十

日居月诸①,渐免于孩。福不虚至,祸亦易来。夙兴夜寐②,愿尔斯才。尔之不才,亦已焉哉。

注:

① 日居月诸:居,诸,都是助词。相当于日乎月乎,言时光流逝。《诗经·邶风·柏舟》:"日居月诸。"　② 夙兴夜寐:早起晚睡,意思是勤奋努力。

译:

　　时光慢慢流逝,你已渐渐长大。
　　福气不会白得,灾祸随时会来。
　　你要好好努力,希望早日成才。
　　如果你不成才,我也无话可说。

评:

曾子曰:"慎终追远,民德归厚矣。"(《论语·学而》)陶渊明以《命子》为题,以组诗的形式,追述祖上功业的同时,表现对儿子成才的期待，既表现了其对于儒家孝道的遵循，也表现了儒家立德、立功、立言"三不朽"思想对他的影响。清温汝能《陶诗汇评》："此诗自首章追溯唐、虞、夏、商，盖厚陶姓氏族之所自来也。次章'眷予愍侯'，言陶舍从汉破代封侯，因乱而获武功也。三章'矗矗丞相'，谓陶青为丞相，能迪前踪也。四章言'运当隆窊'，谓陶青以后未有显者，迨至中晋而业融长沙也。五章言长沙公勋德，并及其心期之高远也。六章叙祖若父，风规已见。七章以下方说生子命子之意。然观其自嗟寡陋，自惭影只，谆谆诫勉，其切望于诸子深矣。乃子俱不才，委之天运，究何尝有所牵滞于其间哉！"

归鸟四章

其 一

翼翼①归鸟,晨去于林。远之八表②,近憩云岑③。和风弗洽,翻翻求心。顾俦相鸣,景庇清阴。

注:
①翼翼:闲也。《毛诗传》:"翼翼,闲也。" ② 八表:八方以外极远之处。 ③ 云岑:高入云霄之山。

译:

    归林鸟儿飞飞,清晨离开树林。
    飞到极远天边,迫云霄与天齐。
    未能遇到和风,翻飞追求称心。
    回看同伴和鸣,躲蔽于那树荫。

其 二

翼翼归鸟,载翔载飞。虽不怀游,见林情依。遇云颉颃①,相鸣而归。遐路诚悠,性爱②无遗。

注：

① 颉颃：鸟飞时而上时而下。　② 性爱：古直注："鸟生而爱林，故曰性爱。"

译：

归林鸟儿飞飞，时而飞时而止。
本来不想出游，留恋树林难舍。
遇到阴云阻隔，相互和鸣同归。
前路如此悠长，不想遗失本性。

其　三

翼翼归鸟，驯林^①徘徊。岂思天路，欣及旧栖。虽无昔侣，众声每谐。日夕气清^②，悠然其怀。

注：

① 驯林：犹顺林。　② 日夕气清：陶渊明《饮酒》其五："山气日夕佳。"

译：

归林鸟儿飞飞，沿着树林徘徊。
不再寻求仕路，高兴回到旧居。
即使未见旧友，交谈多么开心。
黄昏天朗气清，怡然畅叙悠怀。

其　四

翼翼归鸟，戢羽^①寒条。游不旷林，宿则森标^②。晨风清兴，好音时交。矰缴③奚施,已卷④安劳。

注:

① 戢羽:敛翅。　② 森标:森,《说文》:"木多而长。"标,《说文》:"高木末也。"　③ 矰缴:以绳系矢而射。矰、缴,皆为弋鸟之具。矰,为一种短箭。缴,系在矰上之丝绳。　④ 已卷:指鸟儿已经安巢,藏于林中。

译:

>归林鸟儿飞飞,敛翅栖息寒枝。
>游不远离深林,栖则茂密高枝。
>早晨清风吹来,树上鸟儿和鸣。
>射鸟工具无用,鸟儿深藏难觅。

评:

此诗共四章,每一章皆紧扣归隐,兼用比和赋,托物寓意。以"归鸟"喻归隐之自己,分别叙思归、归路、喜归、归后高隐。清王夫之《古诗评选》卷二评:"'虽不怀游,见林情依',是何等胸次,何等性情!有德者必有言矣,宜其字字如印沙,语语如切玉也。"清马璞《陶诗本义》卷一:"乃渊明真性情所见,知其意始知为三代以后一人,而莫有其匹者也。八句之中全与思无邪之旨合,即六义之所谓兴也。载翔载飞而见林情依,是兴动于林;兴动于林而即止于林,是兴偏于林矣。偏即邪也。惟遇云颉颃相鸣而归,而后能不偏于林,所谓无邪也。见林而情不偏于林,则遇云亦不偏于云,则无遗矣。此性之所必然,故性爱无遗也。无遗乃性之所归,其途悠远而不可穷,即悠久所以成物之旨,故曰遐路诚悠。此在《诗》为思无邪,在《大学》为絜矩之道。诗之意与政治通,故曰:诵诗三百,授之以政不达,虽多亦奚以为？此思无邪之旨，行之所以达《大学》。而渊明之意乃适与之合，是其真性情不泯没之故，非其学已至于此也。学者不可不知。《归鸟》诗四首殆与《归去来辞》一时之作，以比为赋者也。"

形影神三首

序：贵贱贤愚，莫不营营①以惜生②，斯甚惑焉。故极陈形影之苦,言神辨自然以释之。好事君子,共取其心焉。

注：
① 营营：《诗·小雅·青蝇》："营营青蝇。"《毛传》："营营,往来貌。" ② 惜生：求长生,或求后世名。

译：
　　无论贵贱和贤愚,无不汲汲惜生命。
　　对此我很是疑惑,乃大谈形影之苦,
　　并称神明察自然,希好事君子采纳。

形赠影

天地长不没,山川无改时。草木得常理①,霜露荣悴之。谓人最灵智,独复不如兹。适见在世中,奄去靡归期。奚觉无一人,亲识岂相思！但余平生物,举目情凄洏②。我无腾化③术,必尔不复疑。愿君取吾言,得酒莫苟辞。

注：
① 常理：永恒之理。指草木虽有生命,然荣枯有时。 ② 洏：同而。《周易》曰："泣血涟而。"杜预《左传注》："而,语助也。"

③ 腾化：腾云变化，谓成仙之术。《魏书·释老志》："道家之原，出于老子。其为教也，咸蠲去邪累，澡雪精神，积行树功，累德增善，乃至白日升天，长生世上。"

译：

天长地久恒不灭，山高水长也不移。
草木生长会有时，霜打露摧荣枯异。
人为万物之灵长，为何不识其中理。
世人刚刚还健在，转眼逝去永不还。
有谁注意少一人，亲人朋友可曾念。
只见那些生前物，举目四望情凄凄。
遗憾不会升仙术，必如常人无疑问。
希望听我这番话，美酒常醉不用辞。

影答形

存生①不可言，卫生②每苦拙③。诚愿游昆华④，邈然⑤兹道绝。与子相遇来，未尝异悲悦⑥。憩荫若暂乖⑦，止日终⑧不别。此同⑨既难常，黯尔⑩俱时灭。身没名亦尽，念之五情⑪热。立善有遗爱，胡可不自竭。酒云能消忧，方此讵⑫不劣。

注：

① 存生：保全生命，长生不老。　② 卫生：爱惜生命，健康长寿。　③ 拙：愚笨，无良策。　④ 昆华：昆仑山和华山。　⑤ 邈然：邈茫。　⑥ 异悲悦：有不同的悲伤与喜悦。　⑦ 乖：分离。　⑧ 终：长久。　⑨ 此同：指形影不分离。　⑩ 黯尔：黯然失色。　⑪ 五情：泛指人的情感。据《文选》收曹植《上责躬应诏诗表》："形

影相吊,五情愧赧。"刘良注:"五情,喜怒哀乐怨。" ⑫讵:岂不。

译:

求长生难以如愿,爱惜生命无良策。
希望去游昆与华,求仙之路很遥远。
自与你相遇以来,无不同喜又同悲。
树荫下暂时分离,日光之下永不分。
形影不分难长久,形影俱灭心黯然。
生命结束声名灭,想到这让人伤神。
世人立善留美名,谁能不尽己之力。
听说饮酒可解忧,相比立善差太多。

神　释

大钧①无私力,万物自森②著。人为三才③中,岂不以我故?与君④虽异物,生而相依附。结托既喜同,安得不相语。三皇⑤大圣人,今复在何处?彭祖⑥爱永年,欲留不得住。老少同一死,贤愚无复数。日醉或能忘,将非⑦促龄⑧具!立善常所欣,谁当为汝誉?甚念伤吾生,正宜委运⑨去。纵浪大化⑩中,不喜亦不惧。应尽便须尽⑪,无复独多虑。

注:

① 大钧:造化。意思是天之造物,犹陶之在钧。　② 森:繁盛。　③ 三才:指天、地、人三才。《周易·系辞下》:"有天道焉,有人道焉,有地道焉,兼三才而两之。"　④ 君:指形与影。　⑤ 三皇:传说中的上古圣王。或指天皇、地皇、人皇,或指伏羲、神农、黄帝,还有其他说法,不一一列举。　⑥ 彭祖:传说中长寿者。《列仙传》称

"至殷之末世,年已七百余岁而不衰",据说寿至八百岁。 ⑦ 将非:岂非。 ⑧ 促龄:年命减短。 ⑨ 委运:顺随天命。 ⑩ 大化:自然。《列子·天瑞》:"人自生至终,大化有四:婴孩也,少壮也,老耄也,死亡也。" ⑪ 尽:指大化之尽,即死亡。

译:

造化从来无偏私,万物繁盛显生机。
人被列入三才中,难道不是因为我?
虽与你们各不同,生来一直共依存。
相互依托共喜恶,怎能不来说几句。
上古三皇大圣人,如今又向哪里寻。
彭祖惜命爱永久,寿至八百犹难长。
老老少少皆有死,贤者愚者免不了。
终日买醉可能忘,难道不会招短命。
立善能让人欢喜,什么让你受赞誉。
过于惜生徒伤身,不如自己随天命。
我将投身到自然,不大喜也不大悲。
生命结束任自然,没有必要多思虑。

评:

三首诗从主题上分别表现了陶渊明对于生命短暂的感叹,对于生命意义的追问,以及对于生命终局无法避免的超脱。在情感的表达上从感伤、激越走向圆融。在思想上,体现了陶渊明由忧生、惜生走向达生的内心矛盾,以及不断战胜自我、超越自我的历程。宋叶梦得《玉涧杂书》:"此公天姿超迈,真能达生而遗世,不但诗人之辞,使其闻道而达一关,则其言岂止如斯而已乎?"宋罗大经《鹤林玉露》卷十五:"(《神释》)末云:'纵浪大化中,不喜亦不惧。应尽便须尽,无复独多虑。'乃是不以死生祸福动其心,泰然委顺,养神之道也。渊明可谓知道之士矣。"清陈祚明评选《采菽堂古诗选》卷十三:"如此理语,矫健不同宋人,公固从汉调中脱化而出,作理语必琢令健,乃不卑。"清邱嘉穗《东山草堂陶诗笺》卷二:"末数语真实,见道之言,与裴晋公所谓猪、鸡、鱼、蒜逢着便吃,生、老、病、死符至即行者同一达观,此君子之所以行法俟命,而寿夭不足以二之也。陶公有些卓识,其视白莲社中人胶胶于生死者,正不直一笑耳,尚安肯褰裳濡足于其间乎?"清温汝能纂集《陶诗汇评》卷二:"游昆华""答腾化"句,立善即立德、立功、立言,言圣贤实际在此,故以之责形也。

九日^①闲居

序：余闲居，爱重九之名。秋菊盈园，而持醪靡由。空服^②其华，寄怀于言。

注：

① 九日：九月九日重阳节。《西京杂记》："九月九日，佩茱萸，食蓬饵，饮菊花酒，令人长寿。菊花舒时，并采茎叶，杂黍米酿之。至来年九月九日始熟，就饮焉。故谓之菊花酒。"《太平御览》卷九九六引后汉崔寔《四民月令》："九月九日，可采菊花。"《太平御览》卷三二曹丕《九日与钟繇书》："岁往月来，忽复九月，为阳数而日月并应。俗嘉其名，以为宜于长久，故以享宴高会。" ② 服：持，或译作餐。空服其华，意谓无酒可饮。

译：

闲居在家之日，喜欢重阳之节。
秋菊开满园圃，唯惜无酒可饮。
只能手持鲜花，抒发惋惜之情。

世短意恒多^①，斯人乐久生。日月依辰^②至，举俗爱其名。露凄暄风^③息，气澈^④天象明。往燕无遗影，来雁有余声。酒能祛百虑，菊解^⑤制颓龄。如何蓬庐士，空视时运倾！尘爵耻虚罍^⑥，寒华徒自荣。敛襟独闲谣，缅^⑦焉起深情。栖迟^⑧固多娱，淹留^⑨岂无成。

注：

① 世短意恒多：意谓人生实短，思虑常多。《古诗》云："人生不满百，常怀千岁忧。" ② 辰：时。 ③ 暄风：暖风。 ④ 澈：澄清。陶渊明诗常用此类字以表空气之清明澄澈，《和郭主簿》："露凝无游氛，天高风景澈。"《己酉岁九月九日》："清气澄余滓，杳然天界高。" ⑤ 解：或作"为"。 ⑥ 尘爵耻虚罍：爵，古代酒器，三足。罍，古代酒器，形似壶。尘爵，意指酒器许多不用。虚罍，意指酒壶空空。均指无酒可饮。 ⑦ 缅：沉思，深思。 ⑧ 栖迟：游息，指归隐。 ⑨ 淹留：久留。

译：

> 人生短暂思虑多，世人常盼能长生。
> 时间推移佳节至，举世喜爱重阳节。
> 暖风消歇白露冷，天气澄澈气象清。
> 昔日的燕子走了，新来的大雁鸣叫。
> 饮酒能消除忧愁，餐菊可消解颓唐。
> 为何住茅屋之人，白白地感伤时世。
> 酒杯蒙尘酒壶空，野外花儿空绽放。
> 整理衣襟独吟咏，遥想从前陷沉思。
> 隐居生活本多乐，久居怎会无收获。

评：

感叹人生短暂，济世无力，年华虚度，感慨深沉而意气并不低靡，能够从平淡、枯燥的生活中品味人生的真意。清陈祚明评选《采菽堂古诗选》卷十三："起意闲远，中写景写情，并清出。淹留何所成？人生固有素也。'日月'二句作意新异。九，久也，故爱之。"清温汝能纂集《陶诗汇评》卷二："予谓陶诗不事雕饰，何曾著意研练，而自尔渊雅含融,此陶之所不可及也。末言时运虽倾而游息多娱,与下'栖迟讵为拙'同意。于闲散无聊之况而反得此逸兴,一结寄托遥深,尤为高绝。"

归园田居五首

其 一

少无适俗韵,性本爱丘山。误落尘网①中,一去三十年。羁鸟恋旧林,池鱼思故渊。开荒南野际,守拙②归园田。方宅十余亩,草屋八九间。榆柳荫后檐,桃李罗堂前。暧暧③远人村,依依墟里烟。狗吠深巷中,鸡鸣桑树颠。户庭无尘杂,虚室④有余闲。久在樊笼⑤里,复得返自然。

注:
① 尘网:尘世之事务如同一张网缚住世间之人。陶渊明诗曾用"尘世""尘羁"。《辛丑岁七月赴假还江陵夜行涂口》:"闲居三十载,遂与尘世冥。"《饮酒》其八:"吾生梦幻间,何事绁尘羁。" ② 守拙:意谓保持自身纯朴的本性,不与世俗同流合污。 ③ 暧暧:昏暗不明状。 ④ 虚室:既指因无尘俗杂事而门庭清净,也指因为清净而心中空静。《庄子·人间世》:"虚室生白。"司马彪注:"室比喻心,心能空虚,则纯白独生也。"陆德明《经典释文》引司马彪注云:"室,比喻心,心能空虚,则纯白独生也。" ⑤ 樊笼:关鸟兽的笼子。用来比喻世俗社会。

译：

从小不适应世俗,爱的是田园生活。
误入世间理俗事,离开田园三十年。
树上鸟儿恋旧巢,池里鱼儿想故乡。
到南郊边去开荒,保持淳朴归田园。
老宅面积十余亩,茅草屋儿八九间。
榆树柳树遮后檐,桃树李树植堂前。
远处的乡村模糊,隐约村里起炊烟。
狗儿在深巷中叫,鸡儿桑树上打鸣。
门庭无世俗之人,屋室清静心中闲。
长期为世俗约束,终于回到了田园。

评：

全诗纯朴深厚,一气呵成。描绘黄昏时候的田园,笔调舒缓,景象恬淡,志意闲静,让人如临其境。开头两句,点明诗人的性情淳朴,结尾两句表现诗人的理想和追求,首尾照应,突显了诗歌的主题。

其 二

野外罕人事①,穷巷②寡轮鞅③。白日掩荆扉,虚室④绝尘想⑤。时复墟曲⑥中,披草⑦共来往。相见无杂言⑧,但道桑麻长。桑麻日已长,我土日已广。常恐霜霰⑨至,零落同草莽。

注：

① 人事:世间的交往应酬等俗事。 ② 穷巷:相当于陋巷,指居处偏僻。 ③ 轮鞅:指代车马。 ④ 虚室:同前,既指门庭的清

静,也指心中的宁静。　⑤ 尘想:世俗之杂念。　⑥ 墟曲:乡村,乡野。　⑦ 披草:拨开杂草。　⑧ 杂言:世俗之人所谈的话题,如求取功名富贵等。　⑨ 霰:小雪粒。

译:

　　僻居乡村俗事少,身居陋巷车马稀。
　　白天无事柴门闭,室内清静无杂念。
　　偶尔离家访邻居,拨开野草相来往。
　　相见不谈世间事,只说家中农作物。
　　庄稼渐渐在成长,我垦田土也渐多。
　　常担心霜雪降临,无端使庄稼凋零。

评:

写僻居乡村的清静闲适,生活虽然简陋,但可以摒除尘念,访问邻人,共话种植桑麻、躬耕自给之乐,最后表现诗人心系农人收成,尤显心胸高妙。

其　三

种豆南山下,草盛豆苗稀。晨兴①理②荒秽③,带月荷④锄归。道狭草木长,夕露⑤沾⑥我衣。衣沾不足惜,但⑦使愿⑧无违。

注:

① 晨兴:晨起。　② 理:清理,清除。　③ 荒秽:荒芜,指长满了杂草。　④ 荷:负,扛。　⑤ 夕露:晚上的露水。　⑥ 沾:浸湿。　⑦ 但:只。　⑧ 愿:这里特指归隐田园的愿望。

译：

  我在南山下种豆,草儿比豆苗茂盛。
  早晨出发除荒草,披星戴月始回家。
  路儿窄窄草木高,露水浸湿我衣裳。
  衣服浸湿没关系,只要我能归田园。

评：

  此诗叙述陶渊明亲自参加农业劳动,躬耕田园,从早到晚,不以为苦,反以为乐,悠然自得的生活。其语言朴实中有华美,其情感真挚而内蕴深厚。写作的特色诚如袁行霈先生所评:妙处全自生活中来,从心底处来,既无矫情,亦不矫饰。无意作诗,不须安排,从胸中自然流出即是好诗。

其 四

  久去①山泽游,浪莽②林野娱。试携子侄辈,披③榛④步荒墟⑤。徘徊丘陇⑥间,依依昔人居。井灶有遗处,桑竹残朽株。借问采薪者,此人皆焉如⑦?薪者向我言,死没无复余。一世⑧异朝市⑨,此语真不虚。人生似幻化⑩,终当归空无⑪。

注：

  ① 去:离开,放弃。　② 浪莽:莽,即荒。浪荒,即荒废。③ 披:拨开。　④ 榛:丛生的杂草。　⑤ 荒墟:荒废的村落。⑥ 丘陇:墓地。　⑦ 焉如:到哪里,在哪里。　⑧ 一世:古代以三十年为一世。王充《论衡·宣汉》:"孔子所谓一世,三十年也。"⑨ 朝市:指人多聚居之地,代指繁华之地。　⑩ 幻化:造化、造物之变化,指变化无常。《列子·周穆王》:"造化之所始,阴阳之所变者,

谓之生,谓之死,穷数达变,因形移易者,谓之化,谓之幻。" ⑪ 空无:按佛教的说法,空即无,无即空。郗超《奉法要》:"一切有归于无,谓之空。"

译:

离开山林入仕久,山林之乐久荒废。
今日带领子侄辈,拨开荒草过废墟。
转眼之间成墓地,昔日分明有人住。
井和灶成了遗迹,桑和竹只剩残株。
请问那砍柴大哥,这些人去了哪里?
砍柴的人回答我,都已亡故不复存。
三十年繁华褪尽,古人之言真不假。
人一生变幻太多,最后都将化空无。

评:

这首诗开篇四句写与众人一起游赏山林,中八句写游赏途中的所见所闻,最后四句写游赏之后的感受。其中运用先扬后抑的写法,不但未叙及久违的山林之乐,反而因目睹山间物是人非的残破、凄凉之景,而兴起"人生似幻化,终当归空无"之叹,既是对当时动乱的社会现实的写照,更表现了诗人对人生的空无之思和生命的幻灭之感,反映了陶渊明对人生、生命价值的思考。诗人于叙事、描写中穿插对话、抒情、议论,将诗情、诗趣与理趣融为一体。

其 五

怅恨独策①还,崎岖历榛曲②。山涧清且浅,可以濯吾足。漉③我新熟酒,只鸡招近局④。日入室中暗,荆薪代明烛。欢来苦夕短,已复至天旭⑤。

注：

① 策：拄杖。　② 榛曲：草木丛生而道路曲折、偏僻。　③ 漉：过滤。　④ 近局：近邻，乡邻。　⑤ 天旭：天亮。

译：

心中惆怅拄杖归，山路弯弯杂草多。
山间小溪水清浅，正好可以洗我足。
拿出我新酿的酒，杀只鸡招待邻居。
太阳下山室内黑，点亮荆柴来照明。
相聚欢乐惜时短，转眼便至破晓时。

评：

这首诗写诗人虽然僻处一隅，但是山野之间景象清新，而且经常杀鸡备酒与邻居聚会，通宵达旦，也可谓是其乐无穷。既有及时行乐、人生如梦的消极思想，也表现了邻里之间真挚的情谊和乡野之地淳朴的风俗。清宋长白《柳亭诗话》卷二十《近局孤影》称："渊明田居诗，'漉我新熟酒，只鸡招近局'。又曰：'欲言无予和，挥杯劝孤影。'于醉乡日月，另辟一世界。读前二句，觉河朔西园，绝少山林气味；读后二句（欲言无予和，挥杯劝孤影），觉竹林金谷，太呈名士风流。元次山曰：'坐无拘忌人，勿限醉与醒。'陶公有知，应以素心许之。"清孙人龙纂辑《陶公诗评注初学读本》卷一评："田家真景，令人悠然。"日本近藤元粹评订《陶渊明集》卷二称："是汉魏歌谣，晋宋间得之者独有陶公，而特过之。后来杜诗《无家别》《石壕吏》之类，亦是此种风韵。"

游斜川①

序：辛丑②正月五日，天气澄和③，风物闲美④。与二三邻曲⑤，同游斜川。临长流，望曾城⑥，鲂⑦鲤跃鳞于将夕，水鸥乘和⑧以翻飞。彼南阜⑨者，名实旧矣，不复乃为嗟叹。若夫曾城，傍无依接，独秀⑩中皋⑪；遥想灵山⑫，有爱嘉名。欣对不足，率尔赋诗。悲日月之遂⑬往，悼吾年之不留。各疏⑭年纪乡里⑮，以记其时日。

注：

① 斜川：此处至今难以详考。大概对于陶渊明来说，是可与昆仑、桃源相比的一个地方。　② 辛丑：据陶渊明诗的开头所称"开岁倏五十"，袁行霈订此年为晋安帝隆安五年辛丑（401），古直笺谓陶渊明诗序中辛丑之辛字，是传写误字，应当是乙丑，宋元嘉二年乙丑，渊明正五十岁也。　③ 澄和：澄，天气很好，天空澄澈；和，阳光和煦，微风柔和。写出了天朗气清的季节性春景。　④ 闲美：闲静美好的样子。　⑤ 邻曲：乡邻，村邻，邻居。　⑥ 曾城：山名，据清《江西通志·南康府》："曾城山在府治西五里，今谓之乌石山。晋陶潜《游斜川诗序》：'临长流，望曾城。'即此。"或谓曾与增相通，曾城与昆仑山中之增城同名，据《淮南子·墬形训》："昆仑中有增城九重。"所以，陶渊明后面又说"遥想灵山，有爱嘉名"。　⑦ 鲂：据《说文解字》："鲂，赤尾鱼。"　⑧ 乘和：迎着和风。　⑨ 南阜：南山，即庐山。　⑩ 秀：特立，特出，特异。　⑪ 皋：水边高地。　⑫ 灵山：指昆仑山上的曾城山，根据古代神话传说，西王母及诸神仙居于昆仑山，故称"灵山"。　⑬ 遂：竟。　⑭ 疏：分别记录。　⑮ 年纪乡

里:年纪,指记辛丑正月五日,是记时;乡里,指记邻曲,是记人。

译:

> 辛丑年正月五日,天气晴朗风柔和。
> 风光景物多美好,邀请两三个邻居,
> 一起去游赏斜川。登临眺望那长河,
> 极目远望那曾城。小鲤鱼水里跳跃,
> 水鸟儿迎风高飞。重重叠叠的南山,
> 名声早已为人知,不必再为它咏叹。
> 看那高高曾城山,旁边全没有依傍,
> 一枝独秀好突出。遥想昆仑增城山,
> 喜爱它有那美名。情动于中言不足,
> 于是写下这首诗,感叹日月流逝快,
> 感伤岁月之难留。于是纪年岁乡邻,
> 并记游赏之时日。

开岁①倏五十②,吾生行归休③。念之动中怀④,及辰为兹游。气和天惟澄,班坐⑤依远流。弱湍⑥驰文鲂,闲⑦谷矫⑧鸣鸥。迥泽⑨散游目,缅然⑩睇⑪曾邱。虽微九重秀,顾瞻无匹俦。提壶接宾侣,引满更献酬⑫。未知从今去,当复如此不?中觞⑬纵遥情⑭,忘彼千载忧。且极今朝乐,明日非所求。

注:

① 开岁:一年之开始。 ② 五十:汤汉本作"五日",历来有争议。从诗的后句感叹"吾生行归休",似乎此处作"五十"对于诗意的理解更佳。 ③ 归休:生命结束。 ④ 中怀:心怀。 ⑤ 班坐:按次序列坐。 ⑥ 弱湍:细小的水流。 ⑦ 闲:静。 ⑧ 矫:飞。

⑨ 迥泽：远泽。　⑩ 缅然：沉思。　⑪ 睇：凝视。　⑫ 献酬：劝酒。
⑬ 中觞：饮酒半酣。　⑭ 遥情：超脱之情怀。

译：

新的一年到五十，我的人生将结束。
想到这里心怀忧，趁着良辰作此游。
天空澄澈风柔和，远水旁边依序坐。
水流细小鱼儿跃，山谷寂静鸥鸟飞。
纵目四望远泽青，凝视曾丘陷沉思。
虽然没有九重秀，回望鲜有其同类。
提酒壶招待朋友，斟满酒频频劝酒。
不知道此次离开，什么时候再相聚。
饮至半酣情超脱，千载之忧全抛却。
姑且极尽今日乐，明日之事今不求。

评：

　　陶渊明以擅长田园诗著称，这是其少有的山水诗作。从表达方式来看，受到玄言诗的影响。首尾抒发人生易逝、及时行乐的感怀，有对玄理的阐发，中间既有山水景物的描写，也有人物聚会的宴饮之乐。特别是诗中的景物描写，不但上承玄言诗的写法，也开启了谢灵运山水诗的先河。

示周续之①祖企谢景夷②三郎③

负疴④颓檐⑤下,终日无一欣。药石⑥有时闲⑦,念我意中人⑧。相去⑨不寻常⑩,道路邈何因。周生述⑪孔业⑫,祖谢响然⑬臻⑭。道⑮丧向⑯千载,今朝复斯闻。马队⑰非讲肆⑱,校书亦已勤。老夫有所爱,思与尔为邻;愿言诲⑲诸子,从我颍水⑳滨。

注:

① 周续之:字道祖,博通五经,入庐山事释慧远,与刘遗民、陶渊明号称"浔阳三隐"。萧统《陶渊明传》称:"时周续之入庐山事慧远,彭城刘遗民亦遁迹匡山,渊明又不应征命,谓之'浔阳三隐'。后刺史檀韶苦请续之出州,与学士祖企、谢景夷三人,共在城北讲《礼》,加以雠校。所住公廨,近于马队。是故渊明示其诗云:'周生述孔业,祖谢响然臻。马队非讲肆,校书亦已勤。'" ② 祖企、谢景夷:据萧统《陶渊明传》记载,二人皆为州学士。 ③ 郎:一般男子之尊称。 ④ 疴:病。 ⑤ 颓檐:房子破败。颓,倒塌,破败。 ⑥ 药石:药,方药;石,砭石。泛指治病的药物。 ⑦ 闲:同"间",间断,意为病情转好,用药有间断。 ⑧ 意中人:周续之、祖企、谢景夷等三人。 ⑨ 去:距离。 ⑩ 不寻常:道路不远。寻、常,皆为古代长度单位,八尺为寻,倍寻为常。 ⑪ 述:陈述,讲授。 ⑫ 孔业:孔子的儒家学说。 ⑬ 响然:声之回应。 ⑭ 臻:到,至。 ⑮ 道:此特指孔子的儒家之道。 ⑯ 向:将近。 ⑰ 马队:养马之处,马厩。 ⑱ 讲肆:讲堂,讲舍。 ⑲ 诲:劝说,晓谕。 ⑳ 颍水滨:相传为隐士许由隐居之地,后人用来代称古代隐士隐居避世之

地。诗人以此喻己隐居之志。晋人皇甫谧《高士传》:"许由遁耕于中岳颍水之阳,箕山之下,终身无经天下色。尧又召为九州长,由不欲闻之,洗耳于颍水。"

译:

  染病栖息于陋室,整日没有开心事。
  病情稍微有好转,想起我那好朋友。
  相距他们并不远,为何感觉好遥远。
  周生讲孔子之道,祖谢俩跟随呼应。
  儒道中断近千年,今日终于再传承。
  只是马厩非讲堂,校书是多么勤勉。
  老夫爱你们传道,希望与你们为邻。
  请接受我的建议,一起隐居颍水边。

评:
  这是一首赠诗,写给周续之、祖企和谢景夷三人,一方面称扬他们讲授儒学,传承儒道之功,另一方面对他们不爱惜名节、有征召即出仕提出批评。隐含着陶渊明对于当政者沽名钓誉、笼络人心行为的否定。诗中不但表明了诗人自己归隐的坚定决心,最后还劝告其他意志不坚定、目的不单纯的隐士与他一起向许由学习,摒弃功名利禄之念,安心隐居。

乞 食

饥来驱我去,不知竟何之。行行至斯里,叩门拙言辞①。主人解余意,遗②赠岂虚来。谈谐终日夕,觞至辄倾杯。情欣新知欢,言咏遂赋诗。感③子漂母惠④,愧我非韩才。衔戢⑤知何谢,冥报⑥以相贻。

注:

① 拙言辞:拙于言辞,不知从何说起,表明诗人羞于启齿、欲言又止的复杂心理活动。 ② 遗:赠送。 ③ 感:感激。 ④ 漂母惠:像漂母那样的恩惠。漂母,水边洗衣服的妇人,事见《史记·淮阴侯列传》:"信钓于城下,诸母漂,有一母见信饥,饭信,竟漂数十日。信喜,谓漂母曰:'吾必有以重报母。'" ⑤ 衔戢:深藏感激之心。 ⑥ 冥报:谓生前不能报答,死后在冥间也要报答。

译:

饥饿驱使我乞食,出门不知往何处。
走了好久到这里,敲门不知如何说。
主人了解我来意,赠我食物不白来。
交谈融洽到黄昏,劝酒总是杯杯尽。
心情愉快如知己,吟咏之间作新诗。
感激您的漂母情,遗憾我无韩信才。
此番盛情藏心中,此生未报待冥间。

评：

此诗用白话般平实质朴的语言，将诗人在家庭陷入困境时迫不得已向人求食之事娓娓道来，表现了诗人的朴拙、感恩，邻居的友善、热情，反映了乡村淳朴的邻里之谊。

诸人共游周家墓①柏下

今日天气佳,清吹②与鸣弹③。感彼柏下人④,安得不为欢。清歌散新声,绿酒⑤开芳颜。未知明日事⑥,余襟良⑦以殚⑧。

注:
① 周家墓:或谓为周访家墓。据《晋书·周访传》,周访小陶侃一岁,曾荐侃为主簿,又以女妻侃子瞻,访曾为浔阳太守。　② 清吹:管乐。　③ 鸣弹:弦乐。　④ 柏下人:葬在柏树下之墓中人。　⑤ 绿酒:新酿的酒呈绿色,故称绿酒。　⑥ 明日事:以后之事,将来之事,包括生死之事。　⑦ 良:诚然,确实。　⑧ 殚:竭尽。

译:
今天是个好天气,吹起箫来弹起琴。
感怀柏树下先人,怎能不尽欢乐情。
清歌一曲发新声,新酒一杯悦容颜。
不知将来会如何,姑且畅叙此幽怀。

评:
这是一首叙游赏的诗,天气佳妙,与友人同行扫墓,避而不谈墓地的凄凉与对逝者的哀悼,却记述吹箫弹琴、唱歌饮酒等欢乐之事,虽然以欢愉作为主要的情感基调,但是仍能让读者感受到诗人及时行乐的思想,以及对生命的不可知的悲哀,有一种淡淡的愁绪,真实地反映出陶渊明的理性与豁达。清人温汝能纂集《陶诗汇评》卷二称:"陶集中此种最高脱,后人未易学步。此首东坡未和。"关于本诗作于何年,说法不一:一说作于公元412年,时年四十九岁;一说写于公元418年,时年五十四岁。从诗中"今日天气佳",说明当时正值秋高气爽,估计"游周家墓"是在九月九日登高节(即重阳节)这天。周家,指与陶家有世婚关系的周访家。《晋书·周访传》云:"初,陶侃微时,丁艰,将葬,家中忽失牛而不知所在。遇一老父,谓曰:'前岗见一牛眠山汙中。其地若葬,位极人臣矣。'又指一山云:'此亦其次,当世出二千石。'言讫不见。侃寻牛得之,因葬其处,以所指别山与访。访父死,葬焉,果为刺史,著称宁益。自访以下,三世为益州四十一年,如其所言云。"

怨诗楚调①示庞主簿②邓治中

天道③幽且远,鬼神茫昧然。结发④念善事,俛俛⑤六九年⑥。弱冠⑦逢世阻⑧,始室⑨丧其偏⑩。炎火屡焚如⑪,螟蜮⑫恣中田。风雨纵横至,收敛⑬不盈廛⑭。夏日长抱饥,寒夜无被眠。造夕⑮思鸡鸣,及晨愿乌迁⑯。在己何怨天,离忧⑰凄目前。吁嗟身后名,于我若浮烟。慷慨独悲歌,钟期⑱信为贤。

注:

① 怨诗楚调:王僧虔《伎录》"楚调曲"有《怨诗行》,此古辞今存一篇,首二句为:"天道悠且长,人命亦何促。"又,曾国藩《十八家诗钞》引《古今乐录》载:《怨诗》始于卞和,继以班婕妤,盖伤不见知之意。此诗之末,亦伤世无知己也。　② 庞主簿:指庞遵,字通之。据《晋书·陶潜传》《宋书·陶潜传》,乃陶渊明故交,主簿乃其官职。魏晋时的主簿是幕府中重要僚属,参与机要,统领府事。　③ 天道:天理。子产云:"天道远,人道迩。"　④ 结发:指束发,即十五岁以上。　⑤ 俛俛:勤勉,努力。　⑥ 六九年:五十四。　⑦ 弱冠:古代男子二十岁行冠礼。《礼记·曲礼上》:"二十曰弱,冠。"　⑧ 世阻:世道险阻。　⑨ 始室:三十岁。《礼记·内则》:"三十而有室,始理男事。"　⑩ 丧其偏:指丧妻。古人称丧妻或丧夫为偏丧。　⑪ 焚如:如火烧一般。　⑫ 螟蜮:两种害虫,据《吕氏春秋·任地》,食心曰螟,食叶曰蜮。　⑬ 收敛:收成,收获。　⑭ 廛:据说古代一户可分到一廛土地,此用来指一户之居,一家之居。　⑮ 造夕:到晚上。造,到。　⑯ 乌迁:指太阳下山。乌,指太阳,相传日中有三

足乌,故名金乌。 ⑰ 离忧:指遭遇忧患。离,同"罹"。 ⑱ 钟期:即钟子期。事见《列子·汤问》,伯牙视之为知音。"子期死,伯牙弦绝,以无知音者。"陶渊明在诗中乃借钟子期来喻庞主簿和邓治中为自己的知音。

译:

  天道遥远真难求,鬼神迷茫实神秘。
  年及束发思行善,努力拼到五十四。
  年二十世路遇阻,年三十中道丧妻。
  太阳如火般烧烤,害虫恣虐我稻田。
  更兼风雨交加至,收成不够一家活。
  夏天经常受饥饿,冬夜寒冷无被眠。
  到晚上盼着天明,到早晨希望天黑。
  如此处境怪自己,感伤现在遭忧患。
  可叹那身后名声,我视它们如轻烟。
  慷慨激昂咏此诗,我敬你们皆贤人。

评:

  这是一首乐府诗,收入郭茂倩《乐府诗集·相和歌辞·楚调曲上》。大部分内容追溯自己的身世,自诉飘零坎坷、艰难困窘,既有自责,也有自勉。结尾哀而不伤,感叹身后名之不可靠,实包含有与朋友互相勉励之意,表达安守固穷之节,以成就自己德行的愿望。

答庞参军①

序：三复②来贶③，欲罢不能。自尔邻曲，冬春再交。款然④良对，忽成旧游。俗谈云："数面成亲旧。"况情过此者乎？人事好乖⑤，便当语离。杨公⑥所叹，岂惟常悲。吾抱疾多年，不复为文。本⑦既不丰，复老病继之。辄依《周礼》往复之义⑧，且为别后相思之资。

注：

① 庞参军：参见四言诗《答庞参军》。卫将军王弘的参军，是诗人的新交。据记载，江州刺史王弘于宋武帝永初三年（422）晋号卫将军，镇守浔阳，次年春天，命庞参军出使江陵。庞参军出使前写诗给陶渊明，陶渊明写五言诗相答，当为此时所作。　② 三复：反复，再三。　③ 贶：赠送。　④ 款然：诚恳亲切。　⑤ 乖：违背。　⑥ 杨公：杨朱。《淮南子·说林训》："杨子见逵路而哭之，为其可以南，可以北。"　⑦ 本：根本，体质。　⑧ 往复之义：自称作诗答赠乃依照古礼。《礼记·曲礼》："礼尚往来。往而不来，非礼也；来而不往，亦非礼也。"

译：

感谢你反复馈赠，想不回复停不下。
自从与你为邻居，旧年刚过又新年。
想当时诚挚亲热，忽然就成了旧游。
常说数面变故旧，何况此情成过往。
人间之事易乖违，很快便要说分离。

杨朱感叹的分离,难道不让人悲伤。
我已经抱病多年,很少写什么文章。
文才本来就不强,何况到老又有病。
按《周礼》之理回复,写下此诗解相思。

相知何必旧,倾盖①定前言②。有客③赏我趣,每每顾林园。谈谐无俗调,所说④圣人篇。或有数斗酒,闲饮自欢然。我实幽居士⑤,无复东西缘⑥。物新人惟旧,弱毫多所宣。情通万里外,形迹⑦滞⑧江山。君⑨其爱体素⑩,来会在何年。

注:

① 倾盖:倾,倾斜;盖,车盖。倾盖,本意指两车相遇,两车之盖稍稍倾斜,后来特指车上的人一见如故,交谈亲切融洽。邹阳《狱中上书自明》称:"语曰:白头如新,倾盖如故。" ② 前言:首句诗云"相知何必旧"。 ③ 客:此处特指庞参军。 ④ 说:同"悦",喜欢之意。 ⑤ 幽居士:隐居之人。 ⑥ 无复东西缘:指自己不再出仕。东西,东奔西走,指出仕。 ⑦ 形迹:指形体,身体。 ⑧ 滞:阻塞。 ⑨ 君:对庞参军的尊称。 ⑩ 体素:素,本。体素包括身心两方面。《庄子·刻意》:"素也者,谓其无所与杂也。能体纯素,谓之真人。"

译:

成知己何必旧交,一见如故非虚言。
感谢欣赏我志趣,经常来此探望我。
交谈和谐无俗语,都喜欢圣人遗作。
偶尔对酌几斗酒,慢慢品尝多开心。
我只宜在此隐居,此生将不再出仕。

物喜新来友重旧,诗笔多次抒此情。
身体为江山阻隔,友情能万里相通。
希望您多多珍重,不知何时能相会。

评:

　　这是一首酬答诗,回忆与庞参军一见如故的知己之情,以及两人相聚时的闲谈、饮酒之乐。同时,表露自己珍惜友谊、决心隐逸的情怀。只是,诗人受儒家思想影响颇深,是否真正放下入仕之心,得以全心隐逸,还是值得斟酌。清方宗诚《陶诗真诠》称:"'谈谐无俗调,所说圣人篇',表现渊明志在圣人,故每结想在黄、唐、羲、农、先师、六经,此其本领与他放达者不同。"

五月旦作和戴主簿

　　虚舟①纵逸棹②,回复③遂无穷。发岁④始俛仰,星纪⑤奄将中。南窗萃时物,北林荣且丰。神渊⑥写时雨,晨色奏景风⑦。既来孰不去,人理⑧固有终。居常⑨待其尽,曲肱⑩岂伤冲⑪?迁化⑫或夷险,肆志⑬无窊隆⑭。即事如已高,何必升华嵩⑮。

注:

① 虚舟:时光之舟,比喻时光流逝,时光之不驻足停留。《庄子·山木》:"方舟而济于河,有虚船来触舟,虽有惼心之人不怒。"《庄子·大宗师》:"夫藏舟于壑,藏山于泽,谓之固矣。然而夜半有力者负之而走,昧者不知也。" ② 逸棹:快桨。 ③ 回复:往来。指虚舟之往来,亦指时光或季节之循环往复。 ④ 发岁:一年之开始。《楚辞·九章·思美人》:"开春发岁兮,白日出之悠悠。" ⑤ 星纪:泛指岁时。十二星次之一。 ⑥ 神渊:《淮南子·齐俗篇》许慎注:"神蛇潜于神渊,能兴风雨。"曹植《七启》:"观游龙于神渊。"嵇康《琴赋》:"蒸灵液以播云,据神渊而吐溜。" ⑦ 景风:南风。《说文·风部》:"南方曰景风。"《史记·律书》:"景风居南方。景者,言阳气道竟,故曰景风。" ⑧ 人理:司马迁《悲士不遇赋》曰:"天道悠昧,人理促兮。"陆机《塘上行》:"天道有迁易,人理无常全。" ⑨ 居常:《太平御览》五百九嵇康《高士传》:"荣启期曰:'贫者士之常,死者民之终。居常以待终,何不乐也?'" ⑩ 曲肱:弯臂。《论语·述而》:"饭蔬食饮水,曲肱而枕之,乐亦在其中矣。" ⑪ 冲:虚。《老子》:"道冲,而用之或不盈。" ⑫ 迁化:变化,大化。《汉书》武帝《悼李

夫人赋》:"忽迁化而不反。"魏文帝《典论·论文》:"忽然与万物迁化。" ⑬肆:放志,任意。《史记·鲁仲连传》:"吾与富贵而诎于人,宁贫贱而轻世肆志焉。" ⑭窊隆:窊,下;隆,高。 ⑮华嵩:华山和嵩山,皆仙人居住之地。

译:

看岁月匆匆流逝,一去不会再回还。
俯仰之间新年过,转眼便到了年中。
南窗下植物茂盛,北林的花开鲜艳。
神渊降下及时雨,清晨暖风轻吹拂。
人生有来就有往,人道本来有尽头。
寻常生活随物尽,怡然自乐不伤身。
世事有危也有安,放纵情志无坎坷。
面对生死能超脱,又何必登高求仙。

评:

诗中的景象自然和谐,诗人的心情平和坦然。表现陶渊明深受道家思想与玄学的影响,通达自然之理,以达观的态度对待人生岁月的流逝,随顺自然,处常达变,任情自适,繁华落尽,胸怀超脱。同时,也反映出道教修仙成道思想对陶渊明的影响。

连雨独饮

运生①会归尽,终古②谓之然。世间有松乔③,于今定④何间。故老赠余酒,乃言饮得仙。试酌百情⑤远,重觞忽忘天⑥。天岂去此哉,任真⑦无所先。云鹤有奇翼,八表须臾还。自我抱兹独⑧,僶俛四十年。形骸久已化,心在复何言。

注:

① 运生:人之生命运行。陶渊明认为生命乃不断行进之过程,故曰"运生"。　② 终古:自古以来。《世说新语·栖逸》:"籍商略终古,上陈黄、农玄寂之道,下考三代盛德之美以问之,仡然不应。"　③ 松乔:松,赤松子。刘向《列仙传》:"赤松子,神农时雨师,服水玉,至昆仑山上,常止西王母石室,仙去。"乔,王子晋。袁行霈《陶渊明集笺注》引刘向《列仙传》:"王子乔,周灵王太子晋也。好吹笙,作凤凰鸣。游伊、洛水之间,道士浮丘公接以上嵩高山。三十余年后,求之于山上,见柏良曰:'告我家:七月七日,待我于缑氏山巅。'"　④ 定:究竟。《世说新语·言语》:"卿云艾艾,定是几艾?"　⑤ 百情:种种世情,如喜怒哀乐、名利之心。　⑥ 忘天:袁行霈《陶渊明集笺注》引《庄子·天地》"忘乎物,忘乎天,其名为忘己。忘己之人,是之谓入于天",称此所谓"天"意谓超于物之上而接近自然。又引《老子》:"故道大,天大,地大,人亦大。域中有四大,而人居其一焉。人法地,地法天,天法道,道法自然。"称能忘天则几于道,而近乎自然矣。但仅有"百情远"还不够高,"忘天"才臻于至境也。　⑦ 任真:即不束缚人之自然本性,任其自由发展。真,见于《庄子·渔

父》："礼者世俗之所为也。真者所以受于天也，自然不可易也。故圣人法天贵真。"　⑧独：亦见于渊明《戊申岁六月中遇火》："总发抱孤念，奄出四十年。"袁行霈《陶渊明集笺注》称所谓"独"，犹言"一"或"本"，即与具体之万物相对待之"本根"。《庄子·大宗师》："吾犹守而告之，参日而后能外天下；……已外生矣，而后能朝彻；朝彻，而后能见独；见独，而后能无古今；无古今，而后能入于不死不生。杀生者不死，生生者不生。"《庄子·田子方》："孔子见老聃，老聃新沐……孔子便而待之，少焉见，曰：'丘也眩与，其信然与？向者先生形体掘若槁木，似遗物离人，而立于独也。'老聃曰：'吾游心于物之初。'"

译：

人之生命有尽头，自古以来皆如此。
听说世间有松乔，如今他们又在哪？
老朋友赠我美酒，说是饮后可飞仙。
初次小酌忘世情，再次酣饮浑忘我。
忘我怎可不饮酒？任情唯它不可少。
愿为云鹤长翅膀，远至八极瞬间还。
自立抱独守一志，勤勉修习四十年。
形体久已与物化，但留此心无需言。

评：

此诗表现陶渊明受到道教飞升的思想和道家任真的思想影响，感叹人生世间，有生必有死，神仙不但难求，也不可信。唯有饮美酒，忘乎物，忘乎天，任真自得，顺乎自然，方可得到真正的解脱。

移居二首

其 一

昔欲居南村①,非为卜其宅②。闻多素心人③,乐与数④晨夕。怀此颇有年,今日从兹役⑤。敝庐何必广,取足蔽床席。邻曲⑥时时来,抗言谈在昔⑦。奇文共欣赏,疑义相与析。

注:

① 南村:袁行霈《陶渊明集笺注》引古直《陶靖节年谱》义熙六年下:"愚通考先生诗文以及诔、传,而知南村实在浔阳附郭。……自义熙七年至元嘉四年凡十七年,先生踪迹皆在浔阳。其尤显著者如'因家浔阳',如'过浔阳见赠',如'经过浔阳,临别赠此',如'在浔阳与潜情款',如'经过浔阳,日造渊明饮焉',皆确指其地,不可假借。然则南村之在浔阳附郭,万无可疑已。" ② 卜其宅:卜宅,《左传》昭公三年:"谚云:'非宅是卜,惟邻是卜。'" ③ 素心人:心地简单、纯洁之人。素,同前"清琴"之"清"。《文选》颜延之《陶征士诔》:"弱不好弄,长实素心。"李善注:"《礼记》曰:'有哀素之心。'郑玄曰:'凡物无饰曰素。'" ④ 数:音 shuò,屡次。 ⑤ 役:事。《左传》昭公十三年:"为此役也。" ⑥ 邻曲:邻居。 ⑦ 抗言谈在昔:抗言,高谈。袁行霈《陶渊明集笺注》引《后汉书·董卓传》"卓又抗言曰",李贤注:"抗,高也。"在昔,古代。陶澍注曰:"《鲁语》:'古曰在昔。'"

译：

> 从前想定居南村，并非请人占卜过。
> 听说那里人单纯，希望与他们交谈。
> 怀此心愿已许久，今天终于移居此。
> 旧房子不求宽敞，够铺床席已很好。
> 邻居经常来拜访，高声谈论往古事。
> 好文章一起欣赏，遇到疑问共分析。

评：

这是一首叙写日常生活的诗。共分为两层，诗的前六句写自己移居南村的愿望终于实现，后六句叙写移居南村的生活，破旧窄小的房屋里，因为经常有邻居拜访，一起吟诗论文，赏佳句，释疑惑，怡然自得，其乐无穷，表现诗人对物质生活的自足，以及对于精神生活的追求。

其 二

春秋多佳日，登高赋新诗。过门更相呼①，有酒斟酌②之。农务各自归，闲暇辄相思。相思则披衣，言笑无厌时。此理③将不胜④，无为⑤忽去兹⑥。衣食当须纪，力耕不吾欺。

注：

① 更相呼：轮流互相打招呼。　② 斟酌：相互斟酒，一起饮酒。　③ 此理：这种生活的真趣和意义。　④ 将不胜：难道不美好。将不，表推测，相当于"难道不"。胜，好，优，妙。　⑤ 无为：不要。　⑥ 兹：此，这里。

译：

> 春秋多良辰佳日，携友登高写新诗。
> 邻里相互打招呼，拿出美酒一起喝。
> 农忙时各自料理，农闲时便想聚会。
> 想聚会披衣出门，相互谈笑不厌倦。
> 这种生活多美好，不要无故离开这。
> 牢记衣食之重要，努力耕种有保障。

评：

　　这首诗语言朴实无华，反映了陶渊明隐居田园读书、写诗、论文、饮酒、出游、登高等丰富多样的日常生活。他与邻居农忙时各自辛劳，农闲时经常相聚。互相想念，则随时拜访，畅所欲言，无所拘束。这正是诗人喜欢的生活，也不愿意随便失去的生活。最后，还表明了自己对于生活日渐深入的理解，认识到经营衣食的重要性，愿意尽力参加劳业劳动。因为参加劳动，无须作官，也可以保障自己的生活。清人温汝能纂集《陶诗汇评》卷二称："予谓读陶诗便有益于身心、学问。二诗极平淡，却极着实。上章移居卜邻，得友论文；下章饮酒务农，不虚佳日。人苟乐此无厌，则狎邪之友何由而至，非僻之心无自而入。根本既固，培养自深，于此便可悟道，便可寻真乐处。"日本近藤元粹评订《陶渊明集》卷二称："古朴而其中丰腴，是陶诗之所以不可企及。"

和刘柴桑①

　　山泽久见招②,胡事乃踌躇?直为亲旧故,未忍言索居③。良辰入奇怀,挈杖还西庐④。荒途无归人,时时见废墟。茅茨已就治⑤,新畴⑥复旧畬⑦。谷风⑧转凄薄,春醪解饥劬⑨。弱女虽非男⑩,慰情良胜无。栖栖⑪世中事,岁月共相疏。耕织称⑫其用,过此奚所须。去去百年⑬外,身名同翳如⑭。

注:
　　① 刘柴桑:即柴桑令刘遗民,刘义庆《宣验记》记载:"刘遗民,彭城人。家贫,卜室庐山西林中。"沈约《周续之传》记载:"续之入庐山,时彭城刘遗民遁迹庐山,陶渊明亦不应征召,谓之'浔阳三隐'。"慧远《刘公传》和《与隐士刘遗民等书》、萧统《陶渊明传》以及《莲社高贤传》等皆有记录。　② 山泽久见招:指刘遗民招陶渊明入山隐居结社。据《莲社高贤传》:"远法师与诸贤结莲社,以书招渊明。渊明曰:'若许饮则往。'许之,遂造焉。忽攒眉而去。"　③ 索居:离群独居。《礼记·檀弓》:"子夏曰:'吾离群而索居,亦已久矣。'"　④ 西庐:西田之庐舍。　⑤ 治:修理,修整。　⑥ 新畴:新田。　⑦ 畬:开垦过两年,第三年治理的旧田。　⑧ 谷风:东风。　⑨ 劬:劳苦。　⑩ 弱女虽非男:魏晋人好为酒品目,此以弱女非男喻酒之醨薄。　⑪ 栖栖:不安的样子。　⑫ 称:符合,满足。　⑬ 百年:指一生。　⑭ 翳如:隐藏,埋没。

译：

　　朋友久邀入山林,因为何事而犹豫？
　　只因有亲人朋友,不忍离开而独居。
　　良辰美日心情好,提起拐杖回田舍。
　　沿途荒芜无行人,不时看见破房子。
　　茅屋已经修整好,新田旧田皆整治。
　　东风渐渐变凄冷,春酒可以解饥劳。
　　春酒虽然味淡薄,抚慰我心胜于无。
　　世间事让人不安,时光流逝渐远离。
　　耕田织布供家用,超过家用非所求。
　　时光流逝百年后,身体名声皆埋没。

评：

　　这首诗反映陶渊明与当时隐士的区别。不仅远离官场,也远离世俗,惟愿与亲人、朋友、邻居相互往来,超脱世俗名利和世间俗事,安心躬耕田园,以饮酒自乐,过着自给自足的生活。清人蒋薰评《陶渊明诗集》卷二："酬和刘柴桑二诗,情真趣适,虽寄世中,却游人外。"温汝能纂集《陶诗汇评》卷二："陶诗真旷,其品格固高出晋人,亦非唐人所能及也。"方宗诚《陶诗真诠》："'耕织称其用,过此奚所须。去去百年外,身名同翳如',得君子居易以俟命之义。素位而行,不愿乎外,利念名念扫陶净尽,岂可以旷达目之？"

酬刘柴桑

穷居寡人用①,时忘四运②周③。桐庭④多落叶,慨然⑤知已秋。新葵⑥郁⑦北牖⑧,嘉穟养南畴⑨。今我不为乐,知有来岁不?命室⑩携童弱⑪,良日登⑫远游。

注:

① 人用:世俗间的应酬。 ② 四运:四季运行,季节轮替。 ③ 周:周而复始,不断循环。 ④ 桐庭:或作门庭、空庭。 ⑤ 慨然:感慨岁月流逝,时不我待。 ⑥ 葵:一种蔬菜,又叫冬葵。 ⑦ 郁:长得很繁盛。 ⑧ 牖:窗户。 ⑨ 畴:田地。 ⑩ 室:妻室,妻子。 ⑪ 童弱:孩童,指子侄等。 ⑫ 登:成,实现。

译:

僻住一隅少应酬,时常忘季节交替。
空空庭院落叶多,感慨不觉已到秋。
北窗下冬葵茂盛,南田里禾穗饱满。
如今我若不为乐,不知来年会怎样。
带上妻子牵子侄,有好天气就出游。

评:

这首诗主要写诗人穷居野处,无人交游,于秋将去、冬将来之际感受到时光流逝的无情,抒发及时行乐的思想。清邱嘉穗《东山草堂陶诗笺》卷二称:"唐人诗云'山僧不解数甲子,一叶落知天下秋',本此,及时行乐,固是陶公素怀。"吴瞻泰辑《陶诗汇注》卷二评:"此诗是靖节乐天之学。"

和郭主簿①二首

其 一

蔼蔼②堂前林,中夏③贮清阴。凯风④因时来,回飙⑤开我襟。息交⑥游闲业⑦,坐起弄书琴。园蔬有余滋⑧,旧谷犹储今。营己⑨良有极,过足⑩非所钦。春秋⑪作美酒,酒熟吾自斟⑫。弱子⑬戏我侧,学语未成音。此事真复乐,聊⑭用忘华簪⑮。遥遥望白云,怀古⑯一何⑰深。

注:

① 郭主簿:陶渊明的朋友,生平不详。 ② 蔼蔼:草木茂盛的样子。 ③ 中夏:仲夏,五月。 ④ 凯风:南风。 ⑤ 回飙:旋风。 ⑥ 息交:停止、断绝各种交游活动。 ⑦ 游闲业:又作"逝闲卧"。游,纵情。闲业,不忙于世俗之事,只做读书弹琴之类的事情。 ⑧ 余滋:多余。 ⑨ 营己:供养自己。 ⑩ 过足:过分。 ⑪ 春秋:春,捣谷去皮;秋,黏稻,可加工酿酒。 ⑫ 斟:倒酒,指饮酒。 ⑬ 弱子:幼子。 ⑭ 聊:姑且。 ⑮ 华簪:华贵的簪子。指荣华富贵。 ⑯ 怀古:怀想古代的隐士。 ⑰ 一何:多么。

译：

　　堂前树林好茂密，仲夏室内好清凉。
　　南风随时节而来，旋风吹拂我衣襟。
　　停止交游纵闲情，坐起读书或弹琴。
　　园里蔬菜吃有余，陈谷至今犹尚存。
　　供养自己已足够，过多不是我所求。
　　捣谷去皮酿美酒，酿好美酒我自饮。
　　幼子在旁边嬉戏，牙牙学语音不正。
　　如此闲居真欢乐，姑且让我忘富贵。
　　远望那高空白云，多么怀念古隐士。

评：

此诗以描写生活环境的美好、叙述日常生活的闲适和表现诗人淡泊、超脱、高远的生活态度为中心。前四句构筑了一个凉爽惬意的家居环境，第五到第十句写诗人摒弃世俗的交游，躬耕田园、弹琴读书等饮食起居和闲情雅趣，第十一至第十四句写自己的饮酒之乐，享受天伦之乐，最后四句表现淡泊名利、怀念古圣先贤的思想和情感。元人刘履《选诗补注》卷五："此诗虽因和人，而直写己怀，但据见在不为过求，而目前所接莫非真乐，是则世之荣利，岂有可动其中者哉！末言遥望白云，深怀古人之高迹，其意远矣。"

其　二

和泽①周三春②，清凉素秋③节。露凝④无游氛⑤，天高肃景⑥澈⑦。陵岑⑧耸逸峰⑨，遥瞻皆奇绝。芳菊开林耀⑩，青松冠⑪岩列。怀此贞秀⑫姿，卓为霜下杰。衔觞⑬念幽人⑭，千载抚⑮尔诀⑯。检素⑰不获展，厌厌⑱竟良月⑲。

注：

①和泽：雨水调和。 ②三春：春季三个月。 ③素秋：秋令时节。 ④露凝：秋天白露为霜。 ⑤游氛：游动的雾气。 ⑥肃景：秋天草木凋零的景象。 ⑦澈：秋季天高气爽，天空一片澄净的景象。 ⑧陵岑：指山岭高岗。 ⑨逸峰：山峰飞耸的样子。 ⑩耀：放光。 ⑪冠：指树生山岩上，如同冠冕，包含覆盖之意。 ⑫贞秀：坚贞秀美。 ⑬衔觞：饮酒。 ⑭幽人：隐士。 ⑮抚：坚持。 ⑯诀：原则。 ⑰检素：一直以来心向隐居的志向。 ⑱厌厌：长久之意。 ⑲良月：或指明月之夜，或指整个十月。多倾向于指后者。

译：

整个春季天气好，清秋时节亦凉爽。
白露凝霜雾气少，环宇澄澈天界高。
山岭高岗飞逸峰，俯瞰遥望皆奇绝。
菊开丛林芬芳散，青松排列覆嵩岩。
长怀贞洁秀美姿，特立独出傲霜寒。
饮酒思念古隐士，千年以来守准则。
平生志向难实现，不知不觉已一月。

评：

本诗以秋高气爽、景旷心怡的时节为背景，感怀菊花的傲霜绽放，松柏的贞洁幽姿。诗人托物寓意，表明自己对理想人格的坚守，对理想人生的追求，抒发有志不获骋的失意之情。清人王夫之《古诗评选》卷四称："写景净，言情深，乃不负为幽人之作。"

于王抚军①坐送客②

秋日凄且厉③,百卉具已腓④。爰⑤以履霜节⑥,登高饯将归。寒气冒山泽,游云倐⑦无依。洲渚⑧四缅邈⑨,风水互乖违⑩。瞻夕欣良讌,离言聿云⑪悲。晨鸟暮来还,悬车⑫敛余晖。逝止⑬判⑭殊路,旋驾⑮怅迟迟。目送回舟⑯远,情随万化⑰移。

注:

① 王抚军:指王弘。据《宋书·王弘传》,王弘,字休元,义熙十四年迁监江州、豫州之西阳、新蔡二郡诸军事,抚军将军,江州刺史。② 客:指谢瞻和庾登之。《文选》录谢宣远(瞻)《王抚军庾西阳集别时为豫章太守庾被征还东》,李善注引沈约《宋书》曰:"王弘为豫州之西阳、新蔡诸军事,抚军将军,江州刺史。庾登之为西阳太守,入为太子庶子。集序曰:'谢还豫章,庾被征还都,王抚军送至湓口南楼作。'" ③ 厉:猛烈,迅疾。 ④ 腓:草木枯萎。 ⑤ 爰:发语词,无实义。 ⑥ 履霜节:行于霜上的季节,指秋季。 ⑦ 倐:迅疾,忽然。 ⑧ 洲渚:水中陆地。 ⑨ 缅邈:遥远。 ⑩ 乖违:本义是违背,此喻指分离。 ⑪ 聿云:聿、云,皆语助词。 ⑫ 悬车:夕阳西下,黄昏之前的一段时间。 ⑬ 逝止:逝,离开;止,停留。 ⑭ 判:分开。 ⑮ 旋驾:回车。 ⑯ 回舟:归舟。 ⑰ 万化:万物的变化,自然界的运动变迁。

译：

秋意凄凄秋风疾,秋花秋草皆凋零。
于严霜时节出行,登高宴罢送将归。
山泽冒阵阵寒气,白云游荡少依傍。
洲上小岛多遥远,风吹水流各分离。
夕阳下宴会和乐,离别之言让人悲。
近黄昏鸟儿回巢,落日余晖渐黯淡。
或离或留路不同,不忍离别车驾缓。
目送归舟渐已远,离情亦不滞于物。

评：

此诗着力描写具有典型性、季节性的秋景,渲染不忍分离、难舍难分的离情别绪,于节令、朝暮等环境的变化,感悟人情物理,语淡情浓,意味隽永。清方东树《昭昧詹言》卷四评:"此仅于词足尽意,而绵邈清绮,一往真味,景与情俱带画意。起四句叙题;'寒气'四句地;'瞻夕'四句时。收四句情。"日本近藤元粹订《陶渊明集》卷二称:"这老叙风景处,常有淡然不可言之妙。谢诗'颓阳照通津,夕阳暖平陆',比此自有迳庭。"

与殷晋安①别

序：殷先作晋安南府长史②掾③，因居浔阳④。后作太尉⑤参军，移家东下，作此以赠。

注：
① 殷晋安：名铁，字景仁，曾任江州晋安郡南府长史掾，故称殷晋安。其在晋安南府时，住浔阳，与陶渊明交往。离浔阳东下，陶渊明以此诗赠别。如序中所言。　② 长史：南朝凡刺史之带将军开府者，其幕府皆设长史。　③ 掾：古代属官之通称。　④ 浔阳：今江西九江。　⑤ 太尉：此指刘裕。

译：
晋安任职长史时，寓居浔阳相往来。
如今将作参军去，举家东下难为别，
区区小诗且为赠。

游好①非少长，一遇尽殷勤。信宿②酬清话③，益复④知为亲。去岁家南里，薄作少时⑤邻。负杖⑥肆⑦游从，淹留⑧忘宵晨。语默⑨自殊势，亦知当乖分⑩。未谓⑪事已及，兴言⑫在兹春。飘飘西来风，悠悠东去云。山川千里外，言笑难为因⑬。良才⑭不隐世，江湖多贱贫⑮。脱⑯有经过便，念来存⑰故人。

注：

① 游好：交游，交好。　② 信宿：一宿曰宿，再宿曰信。　③ 清话：谈话不掺杂世俗，只作清高之谈。　④ 益复：更加。　⑤ 少时：短时。　⑥ 负杖：倚杖，持杖。　⑦ 肆：纵情。　⑧ 淹留：久留，流连忘返。　⑨ 语默：说话或沉默，代指入仕或隐逸。　⑩ 乖分：分离。　⑪ 未谓：没有想到。　⑫ 兴言：兴，起身，动身，指出发离开；言，助词，无实义。　⑬ 难为因：难有因缘。　⑭ 良才：有才之人，指殷晋安。　⑮ 贱贫：贫穷而无地位，指诗人自己。　⑯ 脱：倘若，如果。　⑰ 存：探问，省视。

译：

交游并非我所长，初识晋安情意真。
连宿两夜谈清雅，更加亲切如知音。
去年移居于南里，更是曾经为近邻。
拄杖跟随纵情游，驻足停留忘朝暮。
或仕或隐有分别，早知会有分离日。
不料今日到此时，出发动身此春日。
飘飘而至的西风，悠悠将离东边云。
山川相隔千里远，两人言笑难相逢。
您是俊才不当隐，我处江湖将贱贫。
倘若将来经过这，希望您来探问我。

评：

此诗前半部分叙述与殷晋安之相识相知，言笑相契，经常同游，不日不夜的情谊，后半部分叙述与殷晋安难舍难分之情，想象将来山川阻隔，难以相遇，盼望将来再相访、再相见。字里行间，寓意清高之志，朋友深情。清人蒋薰评《陶渊明诗集》卷二称："真相知不在久远从，亦不在同出处，更不在期后会，何等雅契，何等旷远。"

赠羊长史①

序：左军②羊长史,衔使③秦川④,作此与之。

注：

① 羊长史：指左将军长史羊松龄。长史,将军之属官,掌理幕府事宜。　② 左军：左将军朱龄石。　③ 衔使：奉命出使。　④ 秦川：关中地区。这里指义熙十三年(417),太尉刘裕伐秦,破长安,秦主姚泓诣建康,受诛。

译：

左将军长史羊松龄,奉命出使贺太尉,写下此诗以为志。

愚生三季①后,慨然念黄虞②。得知千载上,正赖古人书。贤圣留余迹,事事在中都③。岂忘游心目④,关河⑤不可逾。九域⑥甫已一,逝将理舟舆⑦。闻君当先迈,负疴不获俱⑧。路若经商山⑨,为我少踌躇⑩。多谢绮与甪⑪,精爽⑫今何如？紫芝⑬谁复采,深谷久应芜。驷马⑭无贳⑮患,贫贱有交娱。清谣⑯结心曲⑰,人乖⑱运见疏。拥怀⑲累代下,言尽意不舒⑳。

注：

① 三季：夏、商、周之末。　② 黄虞：黄帝、虞舜。　③ 中都：中州,指洛阳、长安一带之中原地区。　④ 游心目：游心纵目。　⑤ 关河：关塞河流。　⑥ 九域：九州,指全国。　⑦ 理舟舆：整顿

车船,指准备出发。 ⑧ 不获俱:不能同往。 ⑨ 商山:今陕西商洛。 ⑩ 踌躇:驻足,停留。 ⑪ 绮与甪:指绮里季和甪里先生,据晋人皇甫谧《高士传》记载,此二人与东园公、夏黄公因避秦乱隐居商山,被称为"商山四皓"。 ⑫ 精爽:指精神、魂魄。《左传·昭公》:"心之精爽,是谓魂魄。" ⑬ 紫芝:似灵芝,可作菜食,亦可入药,相传四皓在商山隐居时常采而充饥。 ⑭ 驷马:指四马拉一车,有显贵之意。 ⑮ 贳:通"赦",赦免,宽纵。 ⑯ 清谣:指四皓所作之歌谣。 ⑰ 结心曲:结于内心深处,萦绕不绝。 ⑱ 乖:分离,离违。 ⑲ 拥怀:怀有感慨。 ⑳ 意不舒:意未尽。舒,舒展。

译:

> 我生于三代之后,感怀黄帝和虞舜。
> 知晓千载以前事,全仰仗古书记载。
> 先贤古圣留遗迹,一件件皆系中原。
> 怎能忘游心纵目,关塞河流难逾越。
> 九州已开始统一,整理舟车将起程。
> 听闻您即将出发,我抱病不能同行。
> 路途如果经商山,请为我稍作停留。
> 代我问候绮与甪,他们精神存何处?
> 又有谁去采灵芝,深谷想必已荒芜。
> 富贵难道能免祸,贫贱之交有欢娱。
> 四皓清歌藏心中,时空阻隔难相遇。
> 多年来心怀感慨,文辞可尽意难平。

评:

题为赠别,实际上是一首咏怀诗,含蓄蕴藉,感讽时事而不着痕迹。临别之际,赠诗友人,不谈友人的使命,不谈对友人前程的担忧，也不谈分离的难舍之情，而是拜托友人寻访先贤遗迹，表达怀念先贤、仰慕先贤之意，表现诗人向慕隐逸，以贤人期许羊长史，以贤人自期和自勉，也表明诗人愿效"四皓"采紫芝以疗饥，全节义，守忠贞。其中，也包含对世风日下的感叹，保存和弘扬先贤遗风之愿望。刘履《选诗补注》："义熙十三年，太尉刘裕伐秦，破长安，送秦主姚泓诣建康受诛。时左将军朱龄石遣长史羊松龄往关中称贺，而靖节作此诗赠之。"清吴瞻泰辑《陶诗汇注》卷二称："企念在黄、农之圣贤，自寓在商山之四皓，闻之古者如彼，见之今者如此，此心曲所由结也。起止脉络一线，慨叹淋漓。'古''今'两字遥对。"清孙人龙纂辑《陶公诗评注初学读本》卷一："逸兴高骞，预忧禅篡，结出悲愁。"方东树《昭昧詹言》卷四评："陶诗当以此为冠卷。"

岁暮和张常侍①

市朝②凄旧人③,骤骥感悲泉④。明旦非今日,岁暮⑤余何言!素颜⑥敛光润,白发一已繁。阔哉⑦秦穆谈⑧,旅力⑨岂未愆⑩。向夕⑪长风起,寒云没西山。洌洌⑫气遂严,纷纷飞鸟还。民生⑬鲜长在,矧伊⑭愁苦缠。屡阙⑮清酤⑯至,无以乐当年。穷通靡攸虑,憔悴⑰由化迁⑱。抚己有深怀,履运⑲增慨然。

注:

① 张常侍:指张野,或谓张诠。常侍,三国魏置,在皇帝身边规谏得失,以备顾问之职。《莲社高贤传·张野传》:"张野,字莱民,居浔阳柴桑,与陶渊明有婚姻契。野学兼华凡,尤善属文。……州举秀才、南中郎府功曹、州治中,征拜散骑常侍,俱不就,入庐山依远公。"据《宋书·陶潜传》所称,张野与陶渊明乃乡亲,相与饮酒。或谓张常侍乃张诠。袁行霈《陶渊明笺注》称:晋安帝之亡在义熙十四年十二月戊寅,次年正月朔日为壬辰,依此推算,安帝之亡在十二月十七日。消息传到浔阳,陶渊明得知最早在十二月二十日。以常情推断,卒于十二月下旬,陶渊明和其诗之后可能性甚小,所以如据诗意认定是义熙十四年刘裕弑安帝之后所作,则此张常侍是张野之可能性亦甚小。 ② 市朝:指朝廷官府。 ③ 旧人:亡故的朋友。 ④ 悲泉:太阳落山之处。《淮南子·天文训》:"日至悲泉,爰息其马,是谓悬车。" ⑤ 岁暮:双重含意,既指一年之将尽,也喻己之年暮。 ⑥ 素颜:肤色白皙,指年轻时有光泽、有光彩的容颜。 ⑦ 阔哉:迂阔,不切实际。 ⑧ 秦穆谈:《尚书·秦誓》记载秦穆公之言:"番番

良士,旅力既愆,我尚有之。"意思是:头发花白的将士,已经丧失了体力,而我尚有体力。　⑨ 旅力:即膂力。　⑩ 愆:丧失,失去。　⑪ 向夕:向晚,临近傍晚。　⑫ 冽冽:亦作"厉厉",寒凉、寒冷的样子。　⑬ 民生:人生。　⑭ 矧伊:何况,况且。　⑮ 阙:同"缺",缺少。　⑯ 清酤:清酒。　⑰ 憔悴:憔悴枯槁,指衰老。　⑱ 化迁:宇宙、自然、社会和人生等变迁。　⑲ 履运:履,经历;运,指五德之运,即时运。李善注《文选》班叔皮《王命论》"未见运世无本"称:"运世,五行更运相次之世也。"

译:

感怀老朋友亡故,黄昏叹光阴流逝。
明朝又是另一年,到岁末感慨难言。
脸上光泽尽消失,青丝皆已变白发。
秦穆公之言迂阔,人老膂力怎不失。
傍晚来临长风起,乌云笼罩满西山。
寒气凛冽催逼人,鸟儿纷纷飞回巢。
人生短暂难长存,何况常常遭愁苦。
加上经常无酒饮,如何能及时行乐。
富贵贫贱不要忧,憔悴枯槁有天命。
省察自己感怀多,时运交替添忧思。

评:

此诗含蓄、深沉、悲凉。写于岁末,由季节之交替,而及人生变迁、时运交移,寓生命短暂,美好年华逝去,功业垂成之叹,兼讽喻时世,感叹时运即将交替,时势难以逆转之悲。清温汝能纂集《陶诗汇评》卷二称:"此篇音节悲古,起结尤为感叹欲绝。盖人生境遇无常,抚己慨然,正非渊明所独。惟渊明当日之怀有难以告人者,故其触景增慨,比他人为独深也。"

和胡西曹示顾贼曹①

蕤宾②五月中,清朝③起南飔④。不驶⑤亦不迟,飘飘吹我衣。重云⑥蔽白日,闲雨⑦纷微微。流目⑧视西园,晔晔⑨荣紫葵⑩。于今甚可爱,奈何当复衰⑪。感物愿及时,每恨靡所挥⑫。悠悠⑬待秋稼⑭,寥落⑮将赊迟⑯。逸想⑰不可淹⑱,猖狂⑲独长悲。

注:

① 和胡西曹示顾贼曹:胡西曹、顾贼曹,二人名字及事迹均不详。西曹、贼曹,都是州从事官名。据《宋书·百官志》,西曹掌管官员铨选之事,贼曹掌管捕系惩处盗贼之事。　② 蕤宾:指仲夏五月。《礼记·月令》:"仲夏之月……律中蕤宾。"古代以乐律中十二律配十二月,蕤宾当为仲夏之月,即为五月。　③ 清朝:清晨。　④ 飔:凉风。　⑤ 驶:快、迅速。　⑥ 重云:层云。　⑦ 闲雨:细雨,小雨。　⑧ 流目:放眼随意观览。　⑨ 晔晔:美盛的样子。⑩ 紫葵:一种蔬菜名。　⑪ 奈何当复衰:或作"当奈行复衰"。⑫ 挥:举杯饮酒。　⑬ 悠悠:悠久,久远。　⑭ 待秋稼:等待秋收。⑮ 寥落:稀疏冷落。　⑯ 赊迟:迟缓,缓慢。　⑰ 逸想:拔俗之想。⑱ 淹:滞留。　⑲ 猖狂:纵情,此指情感激荡。

译：

  仲夏时节五月间,清晨南风习习吹。
  风儿不快也不慢,飘飘扬扬拂衣襟。
  层层乌云遮白日,细雨纷纷绵绵下。
  放眼四顾望西园,紫葵长势好茂盛。
  现在看来甚可爱,无奈到时将衰落。
  感怀物象趁当时,经常遗憾无酒饮。
  日子悠长等秋收,稀疏寥落好迟缓。
  脱俗之念难久留,纵情沉思我独悲。

评：

  此诗分前后两部分,前半部分写仲夏之景,充满生机活力,环境清新怡人,情怀闲适恬淡;后半部分即景生情,触物伤怀,悟盛衰之理,兴寥落之悲。清人王夫之《古诗评选》卷四评:"广大深密,学陶者何尝见其涯涘。"

悲从弟仲德①

衔②哀过旧宅,悲泪应心零③。借问为谁悲?怀人在九冥④。礼服⑤名群从⑥,恩爱若同生。门前执手⑦时,何意尔先倾⑧。在数⑨竟不免,为山⑩不及成。慈母沉哀疚⑪,二胤⑫才数龄。双位⑬委空馆,朝夕无哭声。流尘⑭集虚坐⑮,宿草⑯旅前庭。阶除⑰旷⑱游迹,园林独余情。翳然⑲乘化去⑳,终天㉑不复形。迟迟将回步,恻恻㉒悲襟盈㉓。

注:

① 从弟仲德:从弟,指堂弟。仲德,一作"敬德",生平事迹不详。　② 衔:含着,怀着。　③ 应心零:应,随着;零,落下。　④ 九冥:九泉,黄泉,阴间。　⑤ 礼服:丧服。丧服在古代按血统分亲疏,将服丧礼服分为五个等级。从弟死当服三等"大功"。　⑥ 群从:指族中兄弟子侄辈。　⑦ 执手:握手告别。　⑧ 倾:倾覆,此指死亡。　⑨ 数:天数,气数,指自然定数、命运。　⑩ 为山:建功立业。　⑪ 疚:悲痛。　⑫ 胤:子嗣,后代。　⑬ 双位:夫妻灵位,指仲德与其妻之灵位。　⑭ 流尘:灰尘。　⑮ 集虚坐:集,聚集,落满;坐,通"座"。　⑯ 宿草:本指隔年之草。后用为悼念亡友之辞。　⑰ 阶除:台阶。　⑱ 旷:空旷。　⑲ 翳然:隐蔽的样子。　⑳ 乘化去:随造化逝去。　㉑ 终天:终古,永久。　㉒ 恻恻:悲伤。　㉓ 襟盈:满怀。

译：

> 含悲哀经弟旧宅,伤心泪随性而落。
> 请问你为谁而悲,怀念的人入黄泉。
> 按礼服我是堂兄,论恩爱亲如同胞。
> 当初门前分别时,哪曾想到你先逝。
> 天意或许难改变,建立功业亦未成。
> 慈母念你深悲痛,两个孩子才几岁。
> 夫妻灵位托空馆,早早晚晚无哭声。
> 灰尘落满那空座,前庭长满隔年草。
> 台阶少行走之迹,园林留下我深情。
> 悄然随造化逝去,永远不再化为人。
> 走走停停频回头,悲伤满怀不忍别。

评：

这是一首悼诗,包括两方面主要内容:一是叙从弟仲德去世之后,诗人与仲德之母等亲人陷入的伤感、伤痛之深,表现诗人与从弟仲德情如同胞骨肉,无比亲密。二是以景衬情,叙述、描写堂弟去世之后其家的荒凉、冷落景象,诗人由悼念怀人而转入咏怀,表达随顺自然、委运任化的思想。

始作镇军①参军经曲阿②

弱龄③寄事外④,委怀在琴书。被褐⑤欣自得,屡空常晏如⑥。时⑦来苟⑧冥会⑨,宛辔⑩憩⑪通衢⑫。投策⑬命晨装,暂与园田疏。眇眇⑭孤舟逝,绵绵⑮归思纡⑯。我行岂不遥,登降千里余。目倦川途异,心念山泽居⑰。望云惭高鸟,临水愧游鱼。真⑱想初在襟,谁谓形迹拘。聊且凭化迁⑲,终返班生庐⑳。

注:

① 镇军:或指刘裕,或指刘牢之。主刘裕者,袁行霈《陶渊明集笺注》按:晋安帝元兴二年(403)十二月,桓玄篡位。三年(404)二月,建武将军刘裕率刘毅、何无忌等聚义兵于京口。三月,玄众溃而逃,裕入建康,立留台百官。桓玄司徒王谧推刘裕行镇军将军,徐州刺史,都督扬、徐、兖、豫、青、冀、并八州诸军事。彼时刘裕并未露篡晋之意,其篡晋在此十六年之后。陶渊明岂能在其篡晋十六年前即察见其野心,而因忠于晋室不为其参军耶?且此年刘裕起兵讨伐桓玄正为扶持晋室,当其控制浔阳,都督江州,任命刘敬宣为江州刺史时,陶渊明出任刘裕参军于情理正合。主刘牢之者,陶澍《年谱考异》引《晋书》:隆安二年戊戌九月,刘牢之使子敬宣击王恭,遂代恭为都督,镇京口。三年己亥十一月,刘牢之东讨孙恩,以刘裕参府军事。反复推寻,陶渊明始作参军实在己亥。镇军实为刘牢之。 ② 曲阿:地名,在今江苏丹阳。 ③ 弱龄:年幼。 ④ 寄事外:不关心俗务,寄身心于世事之外。 ⑤ 被褐:被,同"披",穿着;褐,粗布衣。《老子》云:"是以圣人,被褐怀玉。" ⑥ 晏如:安然自得。 ⑦ 时:时

机,机会。　⑧ 苟:如果。　⑨ 冥会:不求而得之,自然而得之。　⑩ 宛辔:曲辔,指回驾。　⑪ 憩:休息。　⑫ 通衢:道路四通八达,指仕途。　⑬ 投策:投杖,舍杖而行,指离开田园。　⑭ 眇眇:很远。　⑮ 绵绵:连绵不断。　⑯ 纡:萦绕,情思不断。　⑰ 山泽居:居于山水田园,指家乡的田园生活。　⑱ 真:纯真朴素,指与世俗礼法相对的人之自然本性。《庄子·渔父》:"真者,所以受于天也,自然不可易也。故圣人法天贵真,不拘于俗。"　⑲ 化迁:自然造化。化,大化;迁,变化。　⑳ 班生庐:指仁者隐居之所。班生,指班固,其《幽通赋》曰:"始保己而贻则兮,里上仁之所庐。"

译:

  幼年脱身于世外,寄托情怀于琴书。
  穿着朴素也快乐,经常断炊也安闲。
  机会来了合我愿,姑且往驾仕途中。
  放下手杖理行装,暂时离开我田园。
  孤舟已离家乡远,绵绵归思未断绝。
  此行路途很遥远,坎坷曲折过千里。
  跋山涉水渐厌倦,心中思念园田居。
  比不上空中飞鸟,有愧于水中游鱼。
  胸中常怀自然思,谁说我束于外物。
  姑且随万物俯仰,终将返回我旧居。

评:

  这首诗写于诗人赴任途中。虽然出仕,但是内心深藏向往田园的种子,一不小心就要发作。从此诗可见,出仕与隐居两种思想在诗人的内心常常同时存在,而决定诗人做出不同选择的重要因素,主要取决于当时的时机是否合适。时机合适,则出仕为官;时机不合适，则随时隐居。同时，出仕与隐居的思想虽然同时存在，但又以隐居占据了上风，所以赴任途中更多的是表达对田园自由生活的怀念之情，以及决心保持纯真的本性。诗中已表明他只是暂时出仕离别田园，终将归隐田园，由此似乎可以说明，出仕诚非其本心。明孙月峰评、闵齐华注《文选瀹注》卷十三云："渊明诗只是就本色炼得入细。"清温汝能纂集《陶诗汇评》卷三称："参军本属闲曹，然已不如鱼鸟之乐，始知望云临水，渊明诚欲自保其真也。结语冲淡入微，非渊明亦不能道。"

庚子①岁五月中从都②还阻风于规林③二首

其 一

行行④循归路,计日⑤望旧居。一欣侍温颜⑥,再喜见友于⑦。鼓棹路崎曲,指景⑧限西隅⑨。江山岂不险,归子念前涂⑩。凯风⑪负我心,戢⑫枻⑬守穷⑭湖。高莽⑮眇无界,夏木独森疏⑯。谁言客舟远,近瞻百里余。延目⑰识南岭⑱,空叹将焉如⑲。

注:

① 庚子:指晋安帝隆安四年(400)。 ② 都:京城建康。 ③ 规林:地名,在今安徽宿松境内,据《宿松县志》:"规林后为规林司,今归林滩,废司故址,县南一百里外,属归林庄,晋彭泽宰陶潜遗迹在。" ④ 行行:不停地走。 ⑤ 计日:计算时间,极言归家的心情急切。 ⑥ 温颜:温和的面容,此指陶渊明的母亲。 ⑦ 友于:兄弟情深。 ⑧ 景:太阳。 ⑨ 西隅:此特指天的西边,意为太阳即将落山之时。 ⑩ 前涂:同"前途"。 ⑪ 凯风:南风。 ⑫ 戢:收起。 ⑬ 枻:短桨。 ⑭ 穷:偏僻荒远。 ⑮ 莽:草。 ⑯ 森疏:树木茂盛,枝干突出。 ⑰ 延目:放眼四望。 ⑱ 南岭:庐山之一峰,代指庐山。 ⑲ 焉如:何如,何往。

译：

> 沿着归路慢慢走,日复一日念故乡。
> 侍奉老母心愉悦,看见亲友亦开颜。
> 奋力划船路弯弯,眼看太阳落西山。
> 沿途江山哪不险,归子心急赶行程。
> 南风劲吹添阻力,收短桨驻足湖边。
> 荒草疯长无尽头,夏木茂盛高耸峙。
> 谁说游子路途远,近看只有百里多。
> 放眼看见庐山高,空自叹惜何时归。

评：

这首诗写诗人思念家乡,归家心切,途中却遭遇重重险阻,仍可望而不可即。如果归家喻指归隐获得精神上自由的生活,那么,归家所遇到的重重险阻,则隐喻诗人入仕的路并不平坦,通往理想的精神家园遇到种种不顺利,极言人生追求的艰难。

其 二

自古叹行役①,我今始知之。山川一何旷②,巽坎③难与期。崩浪聒④天响,长风无息时。久游恋所生,如何淹⑤在兹。静念园林好,人间⑥良可辞⑦。当年讵⑧有几,纵心⑨复何疑!

注：

① 行役:仕宦生活。　② 旷:空阔,辽阔。　③ 巽坎:用来指风波、坎坷。巽,风;坎,水。　④ 聒:喧扰。　⑤ 淹:滞留。　⑥ 人间:世间,官场。　⑦ 辞:离别、离开。　⑧ 讵:岂。　⑨ 纵心:放纵情怀。

译：

> 自古有人叹入仕,我现在真正领会。
> 山高水长多辽远,风波坎坷难预料。
> 波浪翻滚震天响,风大风急不停息。
> 游宦已久恋故乡,感叹为何滞留此。
> 静坐常念田园好,官场确实可离别。
> 人生壮年能几时,放纵情怀不迟疑。

评:

诗中感叹仕宦生活的艰辛,突出田园生活的美好,表达对田园生活的思念和向往,和回归田园、辞官归隐的决心。清邱嘉穗《东山草堂陶诗笺》卷三称:"余读'一欣侍温颜,再喜见友于',及'久游恋所生',与夫《悲从弟》《祭程氏妹》诸诗文,而知公之真孝友;读《责子》《告俨等疏》,及'弱子戏我侧,学语未成音''弱女虽非男,慰情良胜无'等句,而知公之真慈爱。自古未有居家不尽孝弟慈三者而能为国之忠臣也。"清温汝能纂集《陶诗汇评》卷三称:"杜少陵诗中字法多脱胎于此。"

辛丑岁七月赴假还江陵夜行涂口①

闲居②三十载③,遂与尘事冥④。诗书敦宿好,林园无世情⑤。如何舍此去,遥遥至西荆⑥。叩枻⑦新秋月,临流别友生⑧。凉风起将夕⑨,夜景湛⑩虚明⑪。昭昭⑫天宇阔,晶晶⑬川上平。怀役⑭不遑寐,中宵⑮尚孤征。商歌⑯非吾事,依依在耦耕⑰。投冠⑱旋⑲旧墟⑳,不为好爵萦。养真㉑衡茅㉒下,庶㉓以善自名。

注:

① 赴假还江陵夜行涂口:赴假,假满赴职。江陵,今属湖北,时为荆州镇地。涂口,地名,一作涂中,今湖北安陆境内。　② 闲居:即隐居。《礼记·孔子闲居》郑注:"退燕避人曰闲居。"潘岳《闲居赋》李善注:"不知世事,闲静居坐之意也。"　③ 三十载:疑作"二十载"。据陶渊明自述,"向立年"(二十九岁)始为江州祭酒,少日自解归。四十七岁复至荆州入桓玄幕,其间闲居十九年,举其整数为二十年。　④ 尘事冥:与尘俗之事远隔。尘事,世俗之事。　⑤ 诗书敦宿好,林园无世情:敦,崇尚,注重;世情,亦作"俗情",世俗之情。⑥ 西荆:即荆州。据李善注:"西荆州也。时京都在东,故谓荆为西荆。"　⑦ 叩枻:划船。《楚辞·九歌·湘君》:"桂棹兮兰枻,斫冰兮积雪。"王逸注:"枻,船旁板也。"　⑧ 友生:朋友。　⑨ 将夕:将近傍晚。　⑩ 湛:清澈。　⑪ 虚明:空阔明亮。　⑫ 昭昭:明亮。⑬ 晶晶:皎洁明亮。　⑭ 怀役:心中牵挂仕途之事。　⑮ 中宵:半夜。　⑯ 商歌:指自荐求官。用宁戚的典故。宁戚,卫国人,听说齐桓公称霸,无因自达,将车自往,乘桓公出,商歌车下,桓公闻之,慨然

而悟。 ⑰耦耕：两人并肩而耕，此指隐居躬耕。《论语·微子》："长沮、桀溺耦而耕。" ⑱投冠：指辞官。 ⑲旋：返回。 ⑳旧墟：旧家，指故乡旧居。 ㉑养真：养性修真，保持真朴之本性。 ㉒衡茅：简陋的房子。衡，同"横"；茅，茅草屋。《诗·陈风·衡门》："衡门之下，可以栖迟。" ㉓庶：庶几，差不多。

译：

回忆闲居三十年，已经与世俗隔离。
读书吟诗增爱好，田园生活远世情。
为何离开此生活，前往遥远那荆州。
秋月升起启行程，临水告别众朋友。
将近傍晚凉风起，夜半天朗气清明。
明月皎皎天开阔，河流澄静泛银光。
心中挂怀不暇睡，半夜犹自独远行。
自荐求官非我能，依恋躬耕在田园。
辞官立刻回旧居，不再谋求富与贵。
茅蓬草舍养性情，希望以此留美名。

评：

这是一首行旅诗。据诗题，此诗作于晋安帝隆安五年辛丑（401）。诗中追忆过去闲居读书生活，超脱世俗的性情。再转到写现在离开家乡，前去求仕的艰辛。描写的夜景清虚寂静，夜空寥阔，超逸放旷。最后写不适合为官，依恋的是躬耕生活，决定辞官归隐，以养真保善。其中，写新秋月上，凉风乍起，夜景虚明，天宇空阔，江波平静，着力描写秋江夜景，正是反衬役事在身、中宵孤行之苦，足以引发深思。清人蒋薰评《陶渊明诗集》卷三称："篇中澹然恬退，不露怼激，较之《楚骚》，有静躁之分。"清杨雍建评选《诗镜》十《晋第三》称:"'叩枻新秋月,临流别友生',景色如次,清湛无滓。"清张潮、卓尔堪、张师孔同阅《曹陶谢三家诗·陶集》卷三称:"安贫乐道,绝无勉强,方能建此言。诗意安闲可爱。"清邱嘉穗《东山草堂陶诗笺》卷三称:"此与上《经曲阿》《阻风》二诗,皆作客思归之意。公自谓性爱闲静,不慕荣利,于此诗起结数语,尤可想见。"清方宗诚《陶诗真诠》:"'诗书敦宿好,林园无世情''养真衡茅下,庶以善自名',渊明念念不忘《诗》《书》,不忘善,与庄、列之学不同。"

癸卯岁始春怀古田舍①二首

其 一

在昔闻南亩②,当年竟未践。屡空既有人,春兴岂自免。夙晨装吾驾③,启途情已缅④。鸟弄⑤欢新节,泠风⑥送余善。寒竹被荒蹊,地为罕人远。是以植杖翁⑦,悠然不复返。即理愧通识⑧,所保⑨讵⑩乃浅。

注:

① 癸卯岁始春怀古田舍:癸卯,指晋安帝元兴二年(403)。怀古田舍,据诗意乃"于田舍怀古"。　② 南亩:指陶渊明田产。除了南亩,陶渊明似还有西田、下溪田,每处田产或均有庐舍。　③ 驾:车乘。　④ 缅:远。　⑤ 鸟弄:鸟叫。　⑥ 泠风:和风,小风。　⑦ 植杖翁:《论语·微子》:"子路从而后,遇丈人,以杖荷蓧。子路曰:'子见夫子乎?'丈人曰:'四体不勤,五谷不分,孰为夫子?'植其杖而芸。子路拱而立。……明日,子路行,以告。子曰:'隐者也。'使子路反见之。至,则行矣。"　⑧ 通识:《晋书·王羲之传》:"然所谓通识,正自当随事行藏,乃为远耳。"靖节认为己不能,故愧之也。　⑨ 所保:《后汉书·逸民传》:庞公者,襄阳人也。刘表就候之曰:"夫保全一身,孰若保全天下乎?"庞公笑曰:"鸿鹄巢于高林之上,暮而得所栖。……夫趣舍行止,亦人之巢穴也。且各得其栖宿而已。天下非所保也。"因释耕于垄上,而妻子耘于前。　⑩ 讵:岂、难道。

译:

早就听说南亩好,可惜当时未前往。
贫贱无食有前辈,开春之际勤躬耕。
清晨准备好车驾,刚一启程情思飞。
鸟儿欢唱迎新春,和风吹来精神爽。
荒山地僻长满竹,人迹罕至心神远。
因此那隐居老者,悠然自得远世俗。
有愧于世人通识,我的追求浅陋吗。

其 二

先师①有遗训,忧道不忧贫②。瞻望邈难逮③,转欲志长勤。秉耒欢时务,解颜劝农人。平畴交远风,良苗亦怀新④。虽未量岁功⑤,即事多所欣。耕种有时息,行者无问津⑥。日入⑦相与归,壶浆⑧劳近邻。长吟掩柴门,聊为陇亩民⑨。

注:

① 先师:指孔子。　② 忧道不忧贫:《论语·卫灵公》:"子曰:'君子谋道不谋食。耕也,馁在其中矣;学也,禄在其中矣。君子忧道不忧贫。'"　③ 瞻望邈难逮:《论语·子罕》:"颜渊喟然而叹曰:'仰之弥高,钻之弥坚。瞻之在前,忽焉在后。'"邈,远。　④ 怀新:欣欣向荣,生意盎然。　⑤ 量岁功:一岁之功绩也,谓农作之收获也。　⑥ 问津:《论语·微子》:"长沮、桀溺耦而耕,孔子过之,使子路问津焉。长沮曰:'夫执舆者为谁?'子路曰:'为孔丘。'曰:'是鲁孔丘与?'曰:'是也。'曰:'是知津矣。'问于桀溺。桀溺曰:'子为谁?'曰:'为仲由。'曰:'是鲁孔丘之徒与?'对曰:'然。'曰:'滔滔者天下皆是也,而谁以易之?且而与其从辟人之士也,岂若从辟世之

士哉?'耰而不辍。" ⑦ 日入:《击壤歌》:"日出而作,日入而息。" ⑧ 壶浆:指酒。《饮酒》其九:"壶浆远见候。" ⑨ 陇亩民:即农人。

译：

孔子曾经留遗训，只忧得道不惧贫。
前路遥遥难实现，改变志向事农耕。
干农活也有快乐，劝勉农人暂开颜。
田野上微风吹拂，庄稼长势很茂盛。
一年收获虽不多，完成这些也可喜。
农耕之余有闲暇，不见有人来问津。
等到日落一起回，我用浊酒慰乡邻。
长叹一声闭柴门，暂且在此为农人。

评：

这两首诗着重表现了田园生活的恬淡美好以及安于隐居，"鸟弄欢新节，泠风送余善"，"平畴交远风，良苗亦怀新"，非熟悉田园生活者不能道；"是以植杖翁，悠然不复返"，"秉耒欢时务，解颜劝农人"，非热爱田园生活者不能言。元刘履《选诗补注》卷五称："古人处畎亩之中，躬耕乐道，非若后世徒为丰积者比。……然既能忘其勤劳，且耕且种，好事欢欣如此，其于忧贫也复何有哉！观其日入而归，而又长吟以掩柴门，则其气象悠然，有非言语可得而形容者矣。"清王夫之《古诗评选》卷四："通首好诗，气和理匀，亦靖节之仅构也。'鸟弄欢新节，泠风送余善'，自然佳句，不因排撰矣。陶此题凡二作，其一有云：'平畴交远风，良苗亦怀新。'为古今所共欣赏。'平畴交远风'，信佳句矣！'良苗亦怀新'，乃生人语。杜陵得此，遂以无私之德，横被花鸟，不竞之心，武断流水。不知两闲景物关至极者，如其涯量亦何限，而以己所偏得非分相推，良苗有知，宁不笑人之曲谀哉！通人于诗，不言理而理自至，无所枉而已矣。"

癸卯岁十二月中作与从弟敬远

寝迹①衡门②下,邈与世相绝。顾盼莫谁知,荆扉昼长闭。凄凄岁暮风,翳翳③经日雪。倾耳无希声,在目皓已洁。劲气侵襟袖,箪瓢④谢屡设。萧索空宇中,了无一可悦!历览千载书,时时见遗烈⑤。高操非所攀,谬得固穷⑥节。平津苟不由,栖迟讵为拙。寄意一言外,兹契谁能别。

注:

① 寝迹:即言隐居。 ② 衡门:以横木为门,指简陋的住处。 ③ 翳翳:阴暗的样子。 ④ 箪瓢:《论语·雍也》:"贤哉回也!一箪食,一瓢饮,在陋巷,人不堪其忧,回也不改其乐。" ⑤ 遗烈:古之志士。 ⑥ 固穷:安于穷困。语出《论语·卫灵公》:"君子固穷,小人穷斯滥矣。""固穷"一语,在陶渊明诗中多次出现。

译:

我在衡门下隐居,远远地与世隔绝。
进退之间无人知,白天这柴门常闭。
到了岁暮冷风吹,雪下得昏天黑地。
侧耳听不到声音,眼前白茫茫一片。
寒气猛烈吹襟袖,箪食瓢饮不常有。
空空房屋很冷落,完全没有开心事。
遍览千载圣贤书,经常见到古志士。
他们的节操难及,空得这固穷之名。

仕途既然走不通,隐居怎能算守拙。
借此诗来寄我意,除了你谁能领会。

评:
如题,这是一首寄赠诗,但从内容来看,实是陶渊明隐居田园,远离人群,面对寂寞和贫病重重考验,吟咏内心的愁闷,坚定自己的情怀与志意,表明固穷守节的决心。宋罗大经《鹤林玉露》卷五:渊明诗云"倾耳无希声,在目皓已洁",只十字,而雪之轻虚洁白尽在是矣。后来者莫能加也。清蒋薰评《陶渊明诗集》卷三:"于无可悦时,读书遣闷,故是巧于用拙。"清沈德潜选《古诗源》卷八:渊明咏雪,未尝不刻划,却不似后人粘滞。愚于汉人得两语,曰"前日风雪中,故人从此去";于晋人得两语,曰"倾耳无希声,在目皓已洁";于宋人得一语,曰"明月照积雪",为千古咏雪之式。

乙巳岁三月为建威参军使都经钱溪①

我不践斯境,岁月好②已积。晨夕看山川,事事悉如昔。微雨洗高林,清飙③矫④云翮⑤。眷彼品物⑥存,义风⑦都未隔。伊余何为者,勉励从兹役。一形⑧似有制,素襟⑨不可易。田园日梦想,安得久离析。终怀在归舟,谅哉宜霜柏。

注:

① 钱溪:《宋书》卷八四《邓琬传》:"陈庆至钱溪,不敢攻。越钱溪,于梅根立砦。"可见,钱溪距梅根较近。　② 好:副词,表示程度,犹言孔、甚。　③ 清飙:清风。　④ 矫:托,举。　⑤ 云翮:云中之鸟。　⑥ 品物:出自《易·乾》:"云行雨施,品物流形。"　⑦ 义风:见于《晋书·刘琨传》:"义风既畅。"又见于《晋书·温峤传》:"士秉义风。"　⑧ 一形:见于《庄子·则阳》:"古之君人者,以得为在民,在失为在己;以正为在民,以枉为在己;故一形有失其形者,退而自责。"　⑨ 素襟:素怀。

译:

很久没来过钱溪,岁月流逝变迁快。
看秀美山川河流,喜风貌依然如故。
细雨洗涤林木新,清风托起高鸟飞。
喜万物生机勃发,好风之助未中断。
我这究竟为了啥,如此勤勉地前行。
形体看来受制约,夙愿也从未改变。

日思夜想返田园,怎忍许久离开它。
我终将踏上归途,守此志节如霜柏。

评:

如陶渊明诗文所述,他多次说到入仕只是为了解决衣食所需的权宜之计,田园才是他理想的归宿。"田园日梦想""终怀在归舟",就表明了他热爱田园生活的情感和希望归隐的愿望。当然,也有学者认为陶渊明游好六经,志不在隐,归隐和田园或只是他入仕无果的一种托词而已,这个问题则非三言两语可以说得清楚,需要另文甄辨和讨论。乙巳岁,晋安帝义熙元年(405)。据诗题,此诗作于晋安帝义熙元年乙巳。明黄文焕《陶诗析义》卷三引沃仪仲曰:"林无求于雨,翮无求于飙,偶然相遭,任其自得,是为义风。"清陈祚明评选《采菽堂古诗选》卷十三:"一形"二句,真素语,公仕时,晋祚已微,故辄怀远引也。

还旧居

畴昔家上京①,六载去还归。今日始复来,恻怆多所悲。阡陌②不移旧,邑屋③或时非。履历周故居,邻老罕复遗。步步寻往迹,有处特依依。流幻百年中,寒暑日相推。常恐大化④尽,气力不及衰⑤。拨置⑥且莫念,一觞聊可挥。

注:

① 上京:《南康志》:"近城五里,地名上京,亦有渊明故居。"《名胜志》:"南康城西七里,有玉京山,亦名上京,有渊明故居。" ② 阡陌:田间小路。 ③ 邑屋:《汉书·游侠传》:"郭解曰:'居邑屋不见敬。'师古曰:'邑屋,犹今人言村舍、巷舍也。'" ④ 大化:人之由生至死之变化。《列子·天瑞》:"人自生至终,大化有四:婴孩也,少壮也,老耄也,死亡也。" ⑤ 衰:《礼记·王制》:"五十始衰。" ⑥ 拨置:摆脱弃置。

译:

往年以上京为家,离开多年才回还。
今日刚刚回家乡,心中感怀添伤悲。
田间小路仍依旧,村舍却是变了样。
环绕故居走一圈,邻居健在者很少。
寻找过去的足迹,有些地方真留恋。
人生百年如梦幻,寒来暑往变迁快。
常担忧生命结束,五十不到便体衰。
且摆脱这些念头,喝一杯酒来忘忧。

评：

此诗前半部分充满物是人非、年老力衰、时光流逝的急迫与无力之感。最后两句表现了陶渊明沉痛之后的借酒超脱，不乏伤感却并不颓废。清邱嘉穗《东山草堂陶诗笺》卷三："陶公诸感遇诗，都说到极穷迫处，方以一句拨转，此所以为安命守义之君子也，而章法特妙。"

戊申岁六月中遇火

草庐①寄穷巷,甘以辞华轩②。正夏③长风急,林室顿烧燔。一宅无遗宇,舫舟荫门前。迢迢新秋夕,亭亭月将圆。果菜始复生,惊鸟尚未还。中宵④伫遥念,一盼周九天。总发⑤抱孤介⑥,奄⑦出四十年。形迹⑧凭化⑨往,灵府⑩长独闲。贞刚⑪自有质⑫,玉石乃非坚。仰想东户⑬时,余粮宿⑭中田。鼓腹⑮无所思,朝起暮归眠。既已不遇兹,且遂灌我园。

注:

① 草庐:即"草屋",指园田居,"草屋八九间"者也。　② 华轩:华美的车子,泛指功名富贵,即仕宦生活。　③ 正夏:当夏。　④ 中宵:中夜。　⑤ 总发:总角,指童年时代。　⑥ 孤介:孤独耿介,指不随波逐流。　⑦ 奄:忽然,突然。　⑧ 形迹:形体,身体。　⑨ 化:造化,自然。　⑩ 灵府:指心灵。《庄子·德充符》:"不可入于灵府。"郭象注:"灵府者,精神之宅也。"　⑪ 贞刚:坚贞刚直。　⑫ 质:品质,品性。　⑬ 东户:东户季子,传说中上古帝王。《吕氏春秋·有度》高注:"季子,户(季子),尧时诸侯也。"《淮南子·谬称训》:"昔东户季子之世,道路不拾遗,耒耜余粮宿诸畮首。"　⑭ 宿:存放。　⑮ 鼓腹:饱食状。《庄子·马蹄》:"夫赫胥氏之时,民居而不知所为,行不知所之,含哺而熙,鼓腹而游。"

译：

> 托身陋巷茅草屋,甘心辞官来隐居。
> 未料当夏多急风,房屋完全被烧毁。
> 整座房屋无残留,栖身门前小船里。
> 远望初秋的夜空,月儿高悬即将圆。
> 水果蔬菜渐生长,惊飞鸟儿未返回。
> 夜深无眠伫窗前,抬头仰望天地间。
> 自童年抱定志向,转眼已经四十年。
> 形体随自然变化,心灵永保这闲适。
> 守坚贞刚直之性,玉石并非最坚硬。
> 遥想那东户时代,余粮留田间分享。
> 吃饱后无忧无虑,早起耕种晚上归。
> 东户时代我不遇,我且隐居灌田园。

评：

诗中叙旧居遭遇火灾焚毁殆尽,不得不移居。诗人发出灵魂的拷问:为什么自己一向随顺自然,砥砺自修,但是却遇到如此多的不顺与磨难?最后帮助诗人克服内心的煎熬,找到解决之道的仍然是古圣先贤的志向和事迹。也表现了诗人在逆境中对随顺自然、安道守节思想的坚守。清人钟秀编《陶靖节纪事诗品》卷二《宁静》称:"靖节此诗当与《挽歌》三首同读,才晓得靖节一生学识精力有大过人处。其于死生祸福之际,平生看得雪亮,临时方能处之泰然,与强自排解,貌为旷达者,不翅有霄壤之隔。大凡躁者处常如变,无恶而怒,无忧而戚;静者处变如常,有恶而安,有忧而解。盖以心有主宰,故不为物所牵,此无他,分定故也。"

己酉岁九月九日

靡靡①秋已夕,凄凄风露交。蔓草不复荣②,园木空自凋。清气澄余滓③,杳然④天界高。哀蝉无留响,丛⑤雁鸣云霄。万化⑥相寻异⑦,人生岂不劳⑧。从古皆有没⑨,念之中心焦。何以称⑩我情,浊酒且自陶⑪。千载非所知,聊以永⑫今朝。

注:

① 靡靡:迟迟,渐渐。袁行霈《陶渊明集笺注》引《诗经·王风·黍离》云:"行迈靡靡,中心摇摇。"毛传:"靡靡,犹迟迟也。"引申为渐渐。　② 荣:繁荣茂盛。　③ 余滓:季节末留下的各种浊气、湿气。　④ 杳然:深远的样子。　⑤ 丛:聚焦。　⑥ 万化:据袁行霈《陶渊明集笺注》,此言"万化"乃承上草、林、蝉、雁以及清气、余滓等,指外界种种事物之迁移变化。与陶渊明《于王抚军坐送客》之"情随万化移"中之"万化"同。　⑦ 寻异:一作寻绎。意为反复推求、探索,以发现隐微。　⑧ 劳:忧愁。《诗·邶风·燕燕》云:"瞻望弗及,实劳我心。"　⑨ 没:通"殁",死亡。　⑩ 称:适合。　⑪ 陶:喜乐,快乐。　⑫ 永:久也。袁行霈《陶渊明集笺注》引《诗·小雅·白驹》:"絷之维之,以永今朝。"郑笺:"永,久也。"

译:

时节已渐至深秋,风儿寒冷露凄凉。
蔓生的草不再长,园中草木空凋零。
秋气荡涤了尘埃,秋空变清爽高远。
秋蝉的哀鸣消失,雁儿在云端鸣叫。
万物的变化不断,人生怎会无忧劳?
自古生命有终结,想起这让人心焦。
用什么让我开心?且让我饮酒为乐。
千载之后谁知晓,何不先把握现在。

评:

此诗由时光流逝,季节交替,目睹秋景,兴起生命短暂之哀愁,然后借酒浇愁,自我安慰,寻求解脱,最后,表明珍惜现在更为重要。清陈祚明评选《采菽堂古诗选》卷十三:"唯立志义于千载者,翻言千古非所知。"清邱嘉穗《东山草堂陶诗笺》卷三:"此诗亦赋而兴也,以草木凋落,蝉去燕来,引起人生皆有没意,似说得甚可悲。末四句忽以素位不愿外意掉转,大有神力。章法之妙,与《咏贫士》次首同。"清钟秀编《陶靖节纪事诗品》卷二《宁静》:此诗纯是静字意境,而程子诗有句云:"春深昼永簾垂地,庭院无风花自飞。"唐子西有句云:"山静似太古,日长如小年。"亦道得静字,意境亦脱化。明王阳明《龙潭独坐》有句云:"幽人月出每孤往,栖鸟山空时一鸣。"亦非静者不能见得静中境界。然此犹皆空摹静字意境,乃是既静之后,自然疏露而出,究不若靖节之静察物理,似尤为靠实也。

庚戌①岁九月中于西田②获早稻

人生归③有道,衣食固其端④。孰⑤是都不营,而以求自安。开春理常业⑥,岁功⑦聊可观。晨出肆⑧微勤,日入负禾⑨还。山中饶⑩霜露,风气亦先寒。田家岂不苦?弗获⑪辞此难。四体⑫诚乃疲,庶无异患⑬干。盥濯⑭息檐下,斗酒散襟颜。遥遥沮溺⑮心,千载乃⑯相关。但愿常如此⑰,躬耕非所叹。

注:

① 庚戌:指晋安帝义熙六年(410)。　② 西田:指陶渊明住宅以西田地。即西畴,《归去来兮辞》:"农人告余以春及,将有事于西畴。"　③ 归:趋,就。　④ 端:开始,根本。　⑤ 孰:何,什么。　⑥ 常业:日常事务,指农活,农务。　⑦ 岁功:一年的收成。　⑧ 肆:从事,指做耕种等农活。　⑨ 禾:指稻之类作物。或作"耒",指农具。从诗题《庚戌岁九月中于西田获早稻》来看,其中有"获早稻",当解作"禾"为佳。　⑩ 饶:多。　⑪ 弗获:不能。　⑫ 四体:四肢。　⑬ 异患:其他灾祸。　⑭ 盥濯:洗涤。盥,洗手。濯,洗脚。　⑮ 沮溺:古代隐士长沮和桀溺。《论语·微子》:"长沮、桀溺耦而耕。……曰:'滔滔者天下皆是也,而谁以易之?且而与其从辟人之士也,岂若从辟世之士哉?'"　⑯ 乃:竟然。　⑰ 但愿常如此:苏轼有"但愿人长久,千里共婵娟",或源出于此。

译：

> 人的一生应向道,衣食乃是人之本。
> 衣食都不去谋求,靠什么保全自己。
> 春天来了忙农活,一年收获有保障。
> 早晨出发勤躬耕,傍晚背禾喜归来。
> 山中多霜又多露,气候寒冷不寻常。
> 种田人岂不辛苦,谁能摆脱这艰难。
> 四肢确实很疲累,然无其他祸患侵。
> 洗涤干净来休息,喝他一斗可放松。
> 遥想那长沮桀溺,千载之下心意通。
> 希望生活常如此,亲自劳作我不怨。

评：

人究竟应该怎样活着?是中国古代文人也是陶渊明苦恼和经常思考的问题。这首诗对此进行了反映,并体现出陶渊明找到的答案:关注内在自我的心灵需求和立身处世的崇尚自由,由此出发,物质上的简陋和体力上的辛苦又算得了什么呢?元李公焕《笺注陶渊明集》卷三引思悦曰:观此诗知靖节既休居,惟躬耕自资,故萧德施曰:"安道苦节,不以躬耕为耻。"明钟伯敬、谭元春评选《古诗归》卷九谭元春曰:"每诵老陶真实本分语,觉不事生产人,反是俗根未脱,故作清态。""料理身心,透悟性命之言。"清邱嘉穗《东山草堂陶诗笺》卷三称:陶公诗多转势,或数句一转,或一句一转,所以为佳。余最爱"田家岂不苦"四句,逐句作转,其他推类求之,靡篇不有,此萧统所谓"抑扬爽朗,莫之与京"也。他人不知文字之妙全在曲折,而顾为平铺直叙之章,非赘则复矣。清张潮、卓尔堪、张师孔同阅《曹陶谢三家诗·陶集》卷三说:"及时力田,田竣事游,襟期开朗,作诗自然高洁。"

丙辰岁八月中于下潠①田舍获

贫居依稼穑,戮力②东林隈③。不言春作④苦,常恐负所怀⑤。司田⑥眷⑦有秋,寄声⑧与我谐⑨。饥者欢初饱,束带候鸣鸡。扬楫⑩越平湖,泛⑪随清壑回。郁郁⑫荒山里,猿声闲⑬且哀。悲风爱静夜,林鸟喜晨开⑭。曰⑮余作此来,三四⑯星火颓⑰。姿年逝已老,其事未云乖⑱。遥谢⑲荷蓧翁⑳,聊得从君栖。

注:

① 下潠:指地势低下而积水的地区。　② 戮力:合力。③ 隈:山水等弯曲的地方。　④ 作:劳作,耕作。　⑤ 所怀:怀抱,志愿。　⑥ 司田:管理农业的官吏。　⑦ 眷:关注。　⑧ 寄声:捎口信。　⑨ 谐:和。　⑩ 扬楫:划船。　⑪ 泛:泛舟。　⑫ 郁郁:树木茂盛的样子。　⑬ 闲:静。　⑭ 晨开:拂晓。　⑮ 曰:无实义,语助词。　⑯ 三四:指十二载。　⑰ 颓:下斜,下倾。　⑱ 乖:违弃,抛弃。　⑲ 谢:告知。　⑳ 荷蓧翁:荷蓧丈人,用来指隐士。《论语·微子》云:"子路从而后,遇丈人,以杖荷蓧。子路问曰:'子见夫子乎?'丈人曰:'四体不勤,五谷不分,孰为夫子?'植其杖而芸。"

译：

> 贫居乡村事耕种,努力劳动东林边。
> 不道春耕劳苦多,常忧有负心中志。
> 管农田者盼收获,捎来口信合我意。
> 我常以饱食为乐,穿戴好等候天明。
> 划船穿越那湖水,泛舟顺清流迂回。
> 荒山的树木茂盛,猿的啼声静而哀。
> 静夜里风厉声吼,林间鸟盼望拂晓。
> 我来此地隐居久,距今已有十二载。
> 年华逝去姿容老,努力耕种从未弃。
> 遥告那荷蓧老翁,我姑且从您隐居。

评：

丙辰岁,指晋安帝义熙十二年(416),此时陶渊明已五十二岁,距离辞彭泽令已经十二年。诗人在诗中叙述自己以劳作为主的日常生活,以及于闲暇时候泛舟湖上,穿梭于山间清流,欣赏一草一木,聆听猿啼声声,表现出淡淡的欢乐之情。与此同时,也表达了人生短暂而功业无成的遗憾,以及安心隐居、心无旁骛的决心。

饮酒二十首

序：余闲居寡欢，兼秋夜已长，偶有名酒，无夕不饮。顾影①独尽②，忽焉③复醉。既醉之后，辄题数句自娱，纸墨遂多，辞无诠次④。聊命故人⑤书之，以为欢笑尔。

注：
① 顾影：看着自己的身影。 ② 独尽：独自喝酒。 ③ 忽焉：很快地。 ④ 诠次：诠，选择。次，次序。 ⑤ 故人：意为老朋友，根据《饮酒》其十四："故人赏我趣，挈壶相与至。""父老杂乱言，觞酌失行次。"《饮酒》其九："问子为谁与，田父有好怀。""深感父老言，禀气寡所谐。"可见，并不是指某一个人，很可能是其居家附近的农夫、乡邻之类，还可能包括一些居住于当地之官吏，他们与陶渊明诗酒往还，结下了很深的情谊。

译：
闲居在家少欢乐，秋夜漫漫真难眠。
偶然家里有好酒，没有哪天不想喝。
看着影子独自喝，愁闷使人很快醉。
喝醉了酒怎么办，姑且写诗寻开心。
如此写诗渐渐多，没有整理无次序。
请来朋友记录好，让大家以此为乐。

其 一

衰荣无定在①,彼此更②共之。邵生瓜田中,宁似东陵时③! 寒暑有代谢,人道④每如兹。达人⑤解其会⑥,逝⑦将不复疑。忽与⑧一觞酒,日夕欢相持。

注:

① 定在:定数。 ② 更:交替,更迭。 ③ 邵生瓜田中,宁似东陵时:邵生,邵平,事迹见《史记·萧相国世家》:"召平者,故秦东陵侯。秦破,为布衣,贫,种瓜于长安城东。"以邵平在秦时为东陵侯,到秦破为布衣,其荣耀与衰败形成鲜明对比为例,说明"衰荣无定在"。 ④ 人道:《易·系辞》:"有天道焉,有人道焉。"天道谓寒暑代谢,人道谓人事有盛有衰。 ⑤ 达人:通达事理之人。 ⑥ 会:道理。 ⑦ 逝:发语词,《诗经·硕鼠》:"逝将去汝,适彼乐土。"据《说文通训定声》:"逝,假借为誓。" ⑧ 与:得。

译:

衰败荣耀无定数,他们之间常更迭。
邵平种瓜城东时,怎比昔为东陵侯。
天道有寒暑交替,人道有荣也有衰。
通达之人解此理,人生路上不迷惑。
快快给我一壶酒,不分白昼开心喝。

其 二

积善云有报,夷叔①在西山②。善恶苟③不应,何事④空立言⑤。

九十行带索⑥,饥寒况当年。不赖固穷⑦节,百世当谁传。

注:

① 夷叔:伯夷和叔齐。二人皆商朝孤竹君之子。周武王灭商后,二人耻食周粟,隐于首阳山,采薇而食,最后饿死。事迹见《史记·伯夷列传》:"武王已平殷乱,天下宗周,而伯夷、叔齐耻之,义不食周粟,隐于首阳山,采薇而食之。及饿且死,作歌。其辞曰:'登彼西山兮,采其薇矣。'" ② 西山:即伯夷叔齐所隐之首阳山。 ③ 苟:如果。 ④ 事:用。 ⑤ 空立言:留下格言。《史记·伯夷列传》:"或曰:'天道无亲,常与善人。'若伯夷、叔齐,可谓善人者非耶?积仁洁行而饿死。且七十子之徒,仲尼独荐颜渊为好学。然回也屡空,糟糠不厌,而卒早夭。天之报施善人,其何如哉?""若至近世,操行不轨,而终身逸乐,富厚累世不绝。"就天道未彰显善有善报,恶有恶报,甚为迷惑,故有此说。 ⑥ 九十行带索:举隐士荣启期之例,事迹见《列子·天瑞》,其中载荣启期年九十,家贫,以绳索为衣带,鼓琴而歌,能安贫自乐。"孔子游于太山,见荣启期行乎郕之野,鹿裘带索,鼓琴而歌。孔子问曰:'先生所以乐,何也?'对曰:'吾乐甚多。天生万物,唯人为贵。而吾得为人,是一乐也。男女有别,男尊女卑,故以男为贵。吾既得为男矣,是二乐也。人生有不见日月、不免襁褓者,吾既已行年九十矣,是三乐也。贫者士之常也,死者人之终也。处常得终,当何忧哉?'" ⑦ 固穷:安守贫困,不失气节。《论语·卫灵公》:"子曰:'君子固穷,小人穷斯滥矣。'"

译：

都说善恶皆有报,叹夷齐饿死西山。
善恶如果没有报,何用白白留格言。
荣启期安贫自乐,到老饥寒甚壮年。
不依靠安贫守节,百世英名如何传。

其 三

道①丧向②千载,人人惜其情③。有酒不肯饮,但顾世间名④。所以贵我身,岂不在一生。一生复能几⑤,倏如流电惊。鼎鼎⑥百年内,持此⑦欲何成!

注：

① 道:《庄子·缮性》:"古之人在混茫之中,与一世而得淡漠焉。……当是时也,莫之为而常自然。逮德下衰,及燧人、伏羲……德又下衰,及神农、黄帝,德又下衰,及唐、虞……然后民始惑乱,无以反其性情而复其初。由是观之,世丧道矣,道丧世矣,世与道交相丧也。"可见,就道家而言,"道"乃指上古时期人们所展现的一种淳朴自然之本性。　② 向:将近。　③ 惜其情:吝惜表现其淳朴自然之本性。　④ 名:虚名。指功名利禄。　⑤ 几:几多时间,多久。　⑥ 鼎鼎:扰攘状。　⑦ 此:指诗中所述惜情、顾名、爱身的种种情况,"惜其情""有酒不肯饮,但顾世间名""贵我身""在一生"。

译：

失去道已近千年,叹世人吝惜真情。
有好酒不尽情喝,只为获取那虚名。
爱惜身体为养生,也只为了这一生。
一生又能几多时,人生短暂如闪电。
长生也只到百年,保全虚名又如何。

其 四

栖栖①失群鸟,日暮犹独飞。徘徊无定止②,夜夜声转悲。厉响③思清远④,去来何依依⑤。因值孤生松,敛翮⑥遥来归。劲风⑦无荣木,此荫独不衰。托身已得所,千载不相违⑧。

注：

① 栖栖:忙碌不安状。 ② 定止:固定的住处。 ③ 厉响:高声鸣叫,声音激越。 ④ 清远:清静偏远。 ⑤ 依依:思恋。 ⑥ 敛翮:敛翅停飞。翮,指鸟翼。 ⑦ 劲风:疾风。 ⑧ 相违:相背离,此指分离、离开。

译：

失群鸟不安鸣叫,傍晚时还在单飞。
犹豫徘徊无处歇,夜晚鸣声更悲凉。
鸣声激越觅清僻,飞来飞去多忧思。
直到遇此孤松树,不再飞翔留此处。
强风劲吹草木凋,松树浓阴依然茂。
托身已觅好去所,从此永不再相离。

其 五

结庐①在人境②,而无车马喧③。问君何能尔?心远④地自偏。采菊东篱下,悠然⑤见南山⑥。山气日夕⑦佳,飞鸟相与还⑧。此中有真意⑨,欲辨已忘言⑩。

注:

① 结庐:建筑房屋。 ② 人境:人间,人世。 ③ 车马喧:迎来送往的喧闹声,指世俗应酬。 ④ 心远:内心保持清静,超脱世俗。 ⑤ 悠然:悠闲自得。 ⑥ 南山:即庐山。 ⑦ 日夕:黄昏。 ⑧ 相与还:结伴回巢。 ⑨ 真意:自然之意。《庄子·渔父》:"真者,所以受于天也,自然不可易也。故圣人法天贵真,不拘于俗。"此处之"真意"当时指飞鸟尚知在黄昏的时候回巢,那么,人也应当知还,反归自然。 ⑩ 忘言:出自《庄子·齐物论》:"大辩不言。"《庄子·外物》:"言者所以在意,得意而忘言。"意思是由自然之理得到启发,领悟到人生真谛,不过,这种领悟无法用言语表达,也无须用言语表达。

译:

在世间建筑房屋,却没有感受喧嚣。
若问为何能如此,内心清静自偏远。
每天东篱下采菊,悠闲自得望庐山。
黄昏山间云气美,高鸟结伴飞回巢。
此情此景有真意,心中领悟口难言。

其 六

行止①千万端,谁知非与是②。是非苟③相形④,雷同共誉毁。三季⑤多此事,达士⑥似不尔。咄咄⑦俗中愚⑧,且当从黄绮⑨。

注:

① 行止:或行或止。见于《庄子·齐物论》:"罔两问景曰:'曩子行,今子止。'" ② 非与是:《庄子·齐物论》:"既使我与若辩矣,若胜我,我不若胜,若果是也,我果非也耶?我胜若,若不吾胜,我果是也,而果非也耶?其或是也,其或非也耶?其俱是也,其俱非也耶?" ③ 苟:如果。 ④ 相形:互相比较。《老子》:"有无相生,难易相成,长短相形,高下相倾,音声相和,前后相随。" ⑤ 三季:指夏、商、周三代末期。 ⑥ 达士:通达明理、见识高超、不同流俗之人。 ⑦ 咄咄:惊怪声。 ⑧ 俗中愚:世俗之愚者。 ⑨ 黄绮:商山四皓之夏黄公与绮里季。据《汉书·王贡两龚鲍传序》:"汉兴,有园公、绮里季、夏黄公、甪里先生,此四人者,秦之世避而入商洛深山,以待天下之定也。"

译:

> 或行或止变化多,有谁能辨对与错。
> 比较之中分对错,同声毁誉无差别。
> 三代末期就如此,通达之士不这样。
> 感叹世间多愚者,且让我跟随黄绮。

其 七

秋菊有佳色,裛①露掇②其英。泛此忘忧物,远我遗世情。一觞虽独进,杯尽壶自倾③。日入群动息,归鸟趋④林鸣。啸傲⑤东轩下,聊复得此生。

注:

① 裛:沾湿。　② 掇:采摘。　③ 壶自倾:言独酌无友。 ④ 趋:或曰赴,或曰返回。　⑤ 啸傲:李善注:"郭璞《游仙诗》曰:'啸傲遗俗,罗得此生。'"啸傲,袁行霈《陶渊明集笺注》作"放旷自得之态",杨勇《陶渊明集校笺》作"啸咏傲岸,自得之貌"。

译:

秋菊绽放正当时,和着露采摘花瓣。
将花儿放置酒中,使我遗世之情远。
独自一人酌美酒,一杯已进复一杯。
日落之后四处静,独有归鸟返巢鸣。
独倚窗放旷自得,如此一生可满足。

其　八

青松在东园①,众草没其姿。凝霜殄②异类,卓然③见高枝。连林人不觉,独树众乃奇。提壶挂寒柯④,远望时复为。吾生梦幻⑤间,何事绁⑥尘羁。

注:

① 东园:指渊明所居之处有一东园,其《停云》:"东园之树,枝条载荣。"　② 殄:灭绝。　③ 卓然:挺立,特立。　④ 寒柯:柯,树枝。寒柯,指冬木。　⑤ 梦幻:梦幻,犹幻化,即指人生如梦。陶渊明《归园田居》:"人生似幻化,终当归空无。"　⑥ 绁:系,捆绑。

译：

> 东园的青松挺拔,可惜被杂草遮没。
> 严霜摧毁众杂草,唯独青松姿傲然。
> 一片树林未觉奇,如今一株众人叹。
> 一把酒壶挂寒枝,边饮酒来边远望。
> 人的一生如梦幻,何必为尘世羁绊。

其 九

清晨闻叩门,倒裳①往自开。问子为谁与?田父②有好怀。壶浆③远见候,疑我与时乖④。褴缕⑤茅檐下,未足为高栖⑥。一世皆尚同⑦,愿君汩其泥⑧。深感父老言,禀气寡所谐⑨。纡辔⑩诚可学,违己⑪讵⑫非迷⑬。且共欢此饮,吾驾不可回。

注:

① 倒裳:表示匆忙。《诗·齐风·东方未明》:"东方未明,颠倒衣裳。" ② 田父:老农。 ③ 浆:浊酒。或认为是古代一种饮料,略带酸味。《周礼·天官·酒正》:"辨四饮之物:一曰清,二曰医,三曰浆,四曰酏。" ④ 与时乖:不合时宜。 ⑤ 褴缕:衣服破烂。 ⑥ 高栖:高隐。 ⑦ 尚同:《论语·子路》:"君子和而不同,小人同而不和。" ⑧ 汩其泥:《楚辞·渔父》曰:"圣人不凝滞于物,而能与世推移。世人皆浊,何不汩其泥而扬其波。"意思即老子所谓"和其光,同其尘"也。 ⑨ 禀气寡所谐:禀,禀受。禀气,禀性。王充《论衡·命气》:"人秉气而生,含气而长。"谐,《说文》:"谐,詥也。""禀气寡所谐"意为性情天生不合于世俗。 ⑩ 纡辔:纡,弯曲。辔,马缰绳。纡辔,即宛辔,曲辔,即回驾。陶渊明《始作镇军参军经曲阿》称"宛辔憩通衢"。 ⑪ 违己:违背自己的本性。陶渊明《归去来兮

辞》称:"质性自然,非矫厉所得。饥冻虽切,违己交病。" ⑫讵:难道,岂不是。 ⑬迷:误。在这里指失去正确的人生方向。《韩非子·解老》:"凡失其所遇之路而妄行者之谓迷,迷则不能至于其所欲至矣。今众人不能至于其所欲至,故曰迷。"

译:

清晨听到敲门声,匆忙穿衣把门开。
请问来者是哪位,推门一看是老农。
手拎美酒远道来,担心我不合时宜。
衣裳破烂居于此,怎能成为高栖士。
世人皆随波逐流,希望你和光同尘。
深感您言之有理,无奈禀性不适宜。
让我入仕并不难,违背内心很迷惑。
姑且和您共饮酒,决心隐逸不从俗。

其 十

在昔曾远游,直至东海①隅。道路迥且长②,风波阻中途。此行谁使然,似为饥所驱。倾身③营一饱,少许便有余。恐此非名计④,息驾归闲居。

注:

① 东海:《宋书·州郡志》:"晋元帝初,割吴郡海虞县之北境为东海郡,立剡朐、利城、况其三县。" ② 道路迥且长:《古诗十九首》称"道路阻且长"。 ③ 倾身:把自己的所有,包括努力、声誉等都付出来了。 ④ 非名计:担心这样出仕将对自己的名声不利。

译：

> 回忆往日曾出仕,远游去到东海边。
> 入仕之路本漫长,未料中途又遇阻。
> 当初为何会入仕,大概受饥饿驱使。
> 拼尽全力求温饱,只需少许便已足。
> 担忧远游令名损,辞官归隐园田居。

十 一

颜生①称为仁,荣公②言有道。屡空不获年,长饥至于老。虽留身后名③,一生亦枯槁。死去何所知,称心④固为好。客养千金驱,临化消其宝。裸葬⑤何必恶,人当解意表。

注:

① 颜生:指孔子最得意的弟子颜回。《论语·雍也》:"子曰:'回也,其心三月不违仁。'"《孔子家语》:"回之德行著名,孔子称其仁焉。" ② 荣公:荣启期。 ③ 身后名:《世说新语·任诞》:"张季鹰云:'使我有身后名,不如即时一杯酒。'" ④ 称心:淡泊名利,任情自适,追求称心如意和随心而动。陶渊明《归去来兮辞》:"曷不委心任去留。" ⑤ 裸葬:据《汉书·杨王孙传》称其"及病且终,先令其子曰'吾欲赢葬,以反吾真,必亡易吾意'",及死,则为布囊盛尸,入地七尺。

译:

> 颜回被孔子称仁,荣启期被称得道。
> 颜回贫困不长寿,荣公到老长饥饿。
> 即使留美名垂世,惜生前憔悴潦倒。

人死不再有感知，还是生前快意好。
精心照料千金躯，等到大化一夕毁。
何必抨击裸葬者，复归其真当理解。

评：

汤汉注：颜、荣皆非希身后名者，正以自遂其志耳。或曰：前八句言名不足赖，后四句言身不足惜；渊明解处，正在身名之外也。

十 二

长公①曾一仕，壮节②忽失时。杜门不复出，终身与世辞。仲理③归大泽，高风始在兹。一往便当已，何为复狐疑。去去④当奚道，世俗久相欺。摆落⑤悠悠⑥谈，请从余所之。

注：

① 长公：指张挚，字长公，西汉人。《史记·张释之传》载："其子曰张挚，字长公，官至大夫，免。以不能取容于当世，故终身不仕。"陶渊明《扇上画赞》《读史述九章》均提及长公。　② 壮节：壮年。　③ 仲理：指东汉杨伦。《后汉书·儒林传》："杨伦，字仲理。陈留东昏人也。……为郡文学掾。更历数将，志乖于时，以不能人间事，遂去职，不复应州郡命。讲授于大泽中，弟子至千余人。元初中，郡礼请，三府并辟，公车征，皆辞疾不就。"史书记载，杨伦三辟不就，后三次出仕，每次均以获罪告终。这也是陶渊明感叹"一往便当已，何为复狐疑"的原因。　④ 去去：犹言"罢了"，表示决绝。　⑤ 摆落：摆脱。　⑥ 悠悠：世俗妄议之语。《晋书·王导传》："悠悠之谈，宜绝智者之口。"

译：

> 张挚曾经任一职,壮年突然被罢官。
> 从此闭门不再出,离开官场辞世间。
> 杨伦辞官隐大泽,在此已经立高名。
> 一旦隐居应决绝,不知为何又出仕。
> 说这些还有何用,久已为世俗所苦。
> 休要再理闲言语,请你随我去隐居。

十 三

有客常同止①,取舍②邈异境③。一士常独醉,一夫终年醒。醒醉④还相笑,发言各不领⑤。规规⑥一何愚,兀傲⑦差若颖⑧。寄言酣中客,日没烛当秉。

注：

① 止:居住。　② 取舍:指对于出处、进退、仕隐的选择。③ 邈异境:境界迥然不同。　④ 醒醉:并不仅指因饮酒而醒醉,而是指为人处世的态度。　⑤ 领:领会,领悟,理解。　⑥ 规规:浅陋拘泥状。《庄子·秋水》:"子乃规规然而求之以察,索之以辩。是直用管窥天,用锥指地也。"　⑦ 兀傲:傲岸,不拘礼节。　⑧ 差若颖:相比而言较聪明。

译：

> 有客经常一起住,进退出处差别大。
> 一人常独自喝醉,一人却终年清醒。
> 或醒或醉相互笑,志向意趣更难解。

醒者拘泥多浅陋,傲岸醉者反聪明。
奉劝那些醉酒者,夜以继日秉烛饮。

十 四

故人①赏我趣,挈壶相与至。班荆②坐松下,数斟已复醉。父老杂乱言,觞酌失行次③。不觉知有我,安知物为贵④。悠悠迷所留,酒中有深味。

注:

①故人:老朋友。陶渊明诗中多次提及"故人",如《饮酒》序言:"聊命故人书之",可见其老朋友很多,不止一个。　②班荆:铺荆于地。《左传·襄公二十六年》:"班荆相与食,而言复故。"杜预注:"班,布也,布荆坐地也。"　③行次:行列次第,意谓长幼之次序、辈分。　④不觉知有我,安知物为贵:意思是与故人喝酒喝醉了,恍惚之间达到忘我、忘物之境地。

译:

朋友了解我爱酒,提来一壶共同喝。
松下两人席地坐,喝了几回就沉醉。
父老说话随性情,斟酒饮酒抛礼节。
不知不觉忘自我,又怎理会身外物。
闲适自得恋此时,感怀饮酒趣味深。

十 五

贫居乏人工①,灌木荒余宅。班班②有翔鸟,寂寂无行迹。宇宙一何悠③,人生少至百④。岁月相催逼,鬓边早已白。若不委⑤穷达,素抱⑥深可惜。

注:

① 人工:参加劳动的人。 ② 班班:显明。 ③ 悠:悠长,久远。 ④ 少至百:很少超过百年。《古诗十九首》:"生年不满百,常怀千岁忧。" ⑤ 委:放任,听任。 ⑥ 素抱:素怀,平素之怀抱、志向。

译:

隐居在此劳力少,房屋荒废草木生。
清清楚楚高飞鸟,寂寂寥寥无访客。
叹宇宙多么久远,惜人生不及百年。
岁月无情催人老,如今双鬓早已白。
贫富若不随造化,平生志向多遗憾。

十 六

少年罕人事,游好在六经①。行行向不惑②,淹留遂无成③。竟抱固穷④节,饥寒饱所更。敝庐⑤交悲风,荒草没前庭。披褐⑥守长夜,晨鸡不肯鸣。孟公⑦不在兹,终以翳吾情。

注:

①六经:指《诗》《书》《易》《春秋》《礼》《乐》六部儒家经书,都经过孔子整理、编撰而流传。 ② 不惑:指四十岁。语出《论语·为政》:"子曰:吾三十而立,四十而不惑。" ③ 淹留遂无成:淹留,久留,停滞不前。语出屈原《离骚》:"又何可以淹留。"无成,什么事情

也没有做成。语出宋玉《九辨》:"塞淹留而无成。" ④ 固穷:安于穷困。语出《论语·卫灵公》:"君子固穷,小人穷斯滥矣。""固穷"一语,在陶渊明诗中多次出现。 ⑤ 敝庐:破房屋。 ⑥ 褐:粗布衣,为贫贱者所穿。 ⑦ 孟公:指东汉刘龚,孟公是其字。西晋皇甫谧《高士传》记载:张仲蔚有文才,好读书,但院子里长满杂草,没有人去拜访他,刘龚是唯一理解张仲蔚的人。

译:

年少就不理世事,全部爱好乃六经。
时光流逝近四十,事业停滞未成功。
安于穷困守志节,经历许多饥和寒。
房屋破败遭寒风,房前屡被荒草遮。
披着破衣夜难眠,破晓晨鸡不打鸣。
可怜现在无孟公,我的高情将遮蔽。

评:

叙写隐居之后的寒夜感怀,充满失意,写尽困窘。诗人夜不能寐,回忆少年时期的志向因为不能实现而感叹,又因为不遇知音,担心自己的才华被埋没而忧闷。从诗的开头两句可见,陶渊明的儒学修养很深,对于人生很有抱负。这首诗首先介绍过去的经历,从小不爱与世人交游,只喜欢阅读儒家经典。接下来介绍现在的处境,年近四十仍一无所成,不得不隐居,房屋破败,贫穷孤独,寒夜难眠。最后感叹自己保持高节,才华终将被埋没,寓意深刻。

十七

幽兰生前庭,含薰①待清风。清风②脱然③至,见别萧艾中。行行失故路④,任道⑤或能通。觉悟当念还,鸟尽废良弓⑥。

注:

① 薰:香气。　② 清风:清爽的微风,指可以滋养万物之风。③ 脱然:轻快状。　④ 故路:旧路,表面上指行走的道路,实际上指人生之路。　⑤ 任道:顺应自然之道。　⑥ 鸟尽废良弓:飞鸟尽,良弓废(藏)。《史记·越王勾践世家》:"蜚鸟尽,良弓藏;狡兔死,走狗烹。"《史记·淮阴侯列传》:"狡兔死,走狗烹;高鸟尽,良弓藏;敌国破,谋臣亡。"

译:

幽幽兰草生庭前,满含芳香迎清风。
清风轻拂吹兰草,风姿特异超野蒿。
出行多年迷旧路,随顺自然可通达。
既然省悟当归隐,古来鸟尽良弓藏。

评:

以幽兰自比贤人之隐逸和高洁。幽兰本生于深深的山谷,一旦来到庭前,表示贤人弃隐入仕。而"行行失故路"则喻贤人领悟到步入仕途使自己失去本心和坚守,而且入仕也是艰险的,将无法保全自己的志节和生命,最后坚定辞官归隐的决心。

十 八

子云①性嗜酒,家贫无由得。时赖好事人,载醪②祛③所惑。觞来为之尽,是谘无不塞④。有时不肯言,岂不在伐国⑤。仁者用其心,何尝失显默⑥。

注：

①子云：西汉扬雄，字子云。《汉书·扬雄传》："家素贫，嗜酒，人希至其门。时有好事者载酒肴从游学。" ②载醪：携带着酒。 ③祛：去除。 ④塞：充实，充满，满足。 ⑤伐国：指征伐别国之事，用柳下惠之典。《汉书·董仲舒传》："闻昔者鲁君问柳下惠：'吾欲伐齐，何如？'柳下惠曰：'不可。'归而有忧色，曰：'吾闻伐国不问仁人，此言何为至于我哉！'" ⑥显默：显达与寂寞。

译：

> 扬子云爱好饮酒，家中贫穷不能买。
> 经常有些好学者，带着酒向他请教。
> 只要有酒就解答，只要询问就满足。
> 偶有不愿回答者，大概因为问伐国。
> 仁者都有仁者心，不因显默而改变。

评：

此诗以扬子云自况，赞扬他善于处显处默，有所为有所不为，既表现扬雄的仁者之心，也是在抒发自己的意愿。汉魏六朝间人视扬雄为圣人。扬雄《解嘲》曰："知玄知默，守道之极；爱清爱静，游神之廷；惟寂惟寞，守德之宅。"《抱朴子》曰："孟子不以矢石为功，扬云不以治民盖世。求仁而得仁，不亦可乎？"所以，陶渊明称"仁者用其心，何尝失显默"。颜延之《陶征士诔》："在众不失其寡，处言愈见其默。"

十 九

畴昔①苦长饥，投耒②去学仕③。将养④不得节，冻馁固⑤缠己。是时向立年⑥，志意多所耻。遂尽介然⑦分，终死归田里。冉冉星气流,亭亭⑧复一纪。世路廓悠悠⑨,杨朱所以止⑩。虽无挥金事⑪,浊酒聊可恃。

注:

① 畴昔:往昔。　② 投耒:放下农具,指离开田园。　③ 学仕:指为官。《宋书·陶潜传》:"潜弱年薄宦,不洁去就之迹。"　④ 将养:休息,养息。　⑤ 固:常常。　⑥ 向立年:将近三十岁。《论语·为政》:"三十而立。"据陶渊明年谱和传记,其二十九开始入仕,起为江州祭酒。诗中所咏当为此时之事。　⑦ 介然:耿介,坚贞。　⑧ 亭亭:久远。　⑨ 悠悠:悠远,遥远。　⑩ 杨朱所以止:据《淮南·说林训》:"杨子见逵路而哭之,为其可以南可以北。"　⑪ 挥金事:用疏广事。《汉书·疏广传》:广上疏乞骸骨,许之,加赐黄金二十斤,皇太子赠以五十斤。"广既归乡里,日令家共具设酒食,请族人故旧宾客,与相娱乐。数问其家金余尚有几斤,趣卖以共具。"

译:

年少时常受饥寒,离开田园去为官。
赡养父母尚不够,自己也常受饥寒。
当时年近三十岁,现在想来真羞耻。
保持耿介守本分,终老田园不复出。
岁月流逝星河转,时光悠悠十二年。
世道遥远路悠长,杨朱止步很无奈。
我生世间虽平淡,浊酒为伴也怡人。

二十

羲农①去我久,举世少复真②。汲汲③鲁中叟④,弥缝⑤使其淳⑥。

凤鸟虽不至,礼乐⑦暂得新。洙泗⑧辍微响⑨,漂流逮狂秦。诗书复何罪?一朝成灰尘。区区⑩诸老翁,为事诚殷勤。如何绝世⑪下,六籍⑫无一亲。终日驰车走,不见所问津⑬。若复不快饮,空负头上巾⑭。但恨多谬误,君当恕醉人。

注:

① 羲农:传说中上古时候的帝王伏羲氏、神农氏。 ② 真:指本性、本源,这里指真而淳的社会风尚。陶渊明《劝农》曰:"悠悠上古,厥初生民。傲然自足,抱朴含真。" ③ 汲汲:心情急切的样子。 ④ 鲁中叟:鲁国的老头。即指孔子。 ⑤ 弥缝:补救世事的缺失。 ⑥ 淳:纯朴。 ⑦ 礼乐:礼法和音乐。用来指儒家用来指导人们行为和安抚人们心灵的内容。 ⑧ 洙泗:流经鲁国的两条河流。一般指孔子在此创办私塾开始授徒讲学。 ⑨ 微响:微言。指精微要妙的言语,即孔子的教导。 ⑩ 区区:少,为数不多的意思。 ⑪ 绝世:此指秦始皇焚书坑儒之后,儒家学说遭到毁灭性的打击。 ⑫ 六籍:六经。 ⑬ 问津:本意指问渡口,此指问路,询问人生之路。 ⑭ 头上巾:指陶渊明头戴的漉酒巾。

译:

羲农距今很遥远,真淳之风已难觅。
孔子努力勤奔走,希望匡复回真淳。
凤鸟虽然未出现,礼乐文化面貌新。
时光流逝到暴秦,儒学传统被中断。
诗书又有什么罪,为何一朝尽毁弃。
西汉老儒多饱学,传授儒学实勤勉。
为何焚书坑儒后,六经竟然无人亲。
整日只见奔竞者,怎不见那问津者。

不如现在去饮酒,才不辜负漉酒巾。
所言难免有谬误,请您宽恕醉酒人。

评:

这首诗突出地表现了儒学思想对渊明的影响。他向往上古时期真淳的社会风气,赞扬孔子努力恢复礼乐传统,改变社会风尚,使民风变得真淳。感叹经过秦朝焚书坑儒之后,社会道德再次沦丧,在这样的背景下,惟有隐居,才能保真守全。不过,也正因为隐居,所以他又遗憾无法改变当时的社会。诗中表达了"轻视儒家的传统,就会失去人生的基础"的主题。

就这一组诗而言,历来被认为是陶渊明的代表作,其自然的风格、借饮酒以寓意的表现方法等尤其受到人们称道。宋晁补之《鸡肋集》卷三十三《题陶渊明诗后》:"东坡云陶渊明意不在诗,诗以寄其意耳。'采菊东篱下,悠然望南山',则既采菊又望山,意尽于此,无余蕴矣,非渊明意也。'采菊东篱下,悠然见南山',则本自采菊,无意望山,适举首而望之,故悠然忘情,趣闲而累远,此未可于文字精粗间求之。"宋葛立方《韵语阳秋》卷三:"若观道者,出语自然超诣,非常人能蹈其轨辙也。"明钟伯敬、谭元春评选《古诗归》卷九谭元春曰:"妙在题是《饮酒》,只当感遇诗、杂诗,所以为远。"钟伯敬曰:"《饮酒》诗,如此寄托,如此含吐,酒岂易饮?饮酒岂易作诗?又曰:感遇实胜咏怀,《饮酒》诗则又非感遇诸诗所几也,难与人言。"清陶必诠《萸江诗话》:"此二十首,当是晋、宋易代之际,借饮酒以寓言。骤读之不觉,深求其意,莫不中有寄托。"清蒋薰评《陶渊明诗集》卷三:"此心高旷,兴会自真,诗到佳处,只是语尽意不尽。若张无垢谓渊明畎亩不忘君之意,似以南山作比语,恐不然。"清沈德潜选《古诗源》卷九:"胸有元气,自然流出,稍著痕迹便失之。"清王士祺《古学千金谱》:"通章意在'心远'二字,真意在此,忘言亦在此。从古高人只是心无凝滞,空洞无涯,故所见高远,非一切名象之可障隔,又岂俗物之可妄干。有时而当静境,静也,即动境亦静。境有异而心无异者,远故也。心不滞物,在人境不虞其寂,逢车马不觉其喧。篱有菊则采之,采过则已,吾心无菊。忽悠悠而见南山,日夕而见山气之佳,以悦鸟性,与之往还,山花人鸟,偶然相对,一片化机,天真自具,既无名象,不落言诠,其谁辨之。"清温汝能纂集《陶诗汇评》卷三:"渊明诗类多高旷,此首尤为兴会独绝,境在寰中,神游象外,远矣。得力在起四句,奇绝妙绝,以下便可一直写去,有神无迹,都于此处领取,俗人反先赏其采菊数语何也。至结二句则愈真愈远,语有尽而意无穷。"清王夫之《古诗评选》卷四:"真理真诗。浅人日读陶集,至此种作,则全不知其所谓,况望其吟而赏之。说理诗必如此乃不愧作者,后来惟张曲江擅场。"清孙人龙纂辑《陶公诗评注初学读本》卷二:"说得有情有品。"

止　酒①

居止次②城邑，逍遥自闲止③。坐止高荫下，步止荜门④里。好味止园葵⑤，大欢止稚子。平生不止酒，止酒情无喜。暮止不安寝，晨止不能起。日日欲止之，营卫⑥止不理⑦。徒知止不乐，未知止利己。始觉止为善，今朝真止矣。从此一止⑧去，将止扶桑⑨涘⑩。清颜⑪止宿容，奚止千万祀⑫。

注：

① 止酒：意为停止饮酒，也就是戒酒之意。当时诗人住在上京里老家，家境略优，家人再三劝其戒酒，陶渊明也决心戒酒，故作此诗。　② 次：近。　③ 止：语末助词。　④ 荜门：柴门。　⑤ 葵：一种菜。　⑥ 营卫：指人体中的营气和卫气，据袁行霈《陶渊明集笺注》引《灵枢经·营卫生会》称"五脏六府皆以受气，其清者为营气，浊者为卫。营在脉中，卫在脉外"。　⑦ 理：顺。　⑧ 一止：一直止酒。　⑨ 扶桑：中国古代神话中的神木名，传说是日出之处。　⑩ 涘：水边。　⑪ 清颜：容颜清新。　⑫ 祀：年。

译：

居住地处城市边，逍遥自在好清闲。
每天坐于高树下，每天流连柴门里。
吃的美味是园葵，幼子使我最快乐。
平生还未曾戒酒，戒酒让我不开心。
晚上戒酒睡不安，早上戒酒起不来。

每天都想要戒酒,五脏六腑气不顺。
只知戒酒不快乐,不知戒酒自己好。
原来知道戒酒好,不料今天真戒酒。
从此戒酒不再喝,戒酒好比到仙界。
新颜从此替旧容,长生何止千万年。

评:

  酒是陶渊明的至爱,由爱酒到戒酒,叙写轻松幽默,虽然只是叙写隐居田园的简简单单的饮食起居生活,也充满了乐趣,表现了渊明安于田园,闲适自得。全诗二十句,每句用一"止"字,共二十处,不过,这些"止"字的意义不尽相同。《易·艮》:"时止则止,时行则行。动静不失其时,其道光明。"朱自清《陶诗的深度》称:"《止酒》诗每句藏一'止'字,当系俳谐体。"据王瑶先生估计,此诗与《形影神》有关联,是对"日醉或能忘,将非促龄具"诗意的"加以畅叙",即予以延伸。张彦《陶诗今说》以为本诗与《形影神》约写于同一年,即晋义熙九年(413),时诗人四十九岁。亦有不从此说者,说该诗作于晋元兴元年(402),诗人时年三十八岁。

述 酒①

序：仪狄②造，杜康③润色之。

注：

① 述酒：汤汉曰："晋元熙二年六月，刘裕废恭帝为零陵王，明年以毒酒一罂授张祎，使鸩王，祎自饮而卒。继又令兵人逾垣进药，王不肯饮，遂掩杀之。此诗所为作，故以《述酒》名篇也。"以下仪狄、杜康，古代善酿酒者，酒由仪狄造出，再由杜康润色，比喻桓玄篡位于前，刘裕润色于后，晋朝终于灭亡。史载，桓玄鸩杀司马道子，刘裕鸩杀晋安帝，皆用酒完成篡夺。　② 仪狄：《战国策·魏策二》："昔者帝女令仪狄作酒而美，进之禹，禹饮而甘之。遂疏仪狄，绝旨酒。"　③ 杜康：《说文解字·巾部》："古者少康初作箕帚、秫酒。少康，杜康也。"

译：

上古仪狄造美酒，杜康又改进工艺。

重离①照南陆，鸣鸟②声相闻。秋草虽未黄，融风③久已分④。素砾⑤皛⑥修渚⑦，南岳无余云。豫章⑧抗高门⑨，重华⑩固⑪灵坟。流泪抱中⑫叹，倾耳听司晨⑬。神州献嘉粟⑭，西灵为我驯⑮。诸梁⑯董师旅，芊胜⑰丧其身。山阳归下国⑱，成名犹不勤。卜生善斯牧⑲，安乐不为君⑳。平王去旧京㉑，峡中纳遗薰㉒。双陵甫云育㉓，三趾显奇文㉔。王子爱清吹㉕，日中翔河汾㉖。朱公练九齿㉗，闲居离世纷。峨峨西岭㉘内,偃息常所亲。天容自永固,彭殇㉙非等伦。

注:

① 重离:喻晋王室南迁建立东晋王朝。《易经·说卦》:"离为火,为日。""重离"指重日,又古人常以日喻君象,故"重离"喻重建晋王朝。　② 鸣鸟:指凤凰也,《诗·卷阿》:"凤皇鸣矣,于彼高冈。"故后世遂以"鸣鸟"喻拥护辅佐东晋王朝的人才。　③ 融风:《左传》昭公十八年:"夏五月……丙子,风。梓慎曰:'是谓融风,火之始也。七日,其火作乎!'"　④ 分:分散。　⑤ 素砾:白色的碎石。　⑥ 皛:明亮,皎洁。　⑦ 修渚:狭长的小洲。　⑧ 豫章:指刘裕。汤汉注称:晋安帝义熙元年,刘裕被封为豫章郡公。　⑨ 高门:即皋门。《礼记·明堂位》:"天子皋门。"郑注:"皋之为言高也。"　⑩ 重华:指舜,葬于零陵。此处以舜禅位于禹,舜葬于零陵来指恭帝禅位于刘裕,后又被贬为零陵王。　⑪ 固:即顾,意为但。《经传释词》曰:"固,又作顾。顾犹但也。"　⑫ 中:犹忠。《睡虎地秦墓竹简·为吏之道》:"吏有五善:一曰中信敬上。"　⑬ 司晨:雄鸡。《书》:"牝鸡司晨,惟家之索。"　⑭ 神州献嘉粟:刘裕要挟恭帝禅位假称的祥瑞。据汤汉注:义熙十四年,巩县人献嘉禾,裕以献帝,帝以归于裕。　⑮ 西灵为我驯:刘裕要挟恭帝禅位假称的祥瑞。古直《笺》:"恭帝禅诏有'四灵效瑞,川岳启图'语。"　⑯ 诸梁:沈诸梁,楚左司马沈君戌之子,叶公子高。据《史记·楚世家》,惠王六年,白公请兵令子西伐郑,子西许而未发兵,白公怒,袭杀子西,劫惠王,自立为王。惠王之徒负惠王亡走,叶公救楚,与惠王之徒共攻白公,杀之。惠王复位。　⑰ 芈胜:楚平王太子建之子胜,号白公。　⑱ 山阳归下国:暗指恭帝禅位于刘裕。山阳,汉献帝禅位于魏之后,封为山阳公,此处代指晋恭帝被废为零陵王。《晋书·恭帝纪》:"(元熙)二年夏六月壬戌,刘裕至于京师。傅亮随裕密旨,讽帝禅位,草诏,请帝书之。

帝欣然谓左右曰：'晋氏久已失之，今复何恨。'乃书赤纸于诏。甲子，遂逊位于琅琊第。刘裕以帝为零陵王，居于秣陵。" ⑲卜生善斯牧：指晋恭帝降附刘裕。卜生，当为卜年。古直笺曰："晋恭帝禅位书曰：'故有国必亡，卜年著其数。'又曰：'历运改卜，永终于兹。'此书自是王韶所草，然帝阅后，欣然操笔曰：'晋祚已移，重为刘公所延，将二十载。今日之事，本所甘心。'遂书赤纸为诏，以授傅亮。" ⑳安乐不为君：安乐，指安乐公刘禅。此处用刘禅归附曹丕，来指晋恭帝归附刘裕，而不得为君。㉑平王去旧京：平王，周平王。此用周平王东迁指晋室南迁。㉒峡中纳遗薰：峡，是"郏"之借字，周之旧都，在今洛阳市西。薰，是"獯"的借字，獯鬻的简称，北方胡名。遗獯，指獯鬻的后代。据《广韵·文韵》："獯，北方胡名。夏曰獯鬻……汉曰匈奴。"此指匈奴族刘聪率部攻陷洛阳。㉓双陵甫云育：意谓关洛平定，人民可以长育。双陵，《左传》："殽有二陵焉。" ㉔三趾显奇文：暗讽刘裕为篡夺东晋皇权而制造的祥瑞异象。三趾，指三足乌。奇文，世间少见之文。袁行霈《陶渊明集笺注》称此句指刘裕于义熙十二年伐秦克洛阳，遣长史王宏还都求九锡一事。㉕王子爱清吹：王子，指王子晋，爱吹笙，此以其托言晋之亡也。㉖日中翔河汾：龚斌《陶渊明全集》谓此句寓意刘裕于元熙二年六月废晋帝自立。㉗朱公练九齿：一般认为此句陶渊明借陶朱公以自寓隐逸闲居。练九齿，即练养生术。齿，年。㉘西岭：指昆仑山。㉙彭殇：指彭祖和殇子，皆以长寿而著称于世。

译：

晋室南渡乃幸事，群贤辅佐颇有力。
国朝动乱朝纲坏，分崩已久祸难多。
君弱臣强成定局，国势式微难挽回。
刘裕阴谋行篡弑，晋帝被囚失自由。

帝后相拥连忧叹,时时盼望天早明。
刘裕派人献祥瑞,四灵被征觊大位。
叶公引兵来勤王,可惜宗室已被杀。
晋帝如今已禅位,身退犹未全己身。
宁可为这牧羊业,只求安乐不为君。
昔日寇盗陷洛阳,晋室不得不南迁。
如今关洛甫已平,不料刘裕谋篡逆。
晋帝亡去王朝倾,刘宋王朝如日中。
我如朱公学长生,闲居远离尘世扰。
遥望巍巍昆仑山,那是理想隐居地。
我的容颜当永葆,纵使彭殇无法比。

评:

　　这首诗多隐语,充满疑义,难点颇多。全诗二十八行,几乎句句用"典",前六句言晋室衰微,第七句至第十八句言刘裕篡晋,第十九句至第二十句补叙刘裕篡晋之形势,第二十三句至篇末,托言游仙以示无可奈何之慨。抒情达意隐晦曲折,颇不可解,韩子苍疑此诗盖义熙三年刘裕掩杀零陵王之后有感而作,类多悼国伤时感讽之语。然不欲显斥,故命篇云《杂诗》,或托以《述酒》《饮酒》《拟古》。黄庭坚曰:"《述酒》篇盖阙,此篇似是读异书所作,其中多不可解。"袁行霈系此诗于宋武帝永初二年辛酉(421),是年,零陵王卒。李公焕笺注引赵泉山曰:"此晋恭帝元熙二年也。六月十一日宋王裕迫帝禅位,既而废帝为零陵王,明年九月潜行弑逆。"

责 子①

白发被②两鬓,肌肤不复实。虽有五男儿,总不好纸笔③。阿舒已二八,懒惰故④无匹。阿宣行志学⑤,而不爱文术⑥。雍端年十三,不识六与七。通子垂九龄,但觅梨与栗。天运⑦苟如此,且进杯中物。

注:

① 据汤注舒俨、宣俟、雍份、端佚、通佟,凡五人。舒、宣、雍、端、通,皆小名。俟,一作俣,佟,一作俗。 ② 被:覆盖。 ③ 纸笔:代指学习。 ④ 故:仍然。 ⑤ 行志学:即将十五岁。《论语·为政》:"吾十有五而志于学。" ⑥ 文术:文,书籍。《国语·周语下》:"小不从文。"韦昭注:"文,诗书也。"《论语·学而》:"行有余力,则以学文。"何晏注引马融曰:"文者,古之遗文也。"《汉书·孙实传》:"前日君欲学文。"颜师古注:"文谓书也。"文术,泛指读书作文之类的事。 ⑦ 天运:天命。

译:

　　白发已覆盖两鬓,肌肤已不再坚实。
　　虽然生养五男儿,但一直不好学习。
　　阿舒已年满十六,懒惰仍然没法比。
　　阿宣已是读书时,却不喜欢读诗书。
　　雍端已经十三岁,却还不识六与七。
　　小儿通即将九岁,只知道找梨与栗。
　　看来我天命如此,发愁无用且饮酒。

评：

题目虽曰"责子"，字里行间并未见对其儿子严厉的批评，也并没有因为垂暮之年生儿如此而悲伤，只是指出他们与世俗同龄人不相同的地方，不爱学习，不读书，不识字，只知道贪玩，最后还自我开解：这是天命，报怨也没有办法，还是饮酒解愁吧。全诗语言平实，叙述流畅，微带对自己的调侃和嘲讽：生儿如此，不能怪他们，只能怪自己。自己也如此闲逸隐居，不汲汲于名利仕途，又怎能责怪诸儿子呢。袁行霈《陶渊明笺注》析义云：渊明并不过分责备之。失望之中，见其谐谑；谐谑之余，又见其慈祥。一切顺乎自然，有所求而不强求，求而得之固然好，不得亦无不可。渊明处世盖如是而已。

有会①而作

序：旧谷既没,新谷未登②。颇为老农,而值年灾。日月尚悠,为患未已。登岁之功,既不可希。朝夕所资③,烟火裁通。旬日已来,日念饥乏。岁云夕矣④,慨然永怀。今我不述,后生⑤何闻哉!

注：
① 有会:有所领悟,犹有感而作。会,领悟。 ② 登:成熟,丰收。 ③ 朝夕所资:日常所需。 ④ 岁云夕矣:以已近岁暮喻年老。 ⑤ 后生:指子孙。

译：
去年的粮食已尽,今年的粮食未丰。
做个老农已多年,不料今年遇灾荒。
青黄不接时日长,没有粮食让人焦。
丰收之年本难得,今年也难寄希望。
日常生活所需物,只能刚好不断炊。
最近十余日以来,每天念叨缺衣食。
眼看人生到尽头,让我怎么不感怀。
现在我不记下来,子孙怎么会知道。

弱年①逢家乏②,老至更长饥。菽麦③实所羡,孰敢慕甘肥④。惄如⑤亚九饭⑥,当暑厌寒衣⑦。岁月将欲暮,如何辛苦悲。常善粥者心,深恨蒙袂非⑧。嗟来何足吝,徒没空自遗。斯滥⑨岂彼志?固穷^⑩夙所归。馁也已矣夫,在昔余多师。

注:

① 弱年:古人以二十岁为弱冠,指少年时。　② 家乏:家庭条件不宽裕。　③ 菽麦:农作物,此用来指粗食。　④ 甘肥:美味。　⑤ 惄如:极言饥寒。　⑥ 亚九饭:疑为"无恶饭"之误,意谓饥饿时进食无不觉得可口。　⑦ 当暑厌寒衣:指已经到了夏天,仍穿着寒衣,无衣可替换,形容缺衣少穿状。　⑧ 深恨蒙袂非:以不肯接受施舍而为憾。《礼记·檀弓》记齐国遇荒年,黔敖备食于路以赈人。有一饿者蒙袂而来,黔敖曰:"嗟!来食!"其人扬目视之曰:"予唯不食嗟来之食,以至于斯。"终不食而去。　⑨ 滥:指不能坚持,无所不为。　⑩ 固穷:《论语·卫灵公》:"君子固穷,小人穷斯滥矣。"

译:

> 弱冠之年家道衰,不料暮年更困窘。
> 每日能有菽麦足,哪敢奢望食美味。
> 人逢饥饿食可口,夏日炎炎披寒衣。
> 人生即将入暮年,为何苦多又悲辛。
> 常常感恩施粥者,常遗憾不肯受施。
> 接受施舍有什么,不受施舍白饿死。
> 他们怎会不守志,固穷守节是夙愿。
> 还是要效仿先贤,任凭饥饿守志节。

评:

诗中极力叙写自己年龄渐老而家资贫乏,生活困窘,不得不终日为衣食担忧,并进而忧及子孙后代的生活问题。诗人徘徊于接受施舍与拒绝施舍的矛盾之中,既有接受施舍而缓解饥饿的现实愿望,又常常想起前贤固穷守节的事迹,时时提醒自己不能放弃修持自己的德行。最后,矛盾斗争的结果是仍然决定效仿先贤,不顾饥饿,固守自己的志节,真实地反映了陶渊明的内心和思想。

蜡　日①

风雪送余运②,无妨时已和。梅柳夹门植,一条有佳花。我唱尔言得③,酒中适④何多。未能⑤明多少,章山⑥有奇歌⑦。

注:

① 蜡:音 zhà,古代年终大祭万物。《礼记·郊特牲》:"天子大蜡八,伊耆氏始为蜡。蜡也者,索也,岁十二月,合聚万物而索飨之也。"郑玄注:"所祭有八神也。"李剑锋《重定陶渊明诗笺》引《初学记》卷四《晋起居注》称晋代蜡日在十二月丑日,不仅祭祀众神,也是亲族团聚欢娱之日。　② 运:季节之推移,年岁之运行。　③ 得:领悟。　④ 适:愉悦。　⑤ 能:一作"知"。　⑥ 章山:一作"商山",此解颇合诗意。王叔岷《陶渊明诗笺证稿》引王引之"商与章古字通"以为"章山"即商山,渊明诗亦多次提及商山四皓。　⑦ 奇歌:或指四皓《紫芝歌》,寓意忧世患,产生效仿四皓隐遁之心,此乃高歌以肆志。

译:

风雪送来了冬寒,不阻碍春意来临。
梅和柳夹道种植,满路是鲜花绽放。
我吟诗你能领悟,饮酒是多么愉悦。
不知道明了多少,愿效四皓唱奇歌。

评：

或谓此诗借咏时运交移、季节更替、景物之新变,而忧东晋末之世患,生效仿商山四皓隐遁之心。从诗的首两句"风雪送余运,无妨时已和"中有"运"和"时","酒中适何多""未能明多少",言"得"和"失",足可见其诗之伤时感世,意味深长。

四 时①

春水满四泽,夏云多奇峰。秋月扬②明晖,冬岭秀③孤松④。

注:

①《四时》诗,或谓顾恺之作,题作《神情诗》。《艺文类聚》卷三只存此四句,且注明为"摘句",聊备一说。至于是否陶渊明所作,姑存疑。　②扬:飞撒,照。　③秀:青翠。　④孤松:寒松。

译:

　　春水涨满溢四野,夏云堆积常变化。
　　秋月皎洁清辉撒,冬日孤松傲霜立。

评:

　　这是一首咏四季景色的诗。诗中选择春、夏、秋、冬四季的典型景物水、云、月、松,加以吟咏,写景极具概括力,语言极简练,宛如一幅秀美的写生画。

拟古九首

其 一

荣荣窗下兰,密密堂前柳。初与君别时,不谓行当久。出门万里客,中道逢嘉友。未言心相醉,不在接杯酒①。兰枯柳亦衰,遂令此言负②。多谢③诸少年,相知不中厚④。意气倾人命,离隔⑤复何有?

注:

① 未言心相醉,不在接杯酒:袁行霈《陶渊明集笺注》谓两句意为心相投合也。　② 兰枯柳亦衰,遂令此言负:兰枯柳衰比喻友情转薄。此言,袁行霈《陶渊明集笺注》谓指"不谓行当久"。　③ 多谢:意谓告别。《古诗为焦仲卿妻作》:"多谢后世人,戒之慎勿忘。"　④ 中厚:中,即忠,《睡虎地秦墓竹简·为吏之道》:"吏有五善:一曰中信敬上。"　⑤ 离隔:离开,分别。

译:

　　窗下兰花茂盛开,堂前柳树密成荫。
　　当初与君话离别,没有告知去日久。
　　远游万里为异客,中途遇到好朋友。
　　不曾说心有灵犀,不在乎经常饮酒。
　　兰枯柳衰友情薄,当年约定被辜负。

辞别那轻薄少年,相知而待人不忠。
讲义气害人性命,离开怎有真友情。

评:

此诗乃摹拟古诗之作,主要内容是叙写交友过程和交友体会,强调交友要知心,不能只讲义气,提倡中正、忠厚的美德。寓感讽时事、追慕节义之意。

其 二

辞家夙严驾①,当往志无终②。问君今何行?非商复非戎③。闻有田子泰④,节义为士雄。斯人久已死,乡里习其风。生有高世名,既没传无穷。不学狂驰子⑤,直⑥在百年⑦中。

注:

① 夙严驾:夙,早;严,装束,整饬;驾,车乘。此诗盖拟曹植《杂诗·仆夫早严驾》,原诗如下:"仆夫早严驾,吾行将远游。远游欲何之?吴国为我仇。将骋万里涂,东路安足由!江介多悲风,淮泗驰急流。愿欲一轻济,惜哉无方舟。闲居非吾志,甘心赴国忧。" ② 无终:据袁行霈《陶渊明集笺注》谓为县名,汉属古北平,今河北蓟县,即"田子泰"家乡。姑存疑。 ③ 非商复非戎:袁行霈《陶渊明集笺注》谓非"四皓"、老子所往之地。商,商山,据史传,四皓入商山避秦,商山在陕西商县东南。戎,古代一般用来指西部少数民族,住地靠近边疆,多发生战争。此用指从军打仗。 ④ 田子泰:《三国志·魏书·田畴传》:"田畴,字子泰,右北平无终人也。"古直《陶渊明诗笺》:"《后汉书·刘虞传》注引《魏志》曰:'田畴,字子泰。'是章怀所见《魏志》尚与靖节同也。"据《田畴传》载:畴好读书,善击剑。

董卓迁帝于长安,幽州牧刘虞欲奉使展节,遂属田畴为从事。畴至长安致命,诏拜骑都尉,固辞不受。后还至乡里,入徐无山中,营深险平敞地而居,躬耕以养父母。百姓归之,数年间至五千余家。畴为约束,兴举学校。众皆便之,道不拾遗。北边翕然服其威信。袁绍数遣使招命,皆拒不受。后助曹操平定乌桓,封畴亭侯,邑五百户。畴自以始为居难,率众遁此,志义不立,反以为利,非本义也,固让。曹操知其至心,许而不夺。《三国志·魏书·田畴传》裴注引《先贤行状》载太祖表论畴功曰:"畴文武有效,节义可嘉,诚应宠赏,以旌其美。"黄文焕《陶诗析义》曰:"晋主被废,有一人能为田畴者乎?此诗当属刘裕初废晋帝为零陵王所作。盖当时裕以兵守之,行在消息,总无能知生死何者,故元亮寄慨于子泰也。" ⑤ 狂驰子:指世间奔走以追逐名利的人。 ⑥ 直:只。 ⑦ 百年:指人的一生。

译:

早期整装辞家乡,立定志向到无终。
试问您想要去哪,不隐逸也不从军。
听闻世有田子泰,重节守义士中雄。
此人虽逝世已久,乡里仍传承遗风。
生在世间有高名,纵使亡故代代传。
不学那些名利徒,只将荣耀留此生。

评:

此诗颇能表现陶渊明的人生观:立志向,重节义,留高名。由此可见,他在内心里并不愿意闲居田园,虚度一生,而是希望建立不世的英名。

其 三

仲春遘①时雨②,始雷发东隅。众蛰③各潜骇④,草木纵横舒。翩翩新来燕,双双入我庐。先巢故⑤尚在,相将⑥还旧居。自从分别来,门庭日荒芜。我心固匪石,君情定何如⑦?

注:
① 遘:遇。 ② 时雨:按时节降落的雨。陶渊明《五月旦作和戴主簿》:"神渊泻时雨。" ③ 蛰:冬眠的动物。 ④ 潜骇:形容冬眠的动物感受到春天的来临。陆云《大将军宴会被命作诗》:"神风潜骇,有赫兹威。" ⑤ 故:今。见《尔雅·释诂》。 ⑥ 相将:相偕。 ⑦ 我心固匪石,君情定何如:据袁行霈《陶渊明集笺注》谓此两句乃燕问陶渊明之语,意谓我心坚固而不可转移,君情究竟如何呢?《诗·邶风·柏舟》:"我心匪心,不可转也。我心匪席,不可卷也。"定,究竟。《世说新语·言语》:"卿云艾艾,定是几艾?"邱嘉穗《东山草堂陶诗笺》:"自刘裕篡晋,天下靡然从之,如众蛰草木之赴雷雨,而陶公独惓惓晋室,如新燕之恋旧巢。虽门庭芳芜,而此心不可转也。"邱嘉穗亦曰"末四句亦作燕语方有味",颇为有见。燕既重来,见门庭荒芜,不知主人有无迁徙之意,遂反问主人"君情定何如",不仅在情理之中,且见天真趣味。

译:

仲春时节雨绵绵,春雷隆隆从东来。
各种动物被唤醒,各种草木长势好。
燕子翩翩从北归,成双成对来我家。
他们的旧巢仍在,他们一起回旧家。

自从他们离开后,庭院已长满草木。
我心忠贞如磐石,只是你的心意呢。

评:

此诗借吟咏新燕归旧巢,抒发恋旧之情,表明隐逸志向之坚,暗寓对晋室之忠贞。袁行霈《陶渊明集笺注》卷四引古直《陶渊明诗笺》曰:"此首咏刘裕与桓玄之事也。"大意谓刘裕与何无忌起兵在二月,又在建康东,故曰:"仲春遘时雨,始雷发东隅。"刘裕有同谋,刻期齐发,故曰:"众蛰各潜骇,草木纵横舒。"桓玄败,裕入建康,迎帝还,故曰:"翩翩新来燕,双双入我庐。先巢故尚在,相将还旧居。"靖节辞彭泽令老死田里,故曰:"自从分别来,门庭日荒芜。"耻复屈身异代,故曰:"我心固匪石。"其故人如颜延之等勉事新朝者尚多,故曰:"君情定何如。"

其 四

迢迢①百尺楼,分明望四荒②。暮作归云宅,朝为飞鸟堂③。山河满目中,平原独茫茫④。古时功名士,慷慨争此场。一旦百岁后,相与还北邙⑤。松柏为人伐,高坟互低昂。颓基无遗主⑥,游魂在何方?荣华诚足贵,亦复可怜伤!

注:

① 迢迢:遥远的样子。 ② 四荒:四方极远之地。《尔雅·释地》:"觚竹、北户、西王母、日下,谓之四荒。" ③ 暮作归云宅,朝为飞鸟堂:归云宅,飞鸟堂,言所登之楼只有归云、飞鸟。 ④ 茫茫:广大的样子。《文选》阮籍《咏怀》:"旷野何茫茫。"李善曰:"毛苌曰:茫茫,广大貌。" ⑤ 北邙:山名,在河南省洛阳市北。袁行霈《陶渊

明集笺注》谓何孟春注引《洛阳志》:"汉晋君臣坟多在此。" ⑥颓基无遗主:指墓基已经损毁颓废,以致连坟的主人是谁都无从知晓。

译:

登上遥远的城楼,可看清四面八方。
傍晚重云返我宅,早上高鸟飞入堂。
眼中是壮美河山,平原被雾气笼罩。
古代那些功名士,志意高昂闹纷争。
有朝一日去世后,先后相继葬北邙。
墓前松柏被人砍,徒留坟墓高或低。
墓基已损坏颓败,魂魄又安放何处?
名利地位确可贵,只是结局让人悲。

评:

此诗主题感叹死亡不可避免,荣华不可久居,受到《古诗十九道》其十三"驱车上东门"、其十四"古墓犁为田"影响,乃寄慨人生之作,感叹死亡之不可避免与名利地位不足贵也。张玉毂称其乃"拟登废楼远望而伤荣华不久之诗"(《古诗赏析》)。"迢迢百尺楼,分明望四荒。""迢迢""百尺"都是形容楼高,李商隐诗句"迢递高城百尺楼"(《安定城楼》)大概由此而来。"四荒",四外极远之地。由于楼高,极远的地方都看得很"分明",这又可看作是从对面来写楼高。"暮作归云宅,朝为飞鸟堂。"这两句是说,这座楼傍晚有云彩飘入,早晨有飞鸟鸣聚。这一方面还是形容楼高,王勃形容"滕王高阁""画栋朝飞南浦云,珠帘暮卷西山雨",笔法相似。另一方面,是写此楼之废,只有云鸟栖息,而不见人踪。这几句写楼高、楼废,乃诗人兴感之由。"山河满目中,平原独茫茫。"所见远,所思广。"茫茫",既见地域的广阔、思绪的浩茫,还表示平原上一无所有。这两句极具苍凉的情致,为登眺名句,李峤的"山川满目泪沾衣"(《汾阴行》)、晏殊的"满目山河空念远"(《浣溪沙》)当皆由此脱化。

其 五

东方有一士①,被服②常不完。三旬九遇食③,十年著一冠④。辛勤无此比,常有好容颜。我欲观其人,晨去越河关。青松夹路生,白云宿檐端。知我故⑤来意,取琴为我弹。上弦惊别鹤,下弦操孤鸾⑥。愿留就⑦君住,从今至岁寒⑧。

注:

① 东方有一士:据汤汉注《陶靖节先生诗》:"《国语》:'东方之士孰愈。'《新序·节士篇》:'东方有士曰袁旌目。'" ② 被服:《古诗十九首》其十二:"被服罗裳衣,当户理清曲。"其十三:"不如饮美酒,被服纨与素。" ③ 三旬九遇食:用子思典,极写饥饿,如子思之三旬九食,《说苑·立节》:"子思居卫,缊袍无衣,三旬而九食。"见《有会而作》注"恝如亚九饭"。 ④ 十年著一冠:古直《陶渊明诗笺》引《庄子·让王》:"曾子居卫……三日不举火,十年不制衣,正冠而缨绝,捉衿而肘见,纳屦而踵决。曳纵而歌《商颂》,声满天地,若出金石。天子不得臣,诸侯不得友。故养志者忘形,养形者忘利,致道者忘心矣。" ⑤ 故:王叔岷《陶渊明诗笺证稿》:"故犹所以也。《史记·项羽本纪》:'沛公曰:所以遣将守关者,备他盗之出入与非常也。'" ⑥ 上弦惊别鹤,下弦操孤鸾:上、下,表示时间先后之次序。王引之《经义述闻·毛诗上》:"古者,上与前同义。"《古诗十九首》其十七:"上言长相思,下言久别离。"别鹤、孤鸾,琴曲名。古直《陶渊明诗笺》:"崔豹《古今注》曰:'别鹤操,商陵牧子所作也。……'《西京杂记》:'庆安世(年十五,为成帝侍郎),善鼓瑟(琴),能为双凤、离鸾

之曲。'" ⑦ 就:趋就,归从。 ⑧ 岁寒:《论语·子罕》:"岁寒,然后知松柏之后凋也。"

译:

> 东方有一位贫士,终年穿破烂衣服。
> 三旬仅用餐九次,十年都不添新衣。
> 其辛勤无人可比,更有绝美好容颜。
> 我很想去观察他,跟随他度越关塞。
> 路两边栽满青松,白云停留于檐端。
> 知道我来的目的,取出琴为我弹奏。
> 先弹一曲别鹤操,再奏一首孤鸾曲。
> 希望随你住于此,从现在直至暮年。

评:

此诗抒写了诗人的理想人格,表明其安贫守道、孤高不凡的品格。黄文焕《陶诗析义》:"东晋祚移,而举世无复为东之人矣。特言'东方有一世',系其人于东也,鸾孤鹤别,岂复有耦哉? 嗟夫! 真能为晋忠臣者,渊明一人而已。"

其 六

苍苍①谷中树②,冬夏常如兹。年年见霜雪,谁谓③不知时? 厌闻世上语,结友到临淄。稷下多谈士④,指⑤彼决吾疑。装束⑥既有日,已与家人辞。行行⑦停出门,还坐更自思。不怨道里长,但畏人我欺。万一不合意,永为世笑之。伊⑧怀难具道,为君作此诗。

注：

①苍苍：青青。　②谷中树：此指松柏。左思《咏史》其二："郁郁涧底松。"　③谁谓：王叔岷《陶渊明诗笺证稿》引《诗·召南·行露》："谁谓雀无角，何以穿我屋？谁谓女无家，何以速我狱？"　④稷下多谈士：古直《陶渊明诗笺》："《史记·孟荀列传》：'自驺衍与齐之稷下先生，如淳于髡、慎到、环渊、接子、田骈、驺奭之徒，各著书言治乱之事，以干世主，岂可胜道哉？'《文选》注引刘歆《七略》曰：'齐有稷城门也。齐说谈之士，期会于稷下者甚众。'《楚辞·卜居》：'余有所疑，愿因先生决之。'"　⑤指：赴也，归也。袁行霈《陶渊明集笺注》引《淮南子·原道训》："趋舍指凑。"原注："指，所之也。"　⑥装束：整理行装。　⑦行行：踟蹰道中的样子。《古诗十九首》其一："行行重行行。"　⑧伊：代词，相当于"是""此"。

译：

　　山谷树郁郁苍苍，冬去春来常如旧。
　　它们年年经风霜，怎会不知时节变？
　　厌倦听世间之事，携朋友同去临淄。
　　稷下博学之士多，前往那里可解惑。
　　整理行装已多日，与家人告辞离别。
　　犹豫前行出门止，归来独坐更反思。
　　不担忧去路遥远，只害怕有人欺我。
　　万一出门不合意，永留后世一笑柄。
　　这个愿望难道明，因此给你写此诗。

评：

　　既以松柏之坚强挺立自喻志意之卓然独立，又深深感到霜雪严寒产生的摧折压迫。心中有疑，而竟无可与语者，孤独彷徨之情溢于言表。

其　七

日暮天无云,春风扇^①微和。佳人美^②清夜,达曙酣且歌。歌竟^③长叹息,持^④此感人多。皎皎云间月,灼灼叶中华。岂无一时好,不久当如何?

注:
① 扇:风起,风吹。袁行霈《陶渊明集笺注》引嵇康《四言赠兄秀才入军诗》:"穆穆惠风,扇彼轻尘。"　② 美:喜,乐。　③ 竟:完,结束。　④ 持:同"恃",依赖。

译:
　　傍晚时分天气清,和煦春风轻吹拂。
　　美人喜欢这夜色,酣饮欢歌至黎明。
　　歌罢却又长叹息,此情此景增感伤。
　　天上月亮多皎洁,叶间花儿多明艳。
　　感叹美好太短暂,不知转瞬会怎样?

评:
由乐景而生哀情,借吟咏而寄意,感慨良多。王夫之《古诗选评》称:"端委纡夷,五十字耳,而有万言之势。"袁行霈《陶渊明集笺注》卷四引刘履《选诗补注》称:"此诗殆作于元熙之初乎?'日暮'以比晋祚之垂没。天无云而风微和,以喻恭帝暂遇开明温煦之象。'清夜'则非旦昼之景,而'达曙'则又知其为乐无几矣。是时宋公肆行弑立,以应'昌明之后,尚有二帝'之谶,而恭帝虽得一时南面之乐，不无感叹于怀，譬犹云间之月，行将掩蔽，叶中之华，不久零落，当如之何哉！其明年六月，果见废为零陵王，又明年被弑。此靖节预为悯悼之意，不其深叹？"并案：至于此诗之明白如话，题目又标明为《拟古》，径可照直解释，而不必取诠释《述酒》之法，以免深文周纳、牵强附会之嫌。

其 八

少时壮且厉①，抚剑独行游。谁言行游近，张掖②至幽州。饥食首阳薇③，渴饮易水流④。不见相知人⑤，惟见古时丘。路边两高坟，伯牙与庄周。此士难再得，吾行欲何求？

注：

① 壮且厉：志气奋发貌。厉，猛烈。　② 张掖：汉郡名，在今甘肃省境内。　③ 饥食首阳薇：以伯夷、叔齐隐居首阳山采薇度日自比。　④ 渴饮易水流：易水在今河北省境内。暗含诗人欲学荆轲为晋报仇之意。　⑤ 相知人：从后面的诗中可知指伯牙与钟子期、庄周与惠子这样的知音。据史载，钟子期死后，伯牙不再弹琴；惠施死后，庄周不再议论。

译：

年少时充满壮志，持剑独自去漫游。
谁说我走得太近，远到张掖和幽州。
希望有夷齐气节，希望如荆轲复仇。
可叹世间无知音，只见先贤之坟丘。
路边看到两高坟，那是伯牙与庄周。
知音只在古时有，我该怎样去寻求。

评：

这首诗追忆少年时的理想和抱负,充满豪情壮志。又介绍自己以伯夷叔齐的气节相激励,以荆轲的道义相勉励。遗憾的是,年华随流水,机遇终难觅,壮志惜未酬,让人多悲慨。诗中抒发了诗人内心无人理解的苦闷,也委婉地表现了对晋王朝的忠贞。

其 九

种桑长江边,三年望当采。枝条始欲茂,忽值①山河改②。柯叶③自摧折,根株浮沧海④。春蚕既无食,寒衣欲谁待。本不植高原,今日复何悔!

注：

① 值:遇到。　② 山河改:用江堤崩毁,河水改道,喻江山易主,东晋为刘裕篡夺。　③ 柯叶:枝叶。　④ 根株浮沧海:用桑树的根被冲洗到大海,喻指司马氏的支持者被诛杀,东晋王朝灭亡。

译：

种桑于长江岸边,等待三年可以采。
枝叶刚刚长茂盛,不料江山突易主。
树的枝叶被毁坏,树根也浮游大海。
春蚕如果无食物,又怎吐丝织寒衣。
本来不种高原地,今日被毁有何憾。

评：

　　从字面上看，这首诗写的是种植的桑树被毁，使冬季的寒衣无所期待。但多数学者认为此诗含有比兴寄托之情，以桑树喻东晋王朝，以桑树被毁喻东晋王朝被刘裕篡夺。清人陈沆《诗比兴笺》称："此慨晋室之所以亡也。"

杂诗十二首

其 一

人生无根蒂①,飘如陌上尘。分散逐②风转,此已非常身③。落地④为兄弟,何必骨肉亲⑤。得欢当作乐,斗酒聚比邻⑥。盛年⑦不重来,一日难再晨。及时当勉励⑧,岁月不待人。

注:
① 蒂:花和瓜果与枝茎相连的部位。 ② 逐:追随。 ③ 常身:不变之身,恒常之身。 ④ 落地:人生下来。 ⑤ 亲:相亲。 ⑥ 比邻:近邻。 ⑦ 盛年:壮年。 ⑧ 勉励:努力,勤勉。

译:
> 人生无根也无蒂,飘泊无依如微尘。
> 飘飘散散随风转,落地已非从前身。
> 生下来就是兄弟,不只同胞才相亲。
> 遇到欢乐且作乐,有酒一斗就相聚。
> 人的壮年只一次,就如一天只一晨。
> 趁着壮年多努力,岁月从来不等人。

评:
对于人生短暂的慨叹古已有之。《古诗十九首》云:"人生寄一世,奄忽若飙尘。"这首诗则不限于人生短暂、变化万千、飘泊无依的感慨，由此还生发了一些新的人生感悟。诗人认为，正因为人生短暂，所以要有博爱精神，相互关爱；要珍惜人生，充分享受人生每一份难得的快乐；还要珍惜时间，为实现自己的目标而勤奋努力。这些感慨为古诗充满悲慨的人生主题注入了更为丰富、更为主动积极的精神力量。

其 二

白日沦①西阿②，素月③出东岭。遥遥万里辉，荡荡④空中景⑤。风来入房户，夜中枕席冷。气变悟时易⑥，不眠知夕永⑦。欲言无予和⑧，挥杯⑨劝孤影。日月掷⑩人去，有志不获骋⑪。念此怀悲凄，终晓不能静。

注：

① 沦：下沉，落下。　② 西阿：西山。　③ 素月：明月，皎洁的月亮。　④ 荡荡：指夜空广阔无边。　⑤ 景：月光。　⑥ 易：变化。　⑦ 永：漫长。　⑧ 和：唱和，此指交谈。　⑨ 挥杯：举杯。　⑩ 掷：抛弃，丢下。　⑪ 骋：驰骋，指施展。

译：

夕阳已经向西沉，皎洁月亮从东升。
万里苍穹闪光辉，广阔天空月光明。
风儿吹入房中来，深夜仍觉枕席凉。
气候变化感时变，半夜无眠知夜长。
想说话无人交谈，举杯只好邀己影。
岁月无情弃我去，空有志向无机遇。
想到这里心悲伤，整夜心中不平静。

评：

秋夜月圆，人事不圆，诗人与月共饮，而生诸多感慨。感慨壮志未酬，而岁月已逝，充满感伤的情调。由此诗也可见，陶渊明并非淡泊世事，实心中怀有志向，只是生不逢时，致使才华未获施展。其中"念此怀悲凄，终晓不能静"，颇见激越之情。难怪朱熹会说："陶渊明诗，人皆说平淡，据某看他自豪放，但豪放得来不觉耳。"①

其 三

荣华①难久居，盛衰不可量②。昔为三春蕖③，今作秋莲房④。严霜结⑤野草，枯悴⑥未遽⑦央⑧。日月有环周⑨，我去⑩不再阳⑪。眷眷⑫往昔时，忆此断人肠。

注：

① 荣华：荣，草开花曰荣；华，同"花"，木开花曰花。这里用来指人的青春年华或富贵荣耀。 ② 量：衡量，估量。 ③ 三春蕖：三春，指春天有三个月。蕖，芙蕖，荷花的别称。 ④ 秋莲房：莲房，指莲蓬，莲子生长其中。莲春天生长，至秋天结实，故称秋莲房。 ⑤ 结：凝结。 ⑥ 枯悴：枯萎。 ⑦ 遽：快，速。 ⑧ 央：尽。 ⑨ 环周：周而复始。 ⑩ 去：离开人世。 ⑪ 不再阳：不再重生。 ⑫ 眷眷：依恋不舍的样子。

译：

荣华富贵难久留，盛衰有时不可测。

---

① （宋）黎德靖编《朱子语类》卷一百四十一，明刊本。转引自北京大学北京师范大学中文系、北京大学中文系文学史教研室编《陶渊明资料汇编》，中华书局2004年，第365页。

从前还是三春荷,现在已成秋莲房。
秋天严霜冻野草,草叶枯萎还未尽。
天地循环有周期,我离世将不再生。
怀念过去年少时,每当回忆断我肠。

评:

这首诗由自然界的植物盛衰荣枯联想到人生的青春年华难以久留,荣华富贵难以预测,充满壮志未酬的感慨,思虑深沉,其中寄寓的情感能让人产生强烈共鸣。

其 四

丈夫志四海,我愿不知老①。亲戚共一处,子孙还相保②。觞③弦④肆⑤朝日⑥,樽中酒不燥⑦。缓带尽欢娱,起晚眠常早。孰若当世士⑧,冰炭⑨满怀抱。百年归丘垄,用此空名道⑩。

注:

① 不知老:意思是乐以忘忧,不知老之将至。《论语·述而》:"发愤忘食,乐以忘忧,不知老之将至云尔。" ② 相保:爱护。 ③ 觞:饮酒。 ④ 弦:弹琴。 ⑤ 肆:放纵。 ⑥ 朝日:朝夕。 ⑦ 燥:干。 ⑧ 当世士:指出仕为官者。 ⑨ 冰炭:冰与火两不相容,用来形容为官者心中的纠结、冲突和矛盾,总是不能平静。 ⑩ 道:说道。

译：

　　大丈夫志在四海,我希望乐以忘忧。
　　和亲戚共居一处,子孙们和睦相处。
　　每天饮酒又弹琴,杯中之酒从未断。
　　放宽衣带尽欢乐,睡得早来起得晚。
　　哪里像那为官者,纠结俗事心不宁。
　　百年之后归坟墓,再说空名有何用。

评：

　　这首诗将有志之士与自己归隐田园的生活进行对比,突出有志之士的焦虑不安,表现归隐田园生活的自在逍遥。最后,还谈到人固有一死,没有必要重视外在的名利和富贵。虽然人生观不够积极,但是对追名逐利者也进行了委婉的批评。

其　五

　　忆我少壮时,无乐自欣豫①。猛志②逸③四海,骞翮④思远翥⑤。荏苒⑥岁月颓⑦,此心稍已去。值欢无复娱,每每多忧虑。气力渐衰损,转觉日不如。壑舟⑧无须臾,引⑨我不得住⑩。前涂⑪当几许?未知止泊处。古人惜寸阴,念此使人惧。

注：

　　① 欣豫:愉悦而充满生气。　② 猛志:充满雄心壮志,雄心勃勃。　③ 逸:超越。　④ 骞翮:展翅高飞。骞,展翅;翮,鸟羽,代指鸟的翅膀。　⑤ 翥:飞翔。　⑥ 荏苒:渐渐。　⑦ 颓:消逝。　⑧ 壑舟无须臾:意思是壑舟移走的时间极快。壑舟,出自《庄子·大宗师》:"夫藏舟于壑,藏山于泽,谓之固矣。然而夜半有力者负之

而走,昧者不知也。" ⑨ 引:使。 ⑩ 住:停留。 ⑪ 前涂:即前途,指前面的路途,前面的道路。意思是人生今后的路。

译:

> 回忆我少壮之时,虽无乐事也喜悦。
> 雄心勃勃越四海,振起翅膀想远飞。
> 眼看时间渐消逝,我的壮心已销磨。
> 遇到欢愉不再乐,而是经常多忧虑。
> 年老气力渐消减,体力亦觉渐不如。
> 年华逝如挚舟移,使我不能稍停留。
> 人生路还有多长,不知道何时会停。
> 古人常说惜寸阴,每每念此心怀忧。

评:

这首诗回忆年少时的豪情壮志,感慨年老力衰,壮心销磨,壮志未酬,抒发叹老嗟卑之情,情调比较慷慨激越。最后以古人爱惜光阴警示自己要惜时努力。

其 六

昔闻长者言①,掩耳每不喜。奈何五十年,忽已亲此事。求我盛年欢,一毫无复意②。去去转欲远,此生岂再值③。倾家④时作乐,竟⑤此岁月驶。有子不留金,何用身后置。

注:

① 言:说,指说衰老或死亡之类的事情。 ② 意:意之所向,向往。 ③ 值:遇到。 ④ 倾家:倾尽家财。 ⑤ 竟:终了,了结。

译:

> 从前长者叹年老,遮起耳朵不想听。
> 无奈年至五十岁,转眼自己说年老。
> 想起我青春年华,一点也不再欢乐。
> 岁月已离我远去,人生壮年岂再有。
> 倾尽家财求欢乐,直到生命终结时。
> 有子不用留金钱,何必死后置家产。

评:

一般认为,此诗写于陶渊明五十岁时,抒写的主要是老年之感怀。他将盛年与年老相比较,感叹岁月流逝,时不我待,感叹人之有生必有死,绝无轮回之理,表现了及时行乐的思想。

其 七

日月不肯迟①,四时②相催迫。寒风拂③枯条,落叶掩长陌④。弱质⑤与运颓,玄鬓⑥早已白。素标⑦插人头,前途⑧渐就窄⑨。家为逆旅⑩舍,我如当去客⑪。去去⑫欲何之⑬,南山有旧宅⑭。

注:

① 迟:放缓步子,徐行。 ② 四时:四季。 ③ 拂:吹拂。 ④ 陌:路。 ⑤ 弱质:体质瘦弱。 ⑥ 玄鬓:黑发。 ⑦ 素标:白发。 ⑧ 前途:人生剩下的路。 ⑨ 窄:不宽裕,指所剩下的时间不多。 ⑩ 逆旅:迎接宾客之所,指客舍。 ⑪ 去客:离去者,指死去者。 ⑫ 去去:离去。 ⑬ 之:到……去。 ⑭ 宅:阴宅,墓地,坟墓。

译：

岁月流逝不徐行,四季交替相催逼。
寒风飒飒吹枯条,落叶堆积满长路。
身体瘦弱时运倾,黑发早已变白发。
白发渐渐插满头,人生之路已不多。
家如旅行之客舍,我如即将离去者。
即将离开去哪里,我家祖宅在南山。

评：

这首诗用岁末之际、四时催迫、落叶萧条的紧张、冷落景象渲染诗人对于时光流逝、人生短暂的感慨,其中写到诗人已鬓发斑白,身体大不如前,似乎感到人生的旅途即将结束,但是对于死亡并不畏惧,思想比较通达洒脱,有点视死如归的样子。

其 八

代耕①本非望,所业在田桑。躬亲未曾替②,寒馁③常糟糠④。岂期过满腹⑤,但愿饱粳粮。御冬足大布⑥,粗絺⑦以应阳。政尔⑧不能得,哀哉亦可伤! 人皆尽获宜⑨,拙⑩生失其方。理也可奈何,且为陶⑪一觞。

注：

① 代耕：指食禄,也就是做官。　② 替：废弃。　③ 馁：饥饿。　④ 糟糠：指粗恶的食物。　⑤ 满腹：出自《庄子·逍遥游》:"偃鼠饮河,不过满腹。"在这里指微小的愿望。　⑥ 大布：指粗布。　⑦ 粗絺：指粗疏的葛布。　⑧ 政尔：即使是那样的生活,指前面四句诗所说的生活。　⑨ 获宜：各得其所。　⑩ 拙：自谦之词,即我。

⑪ 陶:高兴,快乐。

译:

做官并非我期望,我的志向在耕种。
亲自劳动未偷懒,受冻挨饿食不精。
从未寄望食满腹,只愿能吃饱粗粮。
冬天御寒用粗布,温暖季节穿粗葛。
纵使这样仍难得,怎不让人可怜伤。
人们都各得其所,只有我不善谋生。
感慨守道却贫穷,姑且饮酒求自乐。

评:

这首诗诉说自己辛勤劳动,仍然难免挨饿受冻。对于生活,食不求饱,只食粗粮,寒冬时节穿粗布衣服,温暖季节穿粗葛布衣服,这样简单最低的愿望也常常难以满足。反映了陶渊明充满艰辛、充满逼迫感的生活。情感比较低沉和压抑。对自己有自责,也包含顺天应命的自遣。

其 九

遥遥从羁役①,一心处两端②。掩泪泛东逝③,顺流追时迁。日没星与昴④,势翳西山巅。萧条隔天涯⑤,惆怅念常餐⑥。慷慨思南归,路遐⑦无由缘。关梁难亏⑧替,绝音⑨寄斯篇。

注:

① 羁役:指出仕为官,因不得自由而说"羁役"。 ② 两端:两头,一种在为官,一种在念家。指心里的矛盾,在为官和念家两种之

间徘徊。　③泛东逝:乘船向东航行。　④星与昴:都是二十八宿之一。星,也叫七星,朱雀七宿的第四宿。昴,白虎七宿的第四宿。《诗经·召南·小星》:"维参与昴。凤夜宵征,实命不犹。"可见,日没星与昴,指行役辛苦,夜以继日,不得休息。　⑤隔天涯:为官在外与家乡远隔天涯。　⑥念常餐:取义于《古诗十九首》"弃捐勿复道,努力加餐饭",意思是希望家人努力加餐饭,保重身体。⑦遐:远。　⑧亏:废除,毁坏。　⑨绝音:指与家人断了音讯、消息。

译:

出门为官行已远,心仍纠结仕或隐。
乘船向东眼泪流,顺流而下追时变。
太阳西下星昴现,光芒尽被西山掩。
天涯漂泊多冷落,希望家人多保重。
心中慷慨念返家,感叹路远无法还。
关隘桥梁多阻隔,且用此篇寄音讯。

评:

此诗写诗人行役在外,而心中时时系念家乡的亲人。既写行役路途上遇到的辛苦,也写内心中对于仕与隐的矛盾纠结。因关山阻隔,家书难通,而诗人又无法从官场脱身,于是暂以此诗寄托思乡之情。

其　十

闲居执①荡志②,时驶不可稽③。驱役④无停息,轩裳⑤逝东崖⑥。泛舟拟董司⑦,悲风激我怀。岁月有常御⑧,我来淹已弥⑨。慷慨忆绸缪⑩,此情久已离。荏苒⑪经十载,暂为人⑫所羁。庭宇翳余木,倏忽日月亏⑬。

注:
① 执:怀抱。　② 荡志:远大的志向。　③ 稽:约束,停留。　④ 驱役:行役。　⑤ 轩裳:轩,指乘坐的车;裳,指装于车边的帷幕。轩裳,用来指为官。　⑥ 东崖:东边,指诗人曾到江东建康出差。⑦ 泛舟拟董司:又作"沉阴拟薰麝"。拟,向往某人某地的意思。董司,都督军事者。据《晋书·安帝纪》:元兴三年,刘裕伐桓玄,为使持节、都督扬徐兖豫青冀幽并八州诸军事。故董司很可能指刘裕。⑧ 常御:常规。　⑨ 弥:久长。　⑩ 绸缪:缠绵之情。《诗经·唐风·绸缪》:"绸缪束薪,三星在天。"朱熹注:"绸缪,犹缠绵也。"⑪ 荏苒:时光流逝。　⑫ 人:人事,即行役,入仕。　⑬ 亏:损耗,此指流逝的时光。

译:
　　想当年怀抱志向,时间匆匆不可留。
　　行役没有停息时,曾经去江东为官。
　　曾经为刘裕参军,心怀激荡意不平。
　　岁月流逝有定规,我久留仕途多时。
　　系念亲人意缠绵,辞别亲人已多时。
　　时光渐逝已十载,仍为官事所束缚。
　　家乡庭院绿树遮,转眼岁月催人老。

评:
　　这首诗同样表现辞亲出游、远仕在外、思念亲人和家乡,而无法脱身的苦闷,表现"一心处两端"的矛盾与纠结。同时,又深感岁月流逝，美好的年华不再，生发叹老之情，给人身在仕途而内心已归向隐逸之感。

十 一

我行①未云远，回顾惨风凉。春燕应节②起，高飞拂尘梁③。边雁悲无所，代谢④归北乡。离鹍⑤鸣清池，涉暑经秋霜。愁人难为辞，遥遥春夜长。

注：

① 行：行役。　② 应节：依照时节。　③ 尘梁：屋梁上落满灰尘。　④ 代谢：更替，交替。　⑤ 离鹍：离群的鹍鸡。

译：

> 我为官离家不远，回想当时悲风凉。
> 春天燕子按时来，高高飞起绕屋梁。
> 边疆大雁悲栖处，季节更替往北归。
> 离鹍在清池鸣叫，经过暑来经过秋。
> 思乡之人难着笔，春夜漫漫让人愁。

评：

这首诗写诗人行役在外，于春夜目睹"春燕"应时而至，"边雁"代谢北归，"离鹍"涉暑经秋，自然之物皆依时而来，依时而归，而诗人却不能回归，只能回顾，表达了对家乡深深的思念之情。

十 二

嫋嫋①松标②崖，婉娈③柔童子。年始三五④间，乔柯⑤何可倚。

养色含津气,粲然⑥有心理⑦。

注:

① 嫋嫋:纤长柔美的样子,在这里指树高、树的姿态柔美。 ② 标:直立,高举。 ③ 婉娈:《诗经·齐风·甫田》:"婉兮娈兮。"朱熹注:"婉娈,少好貌。" ④ 三五:指十五岁。 ⑤ 乔柯:高大的树枝。乔,高大。 ⑥ 粲然:鲜明灿烂的样子。《荀子·非相篇》:"欲观圣王之迹,则于其粲然者矣。"杨倞注:"粲然,明白之貌。" ⑦ 心理:神理,谓有神气。

译:

高高青松立山崖,身姿柔美若童子。
由于年幼方十五,哪有高树可倚靠。
养好精神含元气,鲜明灿烂有神气。

评:

这首诗运用了托物言志、比兴寄托的手法,借喻松、咏松,赞美松树坚贞、不凋的品质。指出通过"养色""含津"培育松树,寄寓了作者对后生晚辈的期待。其中,公以"松"自喻,又以"童子"喻嫩松也。邱嘉穗《东山草堂陶诗笺》评此诗称:"比也,通篇俱指嫩松说,而正意自可想见。"

咏贫士七首

其 一

万族各有托,孤云①独无依。暧暧②空中灭,何时见余晖?朝霞开宿雾③,众鸟相与飞。迟迟出林翮④,未夕复来归。量力守故辙⑤,岂不寒与饥?知音苟不存,已矣⑥何所悲!

注:

① 孤云:喻贫士,亦自喻。《文选》李善注:"孤云,喻贫士也。" ② 暧暧:黯然,黯淡,昏暗不明状。见陶渊明《归园田居》其一:"暧暧远人村。" ③ 宿雾:夜晚的雾。 ④ 翮:翅膀,指鸟。 ⑤ 故辙:旧路。 ⑥ 已矣:算了,罢了。

译:

看万物皆有依托,只孤云无依无靠。
黯淡消失云端中,什么时候见余晖?
朝霞驱散夜中雾,鸟儿结伴一起飞。
一只迟迟飞出林,未至傍晚早早归。
自知力薄返旧家,怎不遭受寒与饥?
如果世上无知音,悲伤又有什么用?

评：

采用托物言志、借物抒情的写法。借咏孤云无依,咏孤鸟迟迟飞出树林,晚出而早归,自喻对于前程的孤苦无依,不得不隐逸,不得不忍饥挨饿,感叹不遇知音,抒发内心的抑郁与愤闷。

其 二

凄厉①岁云暮②,拥褐曝③前轩④。南圃⑤无遗秀,枯条盈北园。倾壶绝余沥⑥,窥灶不见烟。诗书塞座外,日昃⑦不遑研。闲居非陈厄⑧,窃⑨有愠见言。何以慰吾怀?赖古多此贤。

注：

① 凄厉:凄惨,凄凉。　② 岁云暮:岁暮,年终。　③ 曝:晒太阳。　④ 轩:带栏杆的长廊。　⑤ 南圃:南面的菜园。　⑥ 沥:指酒。　⑦ 日昃:太阳偏西。　⑧ 陈厄:指孔子在陈绝粮的事。据《论语·卫灵公》记载,孔子在陈绝粮,从者因饥饿而无法行走。　⑨ 窃:私下。

译：

时至岁暮多凄凉,前廊披衣晒太阳。
南园见不到蔬菜,北园满是枯枝条。
酒壶残酒已倒尽,再看灶下无炊烟。
诗书塞满座位侧,太阳偏西无暇读。
隐居不似孔子难,私下愤懑见诸言。
什么可以宽我心?幸有古代众先贤。

评：

自叙岁末缺衣少食乏酒饮、有诗可读无闲暇的困窘凄凉的生活，同时，也介绍了隐居的生活虽不如孔子艰难，却也难免有怨恨见诸言词。最后，庆幸可以古圣先贤自勉，表现安贫乐道的情怀。

其　三

荣叟①老带索，欣然方②弹琴。原生③纳④决履，清歌畅商音。重华去我久，贫士世相寻⑤。弊襟不掩肘，藜羹常乏斟⑥。岂忘袭轻裘？苟得非所钦。赐也徒能辩，乃⑦不见吾心。

注：

① 荣叟：隐士荣启期，事迹见《列子·天瑞》，其中载荣启期年九十，家贫，以绳索为衣带，鼓琴而歌，能安贫自乐。"孔子游于太山，见荣启期行乎郕之野，鹿裘带索，鼓琴而歌。孔子问曰：'先生所以乐，何也？'对曰：'吾乐甚多。天生万物，唯人为贵。而吾得为人，是一乐也。男女有别，男尊女卑，故以男为贵。吾既得为男矣，是二乐也。人生有不见日月、不免襁褓者，吾既已行年九十矣，是三乐也。贫者士之常也，死者人之终也。处常得终，当何忧哉？'"陶渊明《饮酒》其二"九十行带索"，《饮酒》其十一"荣公言有道"，皆提及荣启期。　② 方：且。　③ 原生：原宪。据《韩诗外传》："原宪居鲁，子贡往见之。原宪应门，振襟则肘见，纳履则踵决。子贡曰：'嘻，先生何病也？'宪曰：'宪贫也，非病也。……'子贡惭，不辞而去。"　④ 纳：穿，着。　⑤ 寻：继续，连续。　⑥ 常乏斟：袁行霈《陶渊明集笺注》引《说文》称同"常乏糁"，意为野菜羹中常乏米也。　⑦ 乃：而。

译:

　　荣公以绳索为带,心情愉快且弹琴。
　　原宪穿鞋露脚跟,清歌一曲扬商音。
　　重华离我们已久,贫士却历代不绝。
　　穿着破烂露手肘,吃着野菜常少米。
　　并非不想享富贵,只是不想苟且得。
　　子贡徒然号能辩,竟然不识贫士心。

评:

　　以荣启期和原宪为例,感叹重华以来贫士代不乏人,叙述贫士缺衣少食的生活,同时剖析他们并非不追求舒适的物质生活,只是不愿意苟且获得,即士君子取之有道。最后感叹连子贡这样孔子的高徒都不能理解贫士安贫守道之用心,更不用说世俗其他人,更不能理解贫士之用心。诗中暗含借咏古代贫士来抒发自己安贫守贱而不为世人所知的苦闷。

其　四

　　安贫守贱者,自古有黔娄①。好爵②吾不荣,厚馈③吾不酬④。一旦寿命尽,弊服⑤仍不周⑥。岂不知其极?非道故无忧。从来将千载,未复见斯俦。朝与仁义生,夕死复何求。

注:

　　① 黔娄:战国时齐人。据《高士传》记载:黔娄终身安贫守节,不求进于诸侯。鲁恭公送他粟三千钟,欲聘为相,辞不受。后来,齐王送黄金百斤,聘为卿,仍不受礼应聘。家境极端贫困,经常断炊。死后停尸窗口,衣服破烂不堪,身上只盖着一块短被,连头和脚都遮

盖不住。陶渊明对黔娄非常熟悉,非常推崇,在诗文中多有提及,《五柳先生传》的结尾就引述黔娄的言论"不戚戚于贫贱,不汲汲于富贵"。　② 好爵:好的爵位,指高官厚禄。　③ 厚馈:丰厚的赠礼。　④ 不酬:不接受。　⑤ 弊服:破烂衣服。　⑥ 不周:不能遮蔽身体。

译:

　　能够安贫守贱者,自古以来有黔娄。
　　不因做高官而荣,不接受丰厚馈赠。
　　一朝生命到尽头,破烂衣服遮不住。
　　怎不知穷困已极,除了忧道无忧愁。
　　从他以来近千年,再未见他这类人。
　　早晨与仁义共生,晚上去死也无妨。

评:

通过赞颂古代高士黔娄不贪名利、不爱富贵,宁可穷困而死,来表现自己的人生观与名利观,反映了诗人"忧道不忧贫""朝闻道,夕死可矣"的思想观念。

其　五

袁安困积雪①,邈然②不可干③。阮公见钱入,即日弃其官。刍藁④有常温,采莒⑤足朝餐。岂不实辛苦?所惧非饥寒。贫富常交战,道胜无戚颜。至德冠邦闾,清节映西关⑥。

注:

① 袁安困积雪:即袁安卧雪,见于《后汉书·袁安传》:"时大雪

积地丈余,洛阳令身出案行,见人家皆除雪出,有乞食者。至袁安门,无有行路。谓安已死,令人除雪入户,见安僵卧。问何以不出。安曰:'大雪人皆饿,不宜干人。'令以为贤,举为孝廉。" ② 邈然:高远的样子。　③ 干:求取。　④ 刍藁:喂牲口的草。　⑤ 苢:通"秜",野生的谷物。　⑥ 西关:地名,当是阮公的故乡。

译:

> 袁安因积雪困窘,节操高远不求人。
> 阮公从仕足给养,马上就辞去官职。
> 取马草睡觉取暖,采野禾充饥为食。
> 他们怎么不艰苦,所畏惧者非饥寒。
> 安贫求富常矛盾,道义获胜无忧愁。
> 高尚品德冠乡间,廉洁节操照西关。

评:

咏叹袁安和阮公身处穷困而不惧饥寒、安贫守道的"至德"和"清节",表现诗人重道义、轻贫贱的思想。

其　六

仲蔚①爱穷居,绕宅生蒿蓬。翳然②绝交游,赋诗颇能工。举世无知音,止有一刘龚。此士胡独然③?实由罕所同。介焉④安其业,所乐非穷通。人事⑤固以拙⑥,聊得长相从。

注:

① 仲蔚:张仲蔚,东汉人。据皇甫谧《高士传》记载:张仲蔚者,平陵人也。好诗赋,常居穷素,所处蓬蒿没人。闭门养性,不治荣

名。时人莫识,惟刘龚知之。 ② 翳然:隐蔽。 ③ 独然:独特。
④ 介焉:耿介。 ⑤ 人事:人世间的交往之事,此指出仕。 ⑥ 拙:
不善于。

译:

> 张仲蔚喜爱隐居,屋宅外长满蒿草。
> 隐藏行踪断交游,赋诗颇多且高妙。
> 时人不识知音稀,唯有刘龚能知之。
> 这位隐士何独特,实是世上所罕有。
> 耿介安守其志业,以道为乐不忧贫。
> 出仕本非我所擅,愿随仲蔚长隐居。

评:

咏叹张仲蔚穷居独处,不与世人交游,赋诗为乐,举世无人识,唯独刘龚知。他的独特之处是耿介安守志业,不以穷达为意,世间少有。诗人最后表达了不擅长为官,长随张仲蔚隐居的愿望。

其 七

昔有①黄子廉②,弹冠③佐名州。一朝辞吏归,清贫略难俦④。年饥感仁妻⑤,泣涕向我流。丈夫虽有志,固⑥为儿女忧。惠孙⑦一晤叹,腆⑧赠竟莫酬⑨。谁云固穷难,邈⑩哉此前修⑪。

注:

① 昔有:一作"昔在"。 ② 黄子廉:东汉人,曾为南阳太守。汤汉注:"《黄盖传》云:'南阳太守黄子廉之后也。'" ③ 弹冠:指入仕。 ④ 俦:比。 ⑤ 仁妻:善良的妻子。 ⑥ 固:姑且。 ⑦ 惠

孙:人名,事迹不详。　⑧ 腆:丰厚。　⑨ 酬:实现。　⑩ 邈:远。
⑪ 修:贤人。

译:

听说从前黄子廉,入仕即去名州郡。
一朝辞官归隐后,生活清贫人难比。
每逢年饥妻感慨,常常流泪向我哭。
大丈夫有固穷志,也不得不忧儿女。
惠孙见我叹我穷,丰厚馈赠被我拒。
谁说君子固穷难,古圣先贤皆如此。

评:

　　这首诗是陶渊明现实生活与思想矛盾的真实写照。诗人因为生活清贫,经常反思自己是不是要固穷守节,诗的最后表明反思的结果是对于道德和理想的追求战胜了生活的困扰。前四句以黄子廉自喻辞官而清贫。黄子廉入仕而辞官,辞官而清贫。中六句,写因为生活清贫,妻子常向他哭泣控诉,自己虽有固穷之志而不得不为子女忧伤。借用惠孙典故,写有达官贵人看到自己贫穷而给予丰富的馈赠,却被自己拒绝。最后两句,运用反问,表明自己的决心,愿向古圣先贤学习,坚守固穷之志。

咏二疏

序：《汉书·疏广传》：广字仲翁，为太子太傅。兄子受，为太子少傅。在位五岁，广谓受曰："'知足不辱，知止不殆'，今仕宦至二千石，名立，如此不去，惧有后悔，岂如父子相随出关，归老故乡，不亦善乎？"即日上疏乞骸骨①，宣帝许之。公卿、大夫、故人、邑子设祖道②，供帐③东都门外，送者车数百两。观者皆曰："贤哉，二大夫！"广归乡里，日具酒食，故旧宾客与相娱乐。④

注：

① 乞骸骨：请求辞官，告老还乡。　② 祖道：古代送别远行者时祭祀祈福和设宴的礼仪。　③ 供帐：古代为远行者宴会饯别而在路旁设置的帷帐、用具和饮食等物。　④ 此序李公焕《笺注陶渊明集》有，汤汉注《陶靖节先生诗》无，陶澍《陶渊明集辑注》引毛晋绿君亭本云："疑后人增入。"姑存于此。以下《咏三良》之序亦存疑，其留存情况仿此。

译：

《汉书·疏广传》记载：疏广字仲翁，为太子太傅。其兄子受为太子少傅。在位五年，广对受说："不过分追求荣誉方不受屈辱，不过分聚敛财富方不会危险。现在为官至二千石，立下官名，现在不离开，担心以后遭遇祸患，不如咱们父子们一起辞官，归老故乡，不也是很好吗？"即日就向皇帝上疏，请求告老还乡，汉宣帝同意了他们的请求。离开的时候，公卿大夫和朋友旧交都来到路边为他们祈福和钱行,东都门外摆满送行的帷帐、物品,送行的车辆多达数百两,围观的人们都说:"贤人啊,这两位大夫!"疏广回到故乡,每天准备酒食,款待亲朋旧友,与他们一起饮酒娱乐。

大象①转四时,功成者自去。借问衰周②来,几人得其趣③?游目汉廷中,二疏复此举。高啸④返旧居,长揖⑤储君傅⑥。钱送倾皇朝,华轩⑦盈道路。离别情所悲,余荣何足顾。事胜感行人,贤哉岂常誉。厌厌⑧闾里欢,所营非近务⑨。促席⑩延故老,挥觞⑪道平素。问金终寄心⑫,清言⑬晓未悟⑭。放意⑮乐余年⑯,遑⑰恤⑱身后虑。谁云其人亡,久而道弥⑲著⑳。

注:

① 大象:大道,指大自然。《老子》:"大象无形。"《老子》三十五章:"执大象,天下往。"河上公注:"象,道也。"成玄英疏:"大象,犹大道之法象也。" ② 衰周:指东周。 ③ 趣:意趣,旨趣。 ④ 高啸:高歌。包含志趣高洁,辞官归隐之意。 ⑤ 长揖:辞谢之意。 ⑥ 储君傅:指太子太傅和太子少傅之职。 ⑦ 华轩:华贵的车驾。 ⑧ 厌厌:安逸的样子。 ⑨ 近务:指俗务。 ⑩ 促席:指座位靠近。 ⑪ 挥觞:举杯。 ⑫ 问金终寄心:据《汉书·疏广传》,指疏广子孙托人问疏广,关心他留有多少钱财为后人置办房舍田产。参见陶渊明《杂诗》其六云:"倾家时作乐,竟此岁月驶。有子不留金,何用身后置。" ⑬ 清言:明澈通达之言。 ⑭ 晓未悟:晓谕那些不明白之人。 ⑮ 放意:纵情。 ⑯ 余年:残年,晚年。 ⑰ 遑:暇。 ⑱ 恤:忧虑。 ⑲ 弥:更加。 ⑳ 著:显著。

译：

　　大自然四季轮转，功成名就即归去。
　　请问自东周以来，几人领悟这真意。
　　放眼两汉的大臣，只有二疏功成去。
　　高歌隐逸回故乡，辞谢君王太傅职。
　　饯别送行震皇朝，华贵轻车满道路。
　　离别之情让人悲，为官荣誉何必念。
　　二疏事迹感世人，贤人之赞岂常有。
　　安逸享受乡野乐，所务不再是俗事。
　　与故老一起饮宴，举杯叙往昔旧事。
　　后辈关心留金钱，道理说尽终不悟。
　　纵情让晚年欢乐，哪有时间忧身后？
　　谁说他们已去世，年岁越久道越著。

评：

　　这首诗意在阐明自然界的道是盛衰有时，人生的道是功成身退。叙述二疏在官高位显之时知足知止告老还乡，离去的时候，同僚、故旧和朋友皆来送别，一时盛况，赢得贤人的赞誉。及至二疏回到家乡，又与朋友旧交一起饮宴，散尽家财，乐享晚年。诗人不禁称叹二疏之高名流传、永垂不朽，字里行间，俨然以二疏为自己人生的榜样。

咏三良①

序：三良，子车氏子奄息、仲行、针虎。穆公殁，康公从乱命②，以三子为殉，国人哀之，赋黄鸟。

注：
① 三良：三位良人，指秦国子车氏的三个儿子奄息、仲行和针虎。据《左传·文公六年》载，鲁文公六年（621），秦穆公死，命以奄息、仲行、针虎殉葬。三人皆子车氏之子，国人以为良人，为之哀悼，并作《黄鸟》诗，刺秦穆公。 ② 乱命：指人临死前神志昏迷时留下的遗嘱。

译：
三位良人，指的是子车氏的三个儿子奄息、仲行和针虎。秦穆公去世，康公听从他的遗命，让子车氏三个儿子殉葬，秦国人都为他们悲伤，并为他们作《黄鸟》诗以讽秦穆公。

弹冠①乘②通津③，但惧时我遗。服勤④尽岁月⑤，常恐功愈微。忠情谬⑥获露⑦，遂为君所私⑧。出则陪文舆⑨，入必侍丹帷⑩。箴规⑪向⑫已从，计议初无亏⑬。一朝长逝后，愿言同此归⑭。厚恩固难忘，君命安可违。临穴⑮罔⑯惟疑，投义⑰志攸希⑱。荆棘笼高坟，黄鸟声正悲。良人不可赎⑲，泫然⑳沾我衣。

注：

① 弹冠：指出仕。据《汉书·王吉传》载："吉与贡禹为友，世称王阳在位，贡公弹冠，言其取舍同也。" ② 乘：占据。 ③ 通津：显要官职，显要地位。 ④ 服勤：服侍，效劳。《礼记·檀弓上》："服勤至死。"孔颖达疏："服勤者，谓服持勤苦劳辱之事。" ⑤ 尽岁月：指长年，终年。 ⑥ 谬：错误。 ⑦ 获露：得到显现。 ⑧ 私：偏爱，宠爱。 ⑨ 文舆：雕饰华美的车子。 ⑩ 丹帷：红色帷幕，指穆公寝居之所。 ⑪ 箴规：规劝，劝谏。 ⑫ 向：或作"响"。 ⑬ 亏：缺，欠缺。 ⑭ 同此归：一道去死。张守节《史记正义》引应劭曰："秦穆公与群臣饮，酒酣，公曰：'生共此乐，死共此哀。'于是，奄息、仲行、针虎许诺。及公薨，皆从死。" ⑮ 临穴：面对坟墓。 ⑯ 罔：无。 ⑰ 投义：献身于义。 ⑱ 攸希：希望，愿望。 ⑲ 赎：挽回，此指死而复生。 ⑳ 泫然：伤心流泪的样子。

译：

出仕占据显要职，只担心为世所弃。
终年尽心侍君王，常担忧立功太少。
忠心错误地展现，于是为君王偏爱。
外出常陪侍车驾，入朝必侍奉寝息。
有规谏言听计从，所提建议无欠缺。
一旦君王辞世后，愿意与君同赴死。
君王厚恩本难忘，君王命令怎能违。
面对坟墓无迟疑，为义而死乃志向。
如今坟墓满荆棘，黄鸟声声鸣悲音。
三位良人难复生，伤心落泪湿我衣。

评：
　　一般认为此诗约写于宋武帝永初二年(421)，意在强调秦穆公宠臣奄息兄弟三人不但在穆公生前忠心耿耿，而且穆公死后亦重视承诺，为义赴死，赞扬了他们的忠贞和侠义精神。王瑶先生以为诗人吟咏三良意在颂扬张祎不肯毒死零陵王而自饮毒酒先死的忠义行为，这种说法颇受认可。

咏荆轲①

燕丹②善养士③,志在报强嬴。招集百夫良④,岁暮得荆卿。君子死⑤知己,提剑出燕京。素骥⑥鸣广陌⑦,慷慨送我行。雄发⑧指危冠⑨,猛气冲长缨⑩。饮饯易水⑪上,四座列群英。渐离⑫击悲筑⑬,宋意⑭唱高声。萧萧哀风逝,淡淡寒波生。商音⑮更流涕,羽奏⑯壮士惊。心知去不归,且有后世名。登车何时顾,飞盖⑰入秦庭。凌厉⑱越万里,逶迤⑲过千城。图穷事自至,豪主⑳正怔营㉑。惜哉剑术疏,奇功遂不成。其人虽已没㉒,千载有余情。

注:

① 荆轲:事迹见《史记·刺客列传》,"荆轲,其先齐人。徙于卫,卫人谓之庆卿。而之燕,燕人谓之荆卿"。燕太子招募勇士刺杀秦王,荆轲为人所荐,深受太子优待,后来带着燕国督亢地图奉献秦王,并在地图中藏一匕首。临行时,燕太子丹和众宾客为他在易水边饯别。至秦,见秦王,献上地图,"图穷而匕首见",荆轲刺杀不中,被杀。 ② 燕丹:即燕太子丹。 ③ 士:指春秋战国时诸侯所供养的门客。 ④ 百夫良:能敌百人的勇士。 ⑤ 死:为……而死。 ⑥ 素骥:白马。 ⑦ 广陌:大道,大路。 ⑧ 雄发:怒发。 ⑨ 危冠:高冠。 ⑩ 长缨:指用来系冠的丝带。 ⑪ 易水:在今河北省易县西。 ⑫ 渐离:指高渐离。 ⑬ 筑:乐器名,似筝,十三弦,颈细而曲。 ⑭ 宋意:燕国勇士。 ⑮ 商音:古乐音阶名,五音之一,声音比较悲凉。 ⑯ 羽奏:指羽声,声音比较激昂。 ⑰ 飞盖:指车行如飞,极言其迅速。盖,车篷。 ⑱ 凌厉:勇往直前的样子。

⑲ 逶迤：曲折绕远的样子。　⑳ 豪主：秦王。　㉑ 怔营：惊恐,害怕。　㉒ 没：指荆轲被杀死。

译：

> 燕太子丹善养士,立志向强秦复仇。
> 招集敌百人勇士,到年终得到荆轲。
> 荆轲愿为知己死,携带宝剑辞燕京。
> 白马在大道嘶鸣,众宾客为我送行。
> 怒发皆竖冲高冠,勇猛气概冲帽缨。
> 众人易水边饯行,满座是英雄豪杰。
> 渐离击筑放悲声,宋意伴唱放高声。
> 萧瑟冷风江边过,水波动荡寒意生。
> 商音悲凉催人泪,羽声高亢震人心。
> 荆轲心知去难归,且把英名传后世。
> 登上马车不回头,车盖如飞入秦庭。
> 勇往直前度万里,曲折绕远过千城。
> 展开地图匕首现,荆轲行刺秦王惊。
> 可惜剑术不够精,谋刺秦王未成功。
> 荆轲被杀已多年,侠义精神千古传。

评：

　　这是一首咏史诗。诗人热情赞颂荆轲为报燕太子丹的知遇之情,舍生忘死,谋刺秦王而被杀死的壮举。不但在写作上注意区分详略,用环境描写烘托人物,着重塑造荆轲义无反顾的勇士形象,而且表现出慷慨激昂的诗风,迥异于陶渊明田园诗平静恬淡的风格。宋代理学家朱熹说:"渊明诗,人皆说平淡,余看他自豪放,但豪放得来不觉耳。其露出本相者,是《咏荆轲》一篇。平淡的人如何说得这样言语出来。"① 宋人真德秀也说:"以余观之,渊明之学正自经术中来……细玩其辞时,亦悲凉感慨,非无意世事者。"②

---

① （宋）黎德靖编《朱子语类》卷一百四十一,明刊本。转引自北京大学北京师范大学中文系、北京大学中文系文学史教研室编《陶渊明资料汇编》,中华书局2004年,第74页。

② （宋）真德秀《跋黄瀛甫拟陶诗》,《真文忠公文集》卷三十六,《四部丛刊》影印明正德刊本。转引自北京大学北京师范大学中文系、北京大学中文系文学史教研室编《陶渊明资料汇编》,中华书局2004年,第104页。

读山海经①十三首

注：

① 山海经：上古时的地理学名著，共十八卷，内容多记叙上古海内外的山川、史地、异物和神话传说。晋郭璞为该书作注并题图赞，陶渊明诗中谈到"流观山海图"，其中"山海图"所指当就是这种有图赞的《山海经》。

其　一

孟夏①草木长，绕屋树扶疏②。众鸟欣有托，吾亦爱吾庐。既耕亦已种，时还读我书。穷巷隔深辙，颇回故人车。欢然酌春酒③，摘我园中蔬。微雨从东来，好风与之俱。泛览周王传④，流观山海图。俯仰⑤终宇宙⑥，不乐复何如。

注：

① 孟夏：指四月，初夏时节。　② 扶疏：树木枝叶纷披的样子。反映陶渊明居所为树木笼罩的样子。　③ 春酒：陶渊明笔下或作"春醪"。指春天新酿熟的酒。一般新酒，大抵于先年秋收后开始酝酿，第二年春天饮用。陶渊明《拟挽歌辞》（其二）："春醪生浮蚁，何时更能尝？"　④ 周王传：指神话传说《周穆天子传》。《晋书·束皙传》载：太康二年（221），汲郡人不准盗发魏襄王墓，或言安釐王墓，得

竹书数十车。其中有《穆天子传》五篇,叙周穆王驾八骏游行四海之事。　⑤ 俯仰:低头和抬头,指顷刻之间。　⑥ 宇宙:指广阔的时间与空间。《淮南子·齐俗》:"往古来今谓之宙,四方上下谓之宇。"

译:

孟夏草木生长旺,堂前屋后枝叶密。
鸟儿高兴落枝头,我喜欢这好住所。
耕罢田来种好苗,闲暇安然读我书。
僻居陋巷远朱门,经常往来是老友。
高高兴兴喝美酒,还有园中蔬可摘。
细雨从东边飘来,柔和风儿同吹到。
时而浏览周王传,时而翻阅山海经。
俯仰之间观宇宙,让我怎能不快乐。

评:

这首诗不仅集中表现田园生活所带来的乐趣,也展现其胸怀和眼光。诗中运用三个表示愉悦心情的词语,如"欣""欢然""乐"。最后,运用一个反问,"不乐复何如",更是毫不掩饰对于生活的满足,以及由此带来的快乐。诗中所表现的田园生活的乐趣包括:堂前屋后绿树成荫,莺歌燕舞,生活环境优美给诗人带来生活的舒适;躬耕之后静心读自己喜爱的书,与朋友一起欢饮自家酿造的美酒,品尝亲自种植的蔬菜,再加上偶尔吹来和风细雨。这一切在诗人看来都是美好的,他从中感悟到人生的真谛。此诗在营造一个物理空间的"家"的同时,也为诗人构筑起一个安顿身心与理想的精神家园。

其 二

玉台①凌霞秀,王母怡妙颜②。天地共俱生,不知几何年③。灵化无穷已,馆宇非一山④。高酣发新谣,宁效俗中言⑤。

注:

① 玉台:一般指玉山,《山海经·西山经》云:"玉山,西王母所居也。" ② 王母怡妙颜:怡,一作"积"。《释文》云:"西王母与上元夫人降帝,美容貌,神仙人也。" ③ 天地共俱生,不知几何年:《庄子·大宗师》云:"西王母得之,坐乎少广,莫知其始,莫知其终。"《淮南·精神训》:"不死者与天地俱生也。" ④ 馆宇非一山:参见注①,郭璞注玉山云:"王母亦自有离宫别馆,不专住一山也。" ⑤ 高酣发新谣,宁效俗中言:《穆天子传》:"西王母宴穆王于瑶池之上,王母为天子谣。"何焯《义门读书记·陶靖节诗》曰:"王母自谣耳,岂为周王。亦自道一谭一咏,与世俗了不相关也。"

译:

玉山上风光秀丽,西王母美貌动人。
她与天地共长久,不知道年寿几何。
她的变化无穷尽,离宫别馆非一处。
宴穆王为天子谣,如此高妙超世俗。

其 三

迢递①槐江岭②,是谓玄圃③邱。西南望昆墟④,光气难与俦⑤。亭亭⑥明玕⑦照,落落清瑶流。恨不及周穆⑧,托乘⑨一来游。

注：

① 迢递：高远貌。　② 槐江岭：槐江之山。　③ 玄圃：即平圃。　④ 昆墟：即昆仑山。　⑤ 俦：相比。　⑥ 亭亭：高耸。　⑦ 玗：琅玗树，即珠树。　⑧ 周穆：即周穆王。　⑨ 托乘：搭乘别人的车，此指搭乘周穆王的车。

译：

　　槐江岭又高又远，就是传说的玄圃。
　　朝西南望昆仑山，光芒万丈难相比。
　　高高耸立的琅玗，瑶池水清澈灵动，
　　遗憾未赶上周穆，乘坐他的车同游。

其　四

丹木①生何许？乃在崟山阳②。黄花复朱实，食之寿命长。白玉凝素液③，瑾瑜④发奇光。岂伊君子宝，见重我轩黄⑤。

注：

① 丹木：据《山海经·西山经》记载，崟山上多丹木，员叶而赤茎，黄华而赤实，其味如饴，食之不饥。丹水出焉，西流注于稷泽，其中多白玉，是有玉膏，其原沸沸汤汤，黄帝是食是飨。是生玄玉，玉膏所出，以灌丹木。丹木五岁，五色乃清，五味乃馨。　② 崟山：崟，一作"密"。　③ 素液：玉膏。　④ 瑾瑜：美玉。　⑤ 轩黄：黄帝轩辕氏。

译：

  丹木究竟产哪里？它就在峚山南边。
  开黄花结红果实，吃了它们可长寿。
  白玉凝成白玉膏，美玉发出神奇光。
  岂止君子视为宝，轩辕黄帝也重视。

其 五

翩翩三青鸟①，毛色奇可怜②。朝为王母使③，暮归三危山。我欲因④此鸟，具向⑤王母言。在世无所须⑥，惟酒与长年⑦。

注：

① 三青鸟：据《山海经·西山经》记载："三危之心，三青鸟居之。" ② 可怜：可爱，惹人喜爱。 ③ 使：信使。后人称传信使者为青鸟。 ④ 因：凭借，依靠。 ⑤ 具：通"俱"，全，都。 ⑥ 须：通"需"，需要。 ⑦ 长年：长寿。

译：

  翩翩飞舞三青鸟，它的毛色很可爱。
  早晨作王母信使，晚上回到三危山。
  我想凭借三青鸟，代我传话给王母。
  人生在世无他求，只想饮酒和长寿。

其 六

逍遥芜皋①上，杳然望扶木②。洪柯百万寻③，森散④覆旸谷⑤。灵人⑥侍丹池⑦，朝朝为日浴。神景⑧一登天，何幽不见烛。

注：

① 芜皋：即无皋。神话中极高的神山。 ② 扶木：即扶桑树，又叫榑木。 ③ 寻：古时以八尺为一寻。 ④ 森散：枝叶茂盛的样子。 ⑤ 旸谷：即汤谷。 ⑥ 灵人：神人。 ⑦ 丹池：太阳的浴池，此指皇帝所居之地。 ⑧ 神景：太阳。此处象征帝王。

译：

逍遥自在登无皋，极目远望扶桑树。
高高树干百万寻，枝叶茂盛遮旸谷。
神仙侍奉丹池旁，日日皆可太阳浴。
一朝太阳跃高空，哪处幽暗不照亮。

评：

这首诗意象瑰奇，用词讲究，对于自我、仙木、神女、太阳的描写，真正达到平常与奇崛、洗练与丰腴的完美统一。诗中对于神话与现实关系的处理，表现了诗人的理想与情怀。既亲切，又奇幻，耐人寻味。沈德潜《说诗晬语》称"其中有一段渊深朴茂不可到处"。

其 七

粲粲①三珠树②，寄生赤水阴③。亭亭④凌风桂⑤，八幹⑥共成林。灵凤抚云舞，神鸾调玉音。虽非世上宝，爰⑦得王母心。

注：

① 粲粲：富有光彩。 ② 三珠树：《山海经·海外南经》："三珠树在厌火北，生赤水上。其为树如柏，叶皆为珠。" ③ 阴：山北水南。此指赤水的南边。 ④ 亭亭：树高耸状。 ⑤ 凌风：迎风。

⑥八干:指八株桂树。 ⑦爰:乃。

译:

三珠树富有光彩,生长于赤水南岸。
桂树高耸迎风立,八株即可成树林。
凤鸟拍云而起舞,鸾鸟唱出悦耳音。
虽然不是世上宝,幸而深得王母喜。

其 八

自古皆有没,何人得灵长①。不死复不老,万岁如平常。赤泉②给我饮,员邱③足我粮。方与三辰④游,寿考岂渠⑤央⑥。

注:
①灵长:长寿。 ②赤泉:神话中的水名。 ③员邱:神话中仙人居住的地方。 ④三辰:指日、月、星三辰。 ⑤渠:通"遽",忽然,就。 ⑥央:尽。

译:

自古以来皆有死,什么人能得高寿?
既不死也不衰老,活至万岁很平常。
给我喝赤泉之水,给我吃员邱之粮。
寿高可同三辰游,又怎会突然结束。

其 九

夸父①诞宏志,乃与日竞走。俱至虞渊②下,似若无胜负。神力既殊妙,倾河③焉足有。余迹④寄邓林⑤,功竟在身后。

注:

① 夸父:上古神话中的人物。据《海外北经》记载:"夸父与日逐走,入日。渴欲得饮,饮于河、渭。河、渭不足,北饮大泽。未至,道渴而死。弃其杖,化为邓林。" ② 虞渊:指禺谷。即神话中日入之处。 ③ 倾河:此指夸父饮尽河水。 ④ 余迹:遗迹。指其弃杖化为邓林。 ⑤ 邓林:即桃林,古代邓、桃二字音近。

译:

夸父立宏伟志向,要与太阳比竞走。
二者同时到禺谷,好像并未分胜负。
夸父神力如此大,饮尽河水岂能够。
遗迹变化成桃林,英雄事迹垂身后。

评:

神话中的夸父竟然与太阳比赛竞走,看上去似乎有点自不量力,然而却受到陶渊明的赞叹。分析陶渊明诗中的立意和构思,意在肯定夸父勇于超越世俗、敢于创造奇迹的气概,寄寓了诗人希图改变当时乱世的心愿和理想。明代黄文焕《陶诗析义》评说此诗:"寓意甚远甚大。天下忠臣义士,及身之时,事或有所不能济,而其志其功足留万古者,皆夸父之类,非俗人目论所能知也。胸中饶有幽愤。"

其 十

精卫①衔②微木③,将以填沧海。刑天④舞干戚⑤,猛志⑥故常在。

同物⑦既无虑,化去⑧不复悔。徒⑨设在昔心⑩,良晨⑪讵⑫可待。

注:

① 精卫:古代神话中鸟名,古代炎帝之女变化而成。据《山海经·北山经》记载:发鸠之山……有鸟焉,其状如乌,文首、白喙、赤足,名曰精卫,其鸣自詨。是炎帝之少女,名曰女娃。女娃游于东海,溺而不返,故为精卫。常衔西山之木石,以堙于东海。　② 衔:用嘴含着。　③ 微木:细小的树木。　④ 刑天:神话中的人物。据《山海经·海外西经》记载:刑天和天帝争神失败,帝断其首,葬之常羊之山,乃以两乳为目,以肚脐为口,仍然手持盾牌和板斧继续战斗。　⑤ 干戚:干,盾牌;戚,板斧。两者皆古代兵器。　⑥ 猛志:勇猛的志向。　⑦ 同物:指精卫溺亡之后化而为鸟,其精神不死,如果再一次淹死,也不过从鸟化为另外一种物,所以没有什么好忧虑的。　⑧ 化去:指刑天被杀死化为异物。　⑨ 徒:白白的,徒然。　⑩ 在昔心:过去的壮志雄心。　⑪ 良晨:或作良辰,好日子,此指实现理想与壮志的日子。　⑫ 讵:岂。

译:

精卫化鸟衔细木,欲填沧海以复仇。
刑天失败持盾斧,取胜斗志仍旺盛。
化为同物不忧虑,化为异物不后悔。
白白立雄心壮志,何时等到成功日。

评:

本诗称颂精卫和刑天敢于斗争、坚强斗争的精神,同时也惋惜他们徒有复仇猛志,却未能等到成功之日,寄托了诗人悲愤难抑、壮志难酬的心情,具有一种悲壮的美感。其中,对于"刑天舞干戚",曾纮曰:"余尝评陶公诗语造平淡,而寓意深远,外若枯槁,中实敷腴,真诗人之冠冕也。平生酷爱此作,每以世无善本为恨,因《山海经》诗云:'形天无千岁,猛志固常在。'疑上下文义不相贯,遂取《山海经》参校。《经》中有云:刑天,兽名也,口中好衔干戚而舞,乃知此句是'刑天舞干戚',故与'猛志固常在'相应五字皆讹。盖字画相近,无足怪者,因思宋宣献言'校书如拂几上尘,旋拂旋生',岂欺我哉?"

十一

巨猾^①肆威暴,钦䲹^②违帝旨。窫窳^③强能变,祖江^④遂独死。明明上天鉴^⑤,为恶不可履^⑥。长枯^⑦固已剧,鵕鹗^⑧岂足恃。

注:

① 巨猾:一作臣危,一般认为指贰负与危。《山海经·海内西经》:"贰负之臣曰危,危与贰负杀窫窳,帝乃梏之疏属之山,桎其右足,反缚两手与发,系之山上木。" ② 钦䲹:神名。《山海经·西山经》记载,钟山之子叫鼓,人面龙身,与钦䲹杀祖江于昆仑山阳,天帝大怒,将其处死。鼓被杀后化作鵕鸟,钦䲹也化作大鹗。 ③ 窫窳:怪兽名。《山海经·北山经》记载,其形如牛,赤身,人面马足,叫声像婴儿,食人。郭璞注:窫窳,本蛇身人面,为贰负臣所杀,化而为龙首。 ④ 祖江:又作䑏江,古之天神。《山海经·西次三经》云:"钟山,其子曰鼓,其状如人面而龙身,是与钦䲹杀䑏江于昆仑之阳。" ⑤ 鉴:明察。 ⑥ 履:行。 ⑦ 长枯:指贰负与危被长期拘禁。 ⑧ 鵕鹗:指鼓与钦䲹被杀后化作的鸟。此借指被杀。

译：

> 贰负与危逞凶暴，钦䲹抗命杀祖江。
> 窫窳能变成龙首，祖江不变被杀死。
> 上天明察世间事，为恶之事不可行。
> 长期被拘已严厉，化身鹌鹑何足言。

评：

此篇由《山海经》中贰负与危、钦䲹与鼓等逞凶而被拘禁、被杀戮的故事，讽谕上天明察秋毫，为恶必有报也。邱嘉穗《东山草堂陶诗笺》卷四："此篇盖比刘裕篡弑之恶也。终亦必亡而已矣。"吴菘《论陶》："深叹巨猾之徒，恶而终受诛夷，而垂戒深矣。"陶澍注曰："此篇为宋武弑逆作也。陈祚明曰：'不可如何，以笔诛之。今兹不然，以古征之。人事既非，以天临之。'"

十二

鸱鴸①见城邑，其国有放②士。念彼怀王世，当时数来止。青邱有奇鸟③，自言独见尔。本为迷者生，不以喻君子。

注：

① 鸱鴸：根据《山海经·南山经》记载和袁珂《中国神话传说》研究，南方柜山有一种鸟，形状像猫头鹰，一对爪子却长得像人的手，它的名字叫鴸，整天"朱，朱……"地叫着，鸣叫的声音便是自呼其名。据说此鸟是尧的长子丹朱死后的魂灵变化的。它出现在哪里，哪里的"士"就将被放逐。 ② 放：流放，放逐。 ③ 青邱有奇鸟：《山海经·南山经》记载："青丘之山'有鸟焉，其状如鸠，其音若呵，名曰灌灌，佩之不惑'。"王叔岷《笺证稿》称此鸟自言不惑，所以

为迷惑者生也。

译：

  鸱鵊在城里出现，其国将有放逐士。
  想怀王当政那时，想必它多次来此。
  青丘山上有神鸟，自称可不受迷惑。
  它本为迷者而生，所以不能比君子。

评：

  此诗乃读《山海经》，由鸱鵊之出现，则有放逐之士，联想到屈原被怀王放逐。惋惜楚怀王但见鸱鵊，不见青邱，被奸臣所惑，执迷不悟，对屈原被流放深表同情，寄慨无穷。

十三

  岩岩①显朝市，帝者慎用才。何以废共鲧②？重华为之来。仲父献诚言，姜公乃见猜。临没告饥渴，当复何及哉！③

注：

  ① 岩岩：高而险峻的样子。　② 废共鲧：共，共工。鲧，禹之父鲧。共工和鲧皆虞舜之臣，因不贤，舜流放共工于幽州，殛鲧于禹山。事见《尚书》。　③ 仲父、姜公：仲父，指管仲；姜公，指齐桓公。最后四句指的是管仲病急，齐桓公问管仲，易牙、竖刁是否可以接替管仲担任宰相之职，管仲说不可用。管仲去世之后，齐桓公没有接受管仲的建议，而是任用了易牙、竖刁，三年之后，造成了易牙、竖刁等专权、为乱的局面，最后，齐桓公临死时饥渴而无人可告以致死，后悔不已。

译：
>高高的朝堂之上,帝王要慎用人才。
>为何流放共和鲧,重华认为非贤人。
>管仲临死献忠言,可惜桓公未采纳。
>临死渴饮告无门,奸人为乱悔不已。

评：

借用两个典故,虞舜任用贤人而实现社会之治,桓公重用奸人而导致社会之乱,这两个对人才截然不同的态度而对社会产生不同影响的史实,讽喻当时东晋朝廷统治者要识别人才,重用人才,早日结束社会动乱,实现老百姓的安居乐业。

拟挽歌辞①三首

注:
① 拟挽歌辞:挽歌,指哀悼死者的歌。挽歌辞,是一种诗体。这组诗是诗人自挽的作品。

其 一

有生必有死,早终非命促①。昨暮同为人,今旦在鬼录②。魂气③散何之④,枯形寄空木⑤。娇儿索父啼,良友抚我哭。得失不复知,是非安能觉。千秋万岁后,谁知荣与辱。但恨在世时,饮酒不得足⑥。

注:
① 非命促:指并非生命短促。这两句诗言下之意,生死是自然规律,生命并无长短之分,即将到来的死亡并不能说明生命短促。 ② 在鬼录:鬼录,鬼的名册,指死者名籍。在鬼录,指死去之后列入鬼的名籍。 ③ 魂气:指人的精神意识。《左传·昭公七年》:"附形之灵为魄,附气之神为魂。" ④ 散何之:散到哪里。 ⑤ 寄空木:指躯体安放于棺木之中。空木,指棺木。 ⑥ 但恨在世时,饮酒不得足:《晋书·文苑·张翰传》记载西晋张翰云:"使我有身后名,不如即时一杯酒。"陶渊明此诗与张翰之语命意有相似之处。

译：
  人生有生必有死,早死未必生命短。
  昨天傍晚在人间,今天晚上入鬼籍。
  我的魂魄飘哪里,徒留形体寄棺木。
  儿女们呼唤悲泣,好朋友抚我痛哭。
  人死不再念得失,人死不再争是非。
  等到千秋万岁后,有谁知道荣与辱。
  遗憾在人间之时,饮酒未得到满足。

其 二

  在昔①无酒饮,今但湛空觞②。春醪③生浮蚁④,何时更能尝?肴案⑤盈我前,亲旧⑥哭我傍。欲语口无音,欲视眼无光。昔在高堂寝,今宿荒草乡。荒草无人眠,极视正茫茫。一朝⑦出门去⑧,归来夜未央⑨。

注：
  ① 在昔:或作昔在。　② 湛空觞:湛,深,满;觞,酒杯。湛空觞,指亲人用来祭祀的酒,往日的空杯子都盛得满满的。意思是生前酒杯常空,现在灵堂前酒杯都盛满了酒,摆放在那里。　③ 春醪:指春天新酿熟的酒。一般新酒,大抵于先年秋收后开始酝酿,第二年春天饮用。　④ 浮蚁:酒的表面泛起一层泡沫,指酒熟,酒糟浮于酒面上。　⑤ 肴案:肴,指熟的肉食。案,指古代进食用的一种短脚的木盘。肴案,指供桌上的木盘摆满了祭祀的肉食。　⑥ 旧:故旧,指老朋友。　⑦ 一朝:一旦。　⑧ 出门去:指出殡。　⑨ 未央:未尽。

译：

以前在世没酒喝，现在满杯摆在那。
想来年酿好春酒，什么时候能喝到。
供桌摆满好肉食，亲戚朋友身边哭。
想说话不能发声，想看却两眼无光。
想当初高堂安寝，现在将埋身草间。
荒草丛中无人伴，极目远望茫无涯。
一旦家人送出殡，此后归来夜漫漫。

其 三

荒草何茫茫，白杨亦萧萧①。严霜②九月中，送我出远郊③。四面无人居，高坟正嶕峣④。马为仰天鸣，风为自萧条。幽室⑤一已闭，千年不复朝⑥。千年不复朝，贤达无奈何。向来⑦相送人，各自还其家。亲戚或余悲，他人亦已歌。死去何所道，托体⑧同山阿⑨。

注：

① 萧萧：寒风吹过树木的声音。　② 严霜：寒霜，浓霜。　③ 出远郊：出殡。　④ 嶕峣：高耸的样子。　⑤ 幽室：指墓穴。　⑥ 朝：白天，天亮。　⑦ 向来：之前，先前。　⑧ 托体：寄身。　⑨ 山阿：山陵。

译：

郊外到处长荒草，风吹白杨萧萧响。
九月寒霜初降时，家人亲友送出殡。
墓穴周围无人住，到处是坟墓高耸。
马拉灵柩仰天啸，野外寒风萧瑟响。

墓穴之门一旦闭,以后永不见光明。
永远不再见光明,贤达之人也无奈。
先前送出殡的人,已经各自回到家。
至亲的人还伤悲,其他人已经遗忘。
死有什么值得说,不过是寄身山陵。

评:

一般认为这三首诗是陶渊明临终前的绝笔,写于元嘉四年丁卯(427)九月。据朱熹《通鉴纲目》,陶渊明死于是年十一月。这三首诗是陶渊明模拟汉乐府旧题而作,皆为假想之辞,乃陶渊明想象自己去世之后周围人的反应和自己的情形,感叹生命短暂,表现对死亡的达观,体现了陶渊明的生命观和生死观。李泽厚先生对这组诗评价很高,"在中国古代文学中,像这样动人地吟咏人生之死的诗,差不多可以说绝无仅有。这里有一种深刻的悲哀,但又是一种大彻大悟的哀伤"。

联 句

其 一

鸣雁乘风飞,去去当①何极②?念彼穷居士③,如何不叹息?(渊明)

注:
① 当:宜。 ② 极:停止,栖息。 ③ 居士:或称为处士,一般用来指古代有才德而隐居的人。

译:
　　大雁鸣叫着飞离,你离开将去哪里?
　　想念那个穷居士,怎么让我不叹息?

其 二

虽欲腾九万①,扶摇②竟无力。远招王子乔③,云驾④庶⑤可饬⑥。(愔之)

注:
① 九万:指天之极高处。《庄子·逍遥游》:"鹏之徙于南冥也,水击三千里,抟扶摇而上者九万里。" ② 扶摇:指在空中盘旋而向

上高飞。　③ 王子乔:仙人名。传说是周灵王的太子。　④ 云驾:指仙人乘坐的车。　⑤ 庶:几乎,差不多。　⑥ 饬:整治车马,在此指准备遨游。

译:

想向极高处腾飞,无奈竟无力高飞。
向王子乔遥招手,整车驾准备遨游。

其　三

顾侣①正徘徊②,离离③翔天侧④。霜露岂不切⑤?徒爱双飞翼。(循之)

注:
① 顾侣:看与自己一起在空中飞的伴侣。　② 徘徊:犹豫不决而不向前行的样子。　③ 离离:指大雁飞行整整齐齐的样子。　④ 天侧:天边的意思。　⑤ 切:切肤,指寒气侵袭。

译:

看伴侣犹豫前行,大雁高空整齐飞。
霜露冷怎不切骨?只喜欢双宿双飞。

其　四

高柯①濯②条干,远眺同天色。思绝③庆未看④,徒使生迷惑。(渊明)

注：

① 高柯：高树，此指松树。　② 濯：一作擢。指挺出。　③ 思绝：思想停止。　④ 庆未看：庆幸未曾看到。

译：

　　高高松树枝干挺，望远去与天一色。
　　思想停止未及看，否则徒然生迷惑。

后 记

　　这部译注,已有长篇前言,复作后记,足可见我对于陶渊明的喜爱之情。同时,也想借此机会说一说这部著作的来由以及近年来阅读和研究陶渊明的一些体会。

　　在前人成果已非常多的情况下,继续研究陶渊明,对研究者的勇气和功底是一项巨大的挑战,但这却是本人近年来的心愿,也是一直在开展的工作。细细想起来,有两个方面的原因:一是基于兴趣。孔子说:"知之者不如好之者,好之者不如乐之者。"兴趣是最好的老师。有了兴趣,研究才得以坚持;有了坚持,才有可能产生高质量的研究成果。研究陶渊明的兴趣,很重要的一点是本人的性情所至,冥冥之中受到陶渊明为人与写作中散发出来的恬淡、闲静的风格感召,使我对他许久以来就有一种特殊的亲近感,也使他与王维成为我最喜爱的作家。二是基于问题。从事学术研究,特别强调问题意识。如果完全因为兴趣,虽不能说盲目,却也很可能会因缺乏可持续挖掘的资源而后劲不足,影响发展。在陶渊明研究上,我找到了兴趣与问题的结合点。从陶渊明的研究史和接受史来看,影响其关注度的因素主要有两个:一方面,从作品本身来看,与李白、杜甫、苏轼这些文学史上的其他大家相比,数量相对来说比较少,体裁、题材类型的丰富性不足,作品反映社会生活与人生经历的深刻性不够,故而容易为初学者所忽视。陶渊明留存诗歌一百五十余首,辞赋散文类作品十余篇,在魏晋南北朝时期的文学家中并不算少,但与杜甫一千四百余首诗、李白近千首诗以及苏轼二千七百余首诗相比,仅从诗歌的数量而言,差距就已经比较明显。同时,陶渊明诗歌主要反映田园生活,以自我的感受与经历为中心,对于国事、民生特别是影响当时社会发展的内容较少关注,诗歌表现情感的方式比较平和,既不具有杜甫的忧怀与沉痛,也不具有李白的神来之笔与气势磅礴,以及苏轼的超迈与旷达等鲜明的风格,这或许是造成其在文学史地位一波三折的重要原因。另一方面,从历代读者对其作品的评价来看,初读者与熟悉者对其题材、主题、风格等方面的评价呈现出截然相反的态度,其中的争议与分歧产生了很多新的话题,推动着研究不断前行,甚至在宋、清两代还出现了接受史的高峰。初读者多认为其题材过于平凡,主题过于平淡,风格过于平实,不够大气、沉郁或者激昂,而熟悉者则透过其平实、平凡、平淡的表象,发现极为深厚、丰富、复杂的内涵。比较典型的是苏轼称陶诗"质而实绮,癯而实腴""外枯而中膏,似淡而实美",指出陶诗质朴、平淡中寓华美、美丽,枯瘦、枯淡中蕴丰腴、丰满,并不是一眼看上去的那么简单,实质上是一种耐人寻味、意味深长的诗歌形式。其他如白居易也以学陶著称,写作效陶诗颇多,仍难免感叹"常爱陶彭泽,文思何高玄"。宋代《蔡宽夫诗话》甚至称"渊明诗,唐人绝无知其奥"。美学家朱光潜先生也曾说过:"凡是稍涉猎陶渊明作品的人们,对于陶渊明不致毫无了解,然而想完全了解他,却也不是易事。陶渊明的形象,他的人格,他的思想,如同他的诗一样,最平淡,也最深厚。"[①]上述两种因素,由后者反观前者表明,以数量、题材来评判陶渊明,不过是初学者仅仅看到的表面现象,不足以反映陶渊明的创作实绩,其作品自具独特的内涵与价值,只有深入细致的解读才能发现陶渊明的魅力,才能客观评价他的影响。

面对同样的作品,人们对于陶渊明的评价出现了或平淡或深厚、或难或易两种截然相反的态度,从此出发,探寻其背后的原因,

---

① 朱光潜《陶渊明》,收入《诗论》,武汉大学出版社 2008 年,第 198 页。

无疑是一个值得研究的问题。据初步分析,除了与陶渊明作品本身的表达方式、写作内容密切有关,在很大程度上也受到阅读者和评价者不同的审美态度、不同的思想修养以及不同的立场等影响。韩愈在《与于襄阳书》曾说:"士之能享大名、显当世者,莫不有先达之士负天下之望者为之前焉。士之能垂休光、照后世者,亦莫不有后进之士负天下之望者为之后焉。莫为之前,虽美而不彰;莫为之后,虽盛而不传。"①就指出一个士人能够在生前和身后受到广泛关注,除了自己的才华,离不开先达之士的提携与揄扬,也离不开后进之士的传承与标举,两方面的因素缺一不可,这反映出阅读者、阐释者对一个作家在历史上的传播与接受产生的巨大作用,分析很有道理。从陶渊明的接受来看,他生前或许不够幸运,未遇到一个好的揄扬者,即使如颜延之这样一个好朋友,在《陶征士诔》中也仅以隐士目之,称扬他高尚的德行和任真的精神,而因为审美修养的差别,对其文学仅称"文取指达",并未发现他在文学上过人的才华,使他在当时文名寂寞,产生的影响大抵不越于"浔阳三隐"。但陶渊明又是幸运的,在宋代遇到了苏轼这样一个知音。苏轼除了以创作大量和陶诗的形式推广他的诗歌,扩大了他的影响,还多次品评他的作品,将他与其他文坛大家相互比较,将陶渊明推上诗坛巅峰,为陶渊明在文学史上争得了牢不可破的地位。

  陶渊明及其诗歌的魅力究竟是什么?答案无疑是多方面的。而其中影响最为深远、最为本质的内容,又是否是他为人熟知的对于田园诗的艺术表现和艺术成就呢?庄子《秋水》中有这样一段话:"河伯曰:'然则何贵于道邪?'北海若曰:'知道者必达于理,达于理

---

① (唐)韩愈著,马其昶校注,马茂元整理《韩昌黎文集校注》,上海古籍出版社 1986 年,第 184 页。

者必明于权,明于权者不以物害己。'"① 细读陶诗,我们会发现,渊明诗中不只描写田园,叙写自己的田园生活,抒发对于田园生活的热爱,也喜欢谈理论道,议论说理,对于天人关系、物我关系多有阐说。直接谈"道"者多达二十余次,既可见儒家之道影响,"先师有遗训,忧道不忧贫"(《癸卯岁始春怀古田舍》其二),也反复提及老庄之道,"行行失故路,任道或能通"(《饮酒》其十七)。不乏天道,"天道幽且远,鬼神茫昧然"(《怨诗楚调示庞主簿邓治中》),也有人道,"人生归有道,衣食固其端"(《庚戌岁九月中于西田获早稻》),"寒暑有代谢,人道每如兹"(《饮酒》其一)。很大程度上可以这么说,对于田园的艺术表现只是陶渊明文学创作的起点,借此托物寓意,反映他的生活经历,反映他对人生的思考,对生命的感悟,展现随顺自然的人生态度,表明他不役于物,进退自如,不忧不惧,深谙天人之道,通达事理,明白应变,汲取了儒家与道家圣贤的智慧,形成了君子般的人格,恐怕才是更为深层次的目的。南宋罗大经称赞陶渊明《形影神·神释》末句"纵浪大化中,不喜亦不惧,应尽便须尽,无复独多虑"称:"乃是不以死生祸福动其心,泰然委顺养神之道。渊明可谓知道之士矣。"② 正是如此,作为魏晋名士的杰出代表,陶渊明少年饱读儒家经典,中年隐而入仕,仕而复隐,以及老年安于归隐的生命历程,展现了他学习儒道,从日常生活中体道,在贫病交加和生命即将结束的时候悟道、得道,达成个体与自然、社会、自我和解的过程,其中修炼的人生态度、获得的思想智慧,使他在创作上和人格上展现出无穷的魅力,吸引着历代文人反复探究。

  对于这样一位大家,不仅要继续研究,而且要力求在前人的基

---

  ① (战国)庄子著,(清)王先谦集解,方勇整理《庄子》,上海古籍出版社2009年,第159页。
  ② (宋)罗大经著,王瑞来点校《鹤林玉露》,中华书局1983年,第92页。

础上写出一点自己独有的心得和体会来,这是我对自己的期待和要求。然而,等到走近陶渊明,走近他的文学世界,随着解读的深入,真正动起笔来,越来越感到要写好他,并不是一件容易的事情。与陶渊明有关的话题说不尽,也写不完。他的生平和思想至今仍然存在争议与不确定性,同时,他的为人和他的文学,诚如苏轼所说,看似朴素简单,实则丰富深厚。他的题材、主题丰富,手法、风格多样,思想复杂,就像一座宝藏,等待我去发现、发掘。前人曾说过:人类对于事物的认知是复杂的,既取决于事物本身对于认识主体的相对性,也与认知的过程性和变异性有关。这个认识事物的规律表明,对于事物的清楚认知,需要一个漫长的穿透浮于表面的现象深入内在本质的过程,需要研究者、解释者不断地积累理论与学识。研究陶渊明,无疑也需要这样一个过程。潜心细读每一篇作品,通过作品体会陶渊明的人生历程,体会他对于自然和人生的感悟,体会他对于生命价值和意义的探求,对于研究陶渊明,既是必要的课题,也是最好的方式。随着我对陶渊明阅读和解读不断深入,无心插柳柳成荫,竟然有了《陶渊明诗译注》这样一部作品,这无疑为今后研究陶渊明奠定了很好的基础,而对于陶渊明更深入的理论探讨,以及由陶渊明而推广至古代文学、古代文化等相关问题的研究则仍有很大空间。

最后,我想要说的是,感谢长沙理工大学学术委员会对这部著作的出版资助,也衷心感谢凤凰出版社李相东老师和李霏老师在审稿和校对上的支持和帮助。人生虽然已逾不惑,学术之路长青,我将黾勉前行!

周　静
记于庚子年己丑月己巳日